존재하나
존재하지 않는

소실형

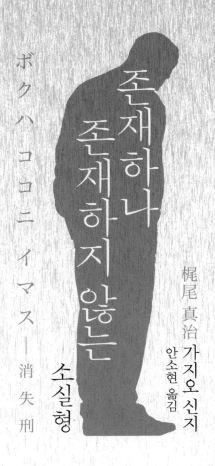

존재하나
존재하지 않는

ボクハココニイマス―消失刑

소실형

梶尾真治 가지오 신지

안소현 옮김

살림

#1

그때 아사미 가쓰노리는 구마모토 구치소 독방에 있었다.

춥지는 않았다. 독방의 격자 쇠창살 창문에 쳐 놓은 투명한 염화 비닐 덮개에 벚꽃잎이 달라붙어 있는 모습이 보였다. 가까이에 있는 구마모토 성에서 바람에 실려 온 꽃잎일까.

똑바로 앉은 가쓰노리는 멍하니 생각했다. 그런가. 벌써 그런 계절인가. 세상 사람들은 꽃놀이를 하며 들이켜는 술에 취해 정신을 잃는다. 지금의 나와는 아무런 상관도 없는 세계다. 하지만 어쩌면 앞으로는 어느 정도 자유를 누리는 생활을 할지도 모른다고 어렴풋이 기대한다.

판결은 집행유예 없이 징역 1년형이 내려졌다. 형사 사건치고 그 판결이 지나치게 무거운 건지 적절한 건지 가쓰노리는 판단할 엄두조차 나지 않았다. 하지만 가쓰노리는 피해자에게 저지른 잘못을 속죄하고 싶은 마음이 먼저였다.

그래서 항소심까지 가지 않기로 결정했다. 징역살이를 해서 하루빨리 속죄하고 싶은 마음뿐이었다.

그런 뜻을 전하자 변호사는 내심 의외라는 표정을 지었다. 하지만 그 의지가 전달되어 바로 징역살이의 길로 접어들었다.

그런데 변호사가 얼마 뒤 의외의 조건을 들고 왔다.

"항소하지 않고 반성하고 있다는 점이 참작되어 공식적이지는 않지만 징역형이 아니라 '소실형'을 선택할 기회가 주어졌습니다. 소실형을 고르면 형기가 8개월로 줄어듭니다."

가쓰노리는 변호사가 하는 말을 정확히 이해하지 못했다. 그저 이 사실만은 알았다. 다른 선택을 하면 1년인 형기가 8개월로 줄어든다는 사실.

귀에 익지 않은 이름의 형벌이었지만 말이다.

징역보다 육체가 좀 더 고통스러운 형벌일까?

하지만 지금은 3월 말이다. 단순히 생각해서 형기가 줄어들면 올해가 가기 전에 자유를 누릴 수 있다. 판단 기준을 어떤 형벌인가보다 형벌 기간에 두었다.

"신체에 고통을 가하는 형벌인가요?" 하고 가쓰노리는 그 부분만을 확인했다.

"그렇지는 않다고 들었습니다. 아직 전면적으로 소실형을 실시하는 건 아니고 지금은 시행 단계라서 비교적 형기가 짧은 죄수만 대상으로 해서 표본 조사를 겸하고 있다고 합니다.

그래서 특별히 배려해서 형기가 줄어들게 된 겁니다."

그렇게 설명했지만 변호사도 소실형이 어떤 형벌인지 자세히 알지는 못하는 듯했다. 다만 "소실형은 금고나 징역과 근본적으로 다르다고 합니다. 어떤 의미에서 굉장히 편할지도 모른다고 들었습니다. 감방에 억지로 감금된 상태가 아니기 때문에 어느 정도 자유도 주어집니다." 하고 말했다.

가쓰노리는 소실형을 선택했다.

그리고 며칠 뒤 소실형 선고가 내려지고 수갑을 채운 상태로 이송되었다.

구마모토 교도소로 이송되지 않고 구마모토 역 가까이에 있는 드넓은 빈터 한쪽에 내려놓아졌다. 전에는 구두를 만드는 공장이 있었던 곳이지만 지금은 사라지고 잡초가 무성히 자라고 있을 뿐이다. 가쓰노리는 구마모토 성을 정비하게 되면 성안에 있는 합동 청사가 이곳으로 이전한다는 이야기를 들은 적이 있다. 그 계획이 언제 실현되느냐까지는 모른다.

그 빈터 한가운데다. 저 멀리 규슈 신칸센의 고가 철로가 보인다. 빈터의 반대쪽은 아마도 시영 전철이 지나갈 것이다. 다사키바시 전철역 주변일까?

한가운데에 있는 단층 건물은 조립식 주택 종류의 가건물이다. 죄인을 엄중한 감시 아래 수감하기에는 적어도 기능적으로 문제가 많아 보였다.

들어가는 문 앞에 '구마모토 교도소 서부 관리 센터'라는 표시가 있었다.

그 뒤에도 변호사는 왜 그런 형벌이 시작되었는가 하는 경위를 설명했다.

이유는 굉장히 단순한 듯했다.

전국 차원에서 죄수를 수용할 시설이 부족했다. 요컨대 교도소 용량이 터지기 일보직전이라는 것이다.

그 대책을 고안해서 실현하려는 제도가 '소실형'인 셈이다.

중죄를 저지른 죄인은 이제까지처럼 교도소에서 복역하게 된다. 하지만 앞으로 징역 1년 미만의 죄인은 교도소 공간 확보와 비용 억제 문제 때문에 소실형을 받도록 바꿔 갈 계획이라고 한다. 가쓰노리는 소실형을 전면 실시하기 전에 실험 대상이 된 듯하다.

가장 커다란 차이는 소실형은 행동을 자유롭게 할 수 있다는 점이다. 형기를 마칠 때까지 어떻게 지내도 상관없다고 한다.

"그게 소실형인가요? 왜 소실형이라고 합니까?"

변호사에게 물었지만 더 이상 자세한 정보는 알지 못했다. 가쓰노리는 감방에도 들어가지 않고 복역하는 상황을 상상해 보았지만 머릿속에 잘 떠오르지 않았다.

구마모토 교도소 서부 관리 센터에서 담당 교도관 세 사람이 맞아 주었다. 안으로 들어가 보니 응접실처럼 꾸며져 있었다. 사무실 중앙에서 그 앞쪽은 카운터로 가로막혀 있고 유리가 끼워져 있다. 그 안쪽에는 기기들이 설치되어 있고 두 여성이 기기를 감시하고 있다. 그 기기가 표시하고 있는 게 숫자들인지 영상인지는 알 수 없다. 두 사람 모두 아무런 표정이 없다는 점이 섬뜩했다. 그에 비해 담당 교도관 세 사람은 웃음을 머금고 있다는 점이 의외였다. 아니, 비웃음을 짓는 것으로도 보였다.

먼저 소실형 죄수복을 건네더니 탈의실에서 갈아입으라고 명령했다.

죄수복을 다 갈아입자 응접실 의자에 앉으라고 권했다. 그 말대로 앉았다.

가쓰노리 또래의 여성이 앞에 앉았다. 아직 웃음기가 가시지 않은 얼굴이다. 다른 두 사람은 가쓰노리가 앉은 의자 양옆에 서 있었다. 그 두 사람은 남성이다.

"설명이 길기 때문에 앉아서 말씀드리겠습니다."

그 정중한 말투에 가쓰노리는 놀랐다. 그때까지 구치소 생활을 하며 들은 말은 틀에 박힌 명령조가 대부분이었기 때문이다.

"형이 집행되기 전에 직접 만나서 해야 할 이야기가 있습니다. 우선 지금 몸 상태는 어떻습니까?"

여성은 보드를 한 손에 들고 가쓰노리에게 잇달아 질문했다. 여성이 정중한 말투를 쓴다고 생각한 건 잠시뿐이었다. 차례로 하는 질문은 겉으로는 공손하지만 사실은 무례하기 짝이 없었다. 별로 생각할 틈도 주지 않으려는 듯 자꾸자꾸 질문을 퍼부어댔다. "잠은 충분히 잡니까?" 하는 질문을 시작으로 "어디 아픈 데는 없습니까?" "뭐 걱정거리는 없어요? 마음에

걸리는 점 같은 건 없나요?" 하는 물음이 이어지고 가쓰노리
는 성실하게 대답해갔다. 가쓰노리는 소실형과 관련해 감시하
는 쪽에서 필요한 정보인가 보다, 하고 단순히 생각했다.

앞에 있는 탁자에는 가로세로 각각 20센티미터인 상자가 아
무렇게나 놓여 있었다. 상자 겉에는 영문으로 'VANISHING
RING'이라고 쓰여 있었다.

배니싱이 어떤 의미일까, 가쓰노리는 떠올리려고 했지만 떠
오르지 않았다. 질문의 형태가 바뀐다.

"그렇다면 지금부터 동물 열 마리의 이름을 불러주겠습
니다. 주의 깊게 들어보세요. 닭, 곰, 원숭이, 고양이, 십자
매……."

그리고 말했다.

"5초 이내에 대답하세요. 이 동물들의 다리 개수를 더하면
모두 몇 개일까요?"

"모르겠습니다."

가쓰노리는 솔직히 대답했다.

"그럼 다음 질문입니다. 선교사 셋과 식인종 셋이 강기슭에
있습니다. 그 강에는 나룻배가 한 척 있는데 노를 저을 수 있
는 사람은 선교사 하나와 식인종 하나뿐입니다. 강을 건너야
하는데 어느 한쪽 기슭이라도 식인종 숫자가 많을 경우 선교
사는 잡아먹히게 됩니다……."

가쓰노리는 그 문제가 나룻배 퀴즈라는 사실을 금세 알아차
렸다. 선교사 셋과 식인종 셋이 모두 무사히 건널 수 있는 방

법을 찾아내는 문제다. 들어본 적은 있다. 하지만 순간적으로 가쓰노리의 머릿속에 맴돌았던 생각은 어떻게 푸느냐가 아니라 왜 이런 문제를 자신에게 내는가였다.

"모두 무사히 강을 건너려면 어떻게 해야 한다고 생각합니까?"

"음…… 잘…… 모르겠습니다. 머릿속이 혼란스럽습니다."

얼굴을 똑바로 바라보며 문제를 내지만 도무지 깊이 생각할 기분이 아니었다.

또래의 여성은 가쓰노리가 진지하게 생각하고 있을까, 하는 식으로 두 눈썹을 살짝 찡그렸다. 몇 분 동안 잠자코 있었지만 가쓰노리가 더는 대답하지 않자 여성은 고개를 몇 번 끄덕거리며 보드에 뭔가를 적어 넣는다. 뭐라고 적었는지 가쓰노리는 알 턱이 없다.

"그럼 다음 문제에 답하세요. 당신 혼자 달 표면에서 조난을 당했다고 칩시다. 고장 난 달 표면 주행차에서 내려 기지로 걸어서 돌아가야 합니다. 그런데 다음 중에 다섯 가지만 들고 갈 수 있습니다. 다섯 가지를 골라서 우선순위를 정해보십시오."

여성은 차례로 카드를 가쓰노리 눈앞에 늘어놓았다. 카드에는 각각 다른 단어가 적혀 있다.

'식량' '컴퍼스' '물' '지도' '칼' '자살용 독약' '산소통'…….

그런 카드가 스무 장이나 있다.

이런 질문은 자신의 지능을 측정하려는 걸까. 아니면 성격이나 충동 성향을 알아보려는 걸까. 어쩌면 둘 다인지도 모른다.

"저는 달에 간 적도 없고 달이 어떤 곳인지도 모르기 때문에 고를 수가 없습니다." 하고 대답했다.

"몰라도 괜찮으니까 생각한 카드를 다섯 장 고르세요." 하고 여성이 말했다.

어쩔 수 없이 '산소통' '무선 통신기' '물' '식량' '조명탄' 카드를 골랐다.

그런 문답이 한 시간 정도 더 이어지고 휴식을 잠깐 한 뒤에 다른 여성으로 바뀌었다. 아까 카운터 저편에서 기기 앞에 앉아 있던 여성이었다.

나이는 이 여성이 적어 보이는데 땅딸막하고 마치 불상처럼 표정이 없었다. 눈이 아주 가느다란 데다가 입술을 오물오물하기만 해서 감정이 거의 존재하지 않는 듯 보였다.

그리고 억양이 없는 화법을 써서 인간미가 느껴지지 않는다. 이 여성이 일을 할 때만 보이는 태도인지 하루 종일 비인간적인 태도로 지내는지는 알 수 없다.

"그럼 제가 지금부터 소실형이 어떤 것인지 대강 간추려서 설명해 보겠습니다." 하고 여성이 말했다. 자신의 신분은 전혀 밝히지 않는다.

여성은 탁자 위에 놓인 상자를 끌어당겨 뚜껑을 열었다. 안에 들어 있는 투명한 비닐봉지를 꺼낸다. 비닐봉지에는 금속으로 된 은빛 고리가 들어 있었다.

"아사미 가쓰노리 수형자는 소실형을 받는 기간 동안 이 배니싱 링을 목에 차고 있어야 합니다. 가벼우니까 익숙해지면 전혀 불편함을 느끼지 못할 겁니다. 형벌 기간이 끝나면 자동으로 고리의 잠금장치가 풀리는 구조로 되어 있습니다."

그렇게 말하고 배니싱 링을 탁자 위에 놓았다.

"일반 금고형이나 징역형과 크게 다른 점은 소실형은 행동이 자유롭다는 부분입니다. 그리고 형기를 마칠 때까지 어떻게 지내도 상관없습니다. 다만 몇 가지 금지 사항이 있습니다."

그러고 나서 여성은 금지 사항을 설명했다.

배니싱 링은 특수한 기능이 있다고 했다.

먼저 배니싱 링은 미약한 특수 전파를 내보낸다. 이 특수 전파가 배니싱 링을 찬 사람을 휘감아 돌면 주위 사람의 눈에 소실형을 받는 사람이 '보이지 않게' 된다.

정확히 이야기하면 투명해지는 게 아니라 주위 사람들의 뇌가 전파에 휩싸인 존재를 감지할 수 없게 된다고 한다. 쉽게 말해서, 하고 여성이 예를 들었다. 배니싱 링을 찬 사람은 다른 사람 시야의 맹점에 들어간 듯한 상태가 된다는 것이다.

배니싱 링에는 또 다른 기능도 있다고 알려주었다. 배니싱 링을 찬 사람의 뇌파를 배니싱 링이 자동으로 읽어서 반응한다. '눈에 보이지 않는' 죄수는 법을 어기는 행위는 물론이고 평범하게 사회생활을 하는 사람과 의사소통을 하려는 행위도 하지 말아야 한다.

일반인에게 말을 걸려고 해도 그 행위를 배니싱 링이 예지해서 목을 죈다고 한다. 그래서 소리를 내는 건 사실상 불가능하다. 그것이 어떤 원리인지 가쓰노리는 이해할 수 없었다. 그러나 가쓰노리가 무엇보다도 공포를 느꼈던 부분은 배니싱 링이 행위를 예지해서 목을 죄는 성능이었다.

금지된 행동을 하려고 하면 배니싱 링이 뇌파를 읽어 들여 수축한다.

요컨대 배니싱 링이 소실형을 받는 사람의 목을 죄는 것이다.

제어당하는 행위의 예를 여성이 담담히 알려주었다.

"전화를 걸어서는 안 됩니다."

"컴퓨터 자판을 두드려서는 안 됩니다."

"편지를 써서는 안 됩니다."

"사회생활을 하는 일반인에게 일정 거리 이상 가까이 다가가서는 안 됩니다. 일정 거리는 1미터 이내를 가리킵니다."

"거주 지역에서 벗어나서는 안 됩니다. 거주 지역의 범위는 지도의 붉은 테두리 안쪽을 말합니다."

가쓰노리는 카운터 옆벽 패널에 붙어 있는 지도를 보았다. 구마모토 시 중앙부를 시라카와 강이 가로질러 흐르고 있다. 그 시라카와 강에서 서쪽 지역이 주거 지역으로 설정되어 있었다.

"주거 지역에서 벗어나면 어떻게 됩니까?"

가쓰노리가 처음으로 질문했다. 여성은 살짝 놀란 듯 고개를 들었다.

"아무튼 주거 지역에서 벗어날 수 없습니다." 하고 대답했다.

"역시 목에 찬 배니싱 링이 죄어옵니까?"

"그렇습니다."

쌀쌀맞은 대답이 돌아왔다.

그 순간 가쓰노리는 이제까지 받은 질문의 의미를 이해했다. 연이은 퀴즈는 다름 아니라 가쓰노리가 어느 정도 지능인지 가늠하려는 것이다. 소실형을 선고받고 행동이 제한된 상태에서 수형자가 어느 정도 지능으로 어떻게 빠져나갈 길을 찾아낼지 알아보려는 것이다.

아직 소실형이라는 형벌은 시행 단계이기 때문이다.

"아사미 가쓰노리 수형자는 자택에서 거주하게 됩니다. 이 부분은 이미 알고 있을 거라고 생각합니다만."

그 말에 가쓰노리는 자지러질 정도로 놀랐다. 그리고 기뻤다. 그 이야기는 듣지 못했기 때문이다. 가쓰노리는 요코코야 초의 낡은 맨션에 혼자 살고 있다. 부모님이 가쓰노리가 어렸을 때 사 놓은 맨션이다. 부모님은 지금 안 계시다. 3년 전, 가쓰노리가 스물네 살이던 겨울에 어머니를 여의고 나서 홀로 지내고 있다.

앞으로 여덟 달 동안 집에서 지낼 수 있다는 사실을 알게 된 것만으로도 안도감에 젖어들었다.

그와 더불어 의문이 생겨났다.

징역형과 소실형 가운데 하나를 고르는 기회는 모든 죄수한테 공평하게 주어지지는 않을 터이다. 모든 죄수가 자기 집을 갖고 있지는 않다. 또 가족과 생활하고 있을 가능성도 남아 있다. 그런 경우에는 확실히 소실형을 선고하기 어렵다. 그렇다면 생활 여건까지 알아보고 어떤 형을 고를지 결정한다는 뜻이다.

가쓰노리는 "나는 새로운 형벌의 실험 대상이다." 하고 다독였다. 아마도 소실형이 보급될 때까지 다양한 개선이 이루어지리라. 소실형을 도입하는 첫 번째 이유는 수형자 관리 비용을 줄이기 위해서기 때문이다.

그리고 소실형 복역 중에 어떻게 생활해야 하는가의 설명이 계속되었다.

"구마모토 교도소 서부 관리 센터 옆에 설치된 공급기에서 필요한 먹을거리와 최소한의 일용품을 확보할 수 있습니다. 공급기에 다가가면 배니싱 링이 내뿜는 전파에 반응해서 공급기가 작동하게 됩니다. 일용품은 늘 지급되는 건 아닙니다. 따라서 지급될 때 꼭 받으십시오."

그렇다면 먹을거리는 날마다 구마모토 교도소 서부 관리 센터로 받으러 와야 한다는 건가, 하고 생각했다.

가쓰노리의 맨션에서 여기 구마모토 교도소 서부 관리 센터까지는 2킬로미터도 안 떨어져 있다. 걸어서 15분 정도의 거리다. 산책 코스로 딱 좋다고 생각한다. 달리 아무 할 일도 없어 보이고.

"여기까지입니다. 혹시 질문 있습니까?"

여성은 그렇게 말하고 가쓰노리를 뚫어져라 바라보았다.

"저 말고 소실형으로 복역 중인 사람이 있습니까?"

"대답할 수 없습니다."

"네?"

"알 필요 없는 일입니다."

가쓰노리는 내심 화가 치밀어 올랐다. 그리고 자신 말고도 소실형으로 복역하는 사람이 있다고 확신했다. 그렇지 않다면 가건물이라고 해도 이런 시설을 만들거나 인원을 배치할 까닭이 없다.

"제가 복역하는 상황은 구마모토 교도소 서부 관리 센터에서 관리합니까? 위치까지 압니까?"

"압니다. 배니싱 링이 전파를 보내기 때문입니다. 상황에 따라서는 구마모토 교도소 서부 관리 센터에서 배니싱 링을 제어할 때도 있습니다."

역시 그렇군, 하고 가쓰노리는 생각했다. 카운터 저편에서 여성이 기기를 보고 있었던 것은 수형자를 감시하고 위치를 확인하는 업무 때문인 걸까. 그리고 소실형을 받는 기간 동안 자신은 단순히 빛을 발하는 점 하나가 되어 버리는 걸까.

딱히 더 물어보고 싶은 게 떠오르지 않았다. 소실형이 집행되는 건 언제라도 상관없다는 마음이었다.

"도대체 누가 이런 형벌을 생각해 냈을까." 하고 가쓰노리는 자신도 모르게 입 밖으로 내뱉었다. 그것은 혼잣말에 가까웠다.

"예전에 이런 형벌에 대해 쓴 소설이 있었다고 합니다."

"네?"

설마 대답이 돌아올 거라고는 생각 못했기 때문에 가쓰노리는 놀라서 되물었다. 원래대로라면 '사사로운 이야기는 삼가세요.'라고 주의를 받는 게 고작일 텐데. 아무튼 여성이 말을 이었다.

"원형이 되는 형벌이 소설 속에 등장한다고 합니다. 로버트 실버버그라는 작가가 생각해 낸 '무시형'을 힌트로 삼았다고 해요."

설명에 따르면 죄인이 풀려나 거리에서 자유롭게 행동하는 건 소실형과 같지만 무시형의 경우 '수형자'라는 사실을 겉모습만으로 한눈에 알아볼 수 있어서 보통 사람은 그 수형자를 '존재하지 않는 자'로 철저히 무시한다. 집에 찾아가도 수형자라는 사실이 알려지면 가는 곳마다 무시와 문전박대를 당하게 되는 식으로 말이다. 소실형은 배니싱 링을 이용해서 그 형벌을 좀 더 과학적으로 철저히 발전시킨 것이다. 이제까지 설명한 대로라면 소실형에 복역하는 수형자는 주위 사람의 눈에 정말로 보이지 않게 되기 때문이다.

하지만 가쓰노리는 소실형에 대한 설명을 들은 시점에서 그 형벌의 본질을 완전히 이해하지 못했다.

그 부분은 형을 집행하는 쪽도 마찬가지였다.

#2

모든 설명이 끝나자 가쓰노리의 목에 배니싱 링이 끼워졌다. 찰칵, 하고 차가운 소리가 울려 퍼졌다. 절대로 기분 좋은 느낌은 아니다. 목덜미에 금속의 서늘한 느낌은 있었지만 예상한 만큼의 위화감은 확실히 없었다.

"배니싱 링이 작동하면 구마모토 교도소 서부 관리 센터 건물 안에도 들어올 수 없습니다."

그렇게 다짐을 받았다. 그러고 나서 구마모토 교도소 서부 관리 센터 바깥으로 데려갔다.

"이것이 공급기입니다. 여기서 먹을거리와 일용품을 받으세요."

공급기는 마치 업무용 냉장고 같았다. 아래쪽에 나오는 곳이 있다는 점 외에는 아무런 장치도 없다.

"알겠습니다."

"다가가면 자동으로 반응하니까 먹을거리와 일용품을 나오는 곳에서 꺼내면 됩니다. 하루에 한 번만 반응하므로 여유분을 꺼낼 수는 없습니다."

그렇게 덧붙였다.

"슬슬 시간이 다 되어 갑니다. 배니싱 링은 소실형 기간이 다할 때까지 절대로 빠지지 않습니다. 빼내려고 해도 소용없습니다."

"혹시 폭발합니까?"

"그런 비인도적인 일은 일어나지 않습니다." 하고 웃었다. 여성이 처음으로 웃는 얼굴을 보였다. 웃는 얼굴이라고 해도 입꼬리만 살짝 올렸을 뿐이지만 말이다.

"떼려고 하면 배니싱 링이 수축합니다. 마음을 접으면 복원되고요."

요컨대 목을 죄는 것이다. 도대체 어디가 비인도적이지 않다는 건가, 하고 가쓰노리는 생각했다.

여성이 신호를 보내자 교도관 두 사람이 다가와 가쓰노리 앞에 섰다.

"그럼 지금부터 아사미 가쓰노리는 8개월, 즉 5,300시간 동안 소실형에 처해집니다."

여성이 다가와서 가쓰노리의 목에 끼운 배니싱 링을 만졌다. 삐이, 하고 전자음이 울린다. 교도관 한 사람이 구마모토 교도소 서부 관리 센터를 나올 때 가쓰노리에게 채웠던 수갑을 풀어줬다.

전자음이 사라졌다.

여성과 교도관 두 사람은 아무 일도 없었다는 듯 구마모토 교도소 서부 관리 센터 건물 안으로 들어갔다.

가쓰노리는 내버려 둔 채.

"저기……."

이제 소실형이 시작된 겁니까? 그렇게 말을 건네려고 했다.

그러나 목소리가 나오지 않았다. 목구멍 안쪽에서 걸린 목소리는 소리로 나오지 못했다. 목구멍이 묘하게 떨렸다.

설명으로 들었던 배니싱 링이 그 기능을 발휘하기 시작했다.

배니싱 링이 성대에 작용을 한다고 했다. 그 말이 이런 뜻인가?

시험 삼아 다시 한 번 소리쳐 보았다.

자신의 목에 손을 대었다.

목소리가 나오지 않는다.

소실형이 시작되었다.

배니싱 링에서 전자음이 울리더니 느닷없이 끊겼다.

그때부터였다. 배니싱 링이 기능을 발휘하기 시작한 것은.

구마모토 교도소 서부 관리 센터 교도관들의 모습은 이미 보이지 않는다. 다들 건물 안으로 들어간 모양이다. 가쓰노리만 그곳에 덩그러니 남겨졌다.

멀리서 휘파람새가 지저귀는 소리가 들렸다. 이런 시가지에서 휘파람새가 지저귀다니. 그리고 거리 쪽에서는 시영 전철이 빠져나가는 소리만이 울려 퍼졌다.

그런 소리를 포함해도 왜 이렇게 조용할까, 하고 가쓰노리는 생각했다.

그리고 한가롭다. 구마모토 교도소 서부 관리 센터 주위의 드넓은 땅은 잡초가 무성하다. 올려다보니 새파란 하늘과 하얀 구름이 눈으로 확 빨려 들어왔다.

줄곧 갇혀 있었다.

가쓰노리는 그렇게 실감했다.

이다지도 끝없이 맑고 파란 하늘을 바라본 게 도대체 며칠 만인가? 아니, 여태 한 번도 보지 못한 기분이 든다.

몇 십 초 동안 그 자세로 하늘을 쳐다보고 있는데 봄바람이 풀 향기를 싣고 와서 뺨을 어루만졌다.

그제야 가까스로 가쓰노리는 정신을 차렸다.

앞으로 어떻게 해야 하나.

아무튼 그 순간 가쓰노리는 일단 드러눕고 싶었다. 구마모토 교도소 서부 관리 센터에서 이루어진 면접은 예상보다 훨씬 더 가쓰노리에게 피로감을 안겨주었다.

맨션으로 돌아가자.

그 전에 그날 식사분을 받으러 공급기로 다가갔다. 공급기는 가쓰노리의 존재에 반응한 듯 둔탁한 소리를 냈다. 들여다보니 나오는 곳에 하얀 플라스틱 용기가 두 개 있었다. 각각 40센티미터 정도 길이의 직육면체 용기였다. 손잡이를 잡고 두 손으로 들었다. 다시 한 번 구마모토 교도소 서부 관리 센터를 바라보았지만 아무런 기척도 없었다.

　어린 시절부터 이 지역에 살고 있기 때문에 자신이 어디쯤에 있는지는 안다. 구마모토 교도소 서부 관리 센터가 들어서기 전에도 여러 번 지나간 적이 있다. 그 무렵에는 주변이 빈터가 아니라 구두 공장이었지만 말이다.

　어쨌든 이곳은 구마모토 시내의 번화가에서 떨어진 장소다.

　가쓰노리는 발걸음을 내딛었다. 큰길로 나가면 그곳은 전철길이다. 인도를 걸어가는 사람의 모습도 드문드문 보였다. 찻길에는 영업용 자동차가 잇달아 눈앞을 스쳐지나간다.

　가쓰노리에게는 익숙한 광경이다. 하지만 오랜만에 그런 광경을 본 탓일까. 익숙한 광경인데도 다른 차원에서 헤매는 듯한 감각에 사로잡혀 견딜 수가 없었다.

　아까 들은 설명을 차근차근 떠올린다.

　'다른 사람 눈에 보이지 않으므로 자동차도 조심해야 합니다. 운전사의 눈에 감지되지 않기 때문입니다.'

　'설령 면허증이 있다고 해도 소실형을 받는 중에는 자동차 운전은 물론 오토바이와 자전거도 타서는 안 됩니다. 전철도 타서는 안 됩니다. 걷는 것만이 가능합니다.'

　예전에 자신이 생활하던 맨션을 향해 걷기 시작했다.

　그런데 이 얼마나 끔찍한 옷차림인가, 하고 어이없어 했다. 위아래 모두 누리끼리한 면 셔츠와 바지. 그리고 스니커즈.

　다른 사람의 눈에 보이지 않는다는 사실을 차라리 고마워해야 할 만한 몰골이다. 그리고 목에 끼운 은빛 고리.

길 저편에서 중년 여성이 걸어오고 있다. 오랜만에 화장을 한 여성을 본 탓인지, 자신보다 훨씬 연상일 텐데도 예쁘다고 느꼈다.

여성은 가쓰노리 쪽으로 곧장 걸어온다.

이대로 있다가는 부딪힐 것 같아서 길 가장자리로 피했다.

역시 가쓰노리의 모습은 여성의 눈에 보이지 않는다. 여성은 가쓰노리에게 신경 쓰지 않고 스쳐 지나갔다.

몇 십 미터를 걸으니 구마모토 역 앞 교차로가 나왔다. 시간대가 그래서 그랬겠지만 그다지 사람의 발길이 잦지는 않았다. 기묘한 옷차림을 한 가쓰노리 쪽으로 아무도 눈길조차 주지 않았다. 가쓰노리의 존재를 알아차린 사람은 하나도 없었다. 차츰 자신의 옷을 부끄럽게 여기는 마음이 사라져갔다.

자신이 투명 인간이라는 걸 실감했다.

신호가 빨강에서 파랑으로 바뀐다.

정면에서 걸어오는 사람한테만 신경을 써서는 안 된다는 사실을 깨달았다.

별안간 목이 거북했다. 다리가 비틀거린다. 젊은이가 등 뒤에서 잰걸음으로 가쓰노리에게 다가왔다.

부랴부랴 길 가장자리로 피했다. 젊은이는 자기 코앞에 가쓰노리가 있다는 사실을 당연히 알지 못한다. 시간에 맞추려는 듯 빠른 걸음으로 걸었을 뿐이다.

하지만 그때 가쓰노리와 지나치게 가까워졌다. 그래서 배니싱 링이 수축했다.

젊은이가 가쓰노리를 스쳐지나가자 목에 찬 고리의 저주에서 다시 해방되었다. 가쓰노리는 커다랗게 한숨을 내쉬었다.

아침저녁 시간에는 이 장소를 걸을 수 없다고 판단했다.

구마모토 교도소 서부 관리 센터에서 배니싱 링 설명을 들었을 때 "고리가 수축해서 목을 죕니다."라고 했어도 별로 실감이 가지 않았다.

단 한 번 위력이 발휘된 것만으로 그 고통이 어떤 건지 고스란히 가쓰노리의 몸에 아로새겨졌다. 시야가 사라진 건 검은 눈동자가 안구 뒤로 넘어갔기 때문일까. 입을 딱 벌리고 헐떡이던 순간은 기억한다.

앞으로는 등 뒤에도 신경을 쓰며 움직여야겠다고 목덜미를 어루만지며 스스로 다독였다.

호텔 뉴 오타니 구마모토를 지나자 사람의 발길이 갑자기 뜸해졌다. 가쓰노리도 어느 정도 긴장이 풀렸다. 그래도 진행 방향으로 왼쪽 어깨를 내밀듯 몸을 비스듬히 해서 천천히 걷는다. 수시로 뒤쪽에 신경을 쓰면서 길 가장자리를 걷는다.

기타오카 신사 길과 합쳐지는 교차로를 지나가려고 할 때였다. 파란불이 들어와서 막 건너려는 순간 설마…… 하고 생각했다.

구마모토 역 쪽에서 달려오던 소형 트럭이 좌회전해서 가쓰노리가 있는 곳으로 돌진해 왔다. 속도를 줄이지 않은 상태로.

운전자의 눈에 가쓰노리의 모습은 보이지 않는다. 더구나 횡단보도를 건너는 다른 사람의 모습도 눈에 띄지 않는다.

가쓰노리가 뒤쪽으로 풀쩍 뛰었던 건 정말로 반사적인 행동이었다. 위기에 몸이 반응했다.

소형 트럭은 엄청난 속도로 기타오카 신사 방향으로 사라져 갔다.

가쓰노리는 믿을 수가 없었다.

배니싱 링에서 미약한 특수 전파를 내보낸다고 들었다. 그 전파가 배니싱 링을 찬 사람을 감싸 돌면서 수형자가 주위 사람들의 눈에 '보이지 않게' 된다고 했다. 정확히 말하면 뇌가 감지할 수 없게 된다고 했다.

그러나…….

가쓰노리는 자신이 만만히 여기고 있었다고 생각했다. 확실히 배니싱 링은 '미약한 특수 전파'로 '뇌가 감지할 수 없게' 한다고 했다. 그렇다면 자신과 멀리 떨어져 있는 사람의 경우 미약한 전파가 뇌에 영향을 주지 못하지 않을까, 하고 자신도 모르게 생각해 버렸다. 그러니까 멀리 떨어진 위치에서라면 운전자가 가쓰노리의 모습을 눈으로 확인할 수 있을 거라고 말이다. 가쓰노리는 희망적으로 내다보았다.

그런데 현실적으로 배니싱 링의 효과는 생각 이상이었다. 아무리 멀리 떨어져 있어도 배니싱 링을 끼운 사람은 타인의 눈에 보이지 않는다.

그래서 까딱하다 치일 뻔 하는 것이다.

덕분에 가쓰노리는 살아가는 데 필요한 지혜를 하나 배울 수 있었다.

신호등 옆에서 길을 건너려는 사람이 오는 걸 참을성 있게 기다린다. 그리고 길을 건너려는 사람이 오면 일정한 거리를 유지하면서 횡단보도를 함께 건넌다. 길을 건너려는 사람의 바로 왼쪽에서 같은 속도로 건너는 쪽이 안전하다는 사실도 금세 몸으로 익혔다.

도시 안에서 살아가는데도 마치 무인도에서 혼자 생활하는 로빈슨 크루소 생존기 같다고 가쓰노리는 생각했다.

뉴스카이 호텔 앞에서 고메야마치로 빠져나간다. 그러자 벌써 가쓰노리 집 근처가 나왔다. 그렇게 오랫동안 집을 비우지도 않았는데 반가운 마음이 든다. 눈에 익은 풍경인데도.

그러나 산책하는 노부부도, 뛰어놀고 있는 아이들도 가쓰노리를 알아차리지 못한다. 노부부는 틀림없이 이웃에 살고 있다. 자주 본 얼굴이다. 이름도 모르지만 아침부터 만나면 인사를 주고받았는데 지금은 가쓰노리와 마주쳤어도 잠자코 스쳐지나갈 뿐이다.

이것이 소실형이다. 가쓰노리는 조금 쓸쓸하다고 느꼈다.

"나 왔어……."

그렇게 마음속으로 중얼거린다. 이제 몇 십 미터만 더 가면 내가 사는 맨션이다.

맨션 바로 앞에 있는 은행을 보니 실감이 났다. 죄수가 이렇듯 자기 집이 있고 더구나 가족까지 없을 확률은 상당히 낮지 않을까.

앞으로 소실형이 일반적인 형벌로 보급되려면 그 점이 문제가 될 것이다.

새로운 숙박시설을 지을까? 그래서는 수형자의 관리 비용을 억제하지 못하리라.

또는 비어 있는 맨션을 싼값에 빌려 수형자의 숙박시설로 사용하게 할까? 이 주변에는 예전부터 임대 맨션이 많다. 대부분은 오래되고 낡아서 걸핏하면 '빈집 있습니다'라는 간판이 내걸린다. 구마모토 시에서는 맨션과 아파트가 늘 과잉 공급된다. 그런 빈집을 이용하는 방법이 있을지도 모른다고 가쓰노리는 생각했다.

어차피 과도기에 있는 형벌이다. 앞으로 좀 더 구체적인 방법이 고안되겠지만 말이다.

그보다는 먼저 자신의 형기를 무사히 마치는 게 최우선이리라.

가쓰노리는 그렇게 스스로 다독였다.

그리고 그때 익숙한 정경 속에서 낯선 광경을 발견했다.

상공회의소 건물 앞 전철길.

보행자용 신호기 근처.

많은 수의 사람들이 빙 둘러서 있었다.

이 길은 낮에도 사람의 모습이 그다지 눈에 띄지 않는 곳이다.

그런데 스무 명 가까운 사람이 인도에 모여 있었다.

가쓰노리는 긴장했다. 이 사람들 사이를 빠져나가야 하다니.

다행스럽게도 다들 멈춰 서 있었다.

뭔가를 손가락으로 가리키며 뚫어져라 바라보고 있었다.

관심이 그쪽으로 쏠린 사이에 재빨리 지나가면 사람들에게 필요 이상으로 접근하는 일은 피할 수 있을지도 모른다.

그런데…….

도대체 이 사람들은 무엇을 보고 있는 것일까.

사람들이 가리고 있어서 보이지가 않았다. 어느 위치까지 가니 그들이 보고 있는 게 무엇인지 똑똑히 알게 되었다.

먼저 발이 보였다.

찻길에 누워 있었다. 바지는 가쓰노리가 입고 있는 것과 같은 소재다.

설마.

가쓰노리는 발길을 멈췄다.

가쓰노리의 직감은 어긋나지 않았다. 찻길 위에 사체가 가로놓여 있었다. 더구나 방금 사망한 것도 아니다. 누리끼리한 면 셔츠였을 텐데 비바람을 맞아 새까맣게 변색되어 있었다. 타이어 흔적 같은 더러움과 핏자국이 눈에 확 띄었다. 손은 부패해서 뼈까지 훤히 드러났다. 배는 여러 번 차에 치였기 때문인지 내장이 튀어나와 바싹 메말라 붙었다.

그리고…… 머리가 없었다.

왜 머리가 없는지는 알 수 없다. 부패한 시신을 차가 치어 머리만 어디론가 날아갔는지도 모른다.

소실형 수형자의 주검이다.

가쓰노리의 무릎이 부들부들 떨렸다.

소실형에 처해진 사람은 자신 외에도 여러 명이 있다. 자신뿐만이 아니다. 마치 가쓰노리 자신의 말로를 보는 것 같은 심정이었다.

참혹하게 사체가 훼손되어 있어서 나이와 성별조차 알 수 없다. 하지만 어떤 원인으로 이 사람은 죽었다. 상식적으로 생각하면 투명 인간 상태에서 자동차에 치여 즉사했으리라. 그래서 사체는 그 상태로 계속 나동그라져 있었다. 그 뒤에도 셀수 없이 많은 차에 치였을 것이다. 그리고 부패가 진행되고 머리가 찢겨져 나가 배니싱 링이 떨어지고 그제야 모습이 드러났다…….

그렇게 되지 않았을까?

그런 생각을 하자 가쓰노리는 위가 쭈그러들면서 토악질을 하고 싶은 기분에 격렬하게 사로잡혔다. 전봇대에 기대어 토하려고 했지만 실제로는 아무것도 나오지 않았다.

얼마나 오랫동안 사체는 길바닥에 나동그라져 있었을까? 구마모토 교도소 서부 관리 센터에서는 이 사실을 파악하고 있을까? 이 정도로 사체가 훼손될 때까지 대응하지 못한 건 구마모토 교도소 서부 관리 센터의 능력에 한계가 있다는 뜻이 아닐까? 아니면 상상 이상으로 소실형 수형자가 많아서 관리할 수 없다거나…….

멀리서 들리던 사이렌 소리가 가까이 다가온다. 경찰차와 구급차가 거의 동시에 도착했다. 구경꾼 가운데 누군가 신고했을까.

몇 번인가 크게 심호흡을 하고 마음을 안정시키려고 노력하면서 가쓰노리는 간신히 그 자리를 빠져나왔다.

뒤를 돌아보니 구급대원 두 사람이 사체를 향해 달려가는 모습이 보였다. 머리가 없는 사체를 어떻게 응급 처치할까? 그보다는 먼저 구마모토 교도소 서부 관리 센터에서 부리나케 달려와야 할 상황이 아닌가?

오랜만에 맨션 앞에 섰다. 낡은 맨션 앞에는 어디서 바람에 날아왔는지 알 수 없는 낙엽이 한데 쌓여 있었다. 그리고 자동문 근처에는 담배꽁초가 몇 개 흩어져 있었다.

자신이 없는 사이에 다소 황폐해졌구나, 하고 가쓰노리는 생각했다.

맨션에 들어간다. 구마모토 교도소 서부 관리 센터에서 말하기를 다른 사람 집에 들어가려고 하면 배니싱 링이 반응을 보인다고 했다. 자신의 맨션에는 자유롭게 들어가고 나올 수 있다는 걸 확인하고 가슴을 쓸어내렸다.

자동문을 지나가면 우편함이 있다. 우편함 안의 반 가까이는 전단지가 들어차 있었다. 그런 집이 지금은 텅 빈 상태다.

자신의 집 앞에 선다. 잠금장치는 번호키로 되어 있다. 틀림없이 바뀌지 않았을 것이다. 가쓰노리는 아버지 생일로 된 비밀번호를 눌렀다.

메마른 소리가 울려 퍼진다.

오랜만에 들어간 집 안에서는 시큼한 냄새가 풍겨 코끝을 찔렀다. 한동안 개수대와 화장실을 쓰지 않았기 때문에 고인물에 곰팡이가 피었는지도 모르겠다.

짐을 내려놓은 뒤 먼저 커튼을 착착 걷고 창문을 활짝 열었다.

"나 왔어."

소리가 나지 않는 자신의 목으로 아무 생각 없이 가쓰노리는 그렇게 중얼거렸다.

창문을 열자 집 안으로 자연의 바람이 흘러들어오고 그 덕분에 이상한 냄새가 싹 가셨다.

─ 앞으로 8개월이구나.

마룻바닥 위에 털썩 주저앉아 가쓰노리는 그렇게 생각했다.

─ 그때까지 참아야 한다.

온몸이 삐걱삐걱 소리를 내며 삐걱거리는 느낌이 들었다.

피로가 한계에 다다랐다. 침대에 누울 수도 있지만 거기까지 움직이는 것조차 귀찮을 정도로 피곤했다.

─ 10분 정도만 누워 있자.

가쓰노리는 그렇게 스스로 달래고 마룻바닥 위에 누웠다. 서늘한 감촉이 상쾌했다.

창문에서 봄바람이 달콤하게 불어오는 게 느껴졌다.

10분만이 아니었다.

어느덧 진흙 같은 잠이 가쓰노리를 덮쳤기 때문이다.

#3

이불도 덮지 않고 아사미 가쓰노리는 단잠에 빠졌다. 그렇게 몇 시간이나 잘 생각은 없었지만 몸이 숙면을 요구했으리라.

지나치게 잇달아 새로운 환경을 경험했다. 어떤 종류의 스트레스를 계속 받으면 잠이 많아지는 경향이 있다고 한다. 그 영향도 있었을지 모른다. 아니, 자기가 살던 정든 집에 돌아와서 몸을 뉘었다는 이유가 가장 클 것이다.

꿈도 전혀 꾸지 않은 죽음 같은 잠에서 깬 것은 아득하게 충격음을 느껴서였다.

눈을 번쩍 뜨고 아직 꿈속인가, 하고 가쓰노리는 생각했다. 왜 자신의 집에서 자고 있을까. 꿈을 꾸고 있는 게 틀림없다.

한번 눈을 뜨자 천천히 순서대로 기억이 되살아났다. 그리고 꿈을 꾸는 게 아니라고 절절히 실감했다.

자신은 지금 형벌을 받고 있다.

아직 세상 사람들 대부분이 모르는 '소실형'이라는 형벌이다.

그리고 형벌을 마칠 때까지 자기 집에서 머무른다. 소실형은 자신의 집에서 자고 일어나는 게 허용된다. 그런 이야기가 떠오른다.

한동안 누운 채로 가쓰노리는 망연히 있었다. 바깥은 환하다. 아침 햇살이란 게 느껴졌다.

맨션 앞을 시영 전철이 지나가고 있었다.

그렇게 시간이 흘렀을까. 잠이 든 건 저녁 무렵이었다. 그래…… 잠깐 10분 정도만 눈을 붙이려고 누워 있었다. 그런데 마치 시간을 뛰어넘은 듯 지금은 아침이다.

벽시계를 보니 6시 20분을 가리키고 있었다.

바깥에서 구급차가 지나가는 소리가 울려 퍼졌다. 신경을 건드리는 소리에 전날 기억이 되살아났다. 머리가 없는 소실형 수형자의 주검. 모여 있던 구경꾼들. 그리고 사이렌을 울리며 달려온 경찰차와 구급차.

기분이 나빠져서 서둘러 그 기억을 머릿속에서 몰아냈다.

그리고 생각이 미친다.

지금 달려가는 구급차는 뭐지?

이내 자신이 잠에서 깨어났을 때의 일을 떠올렸다.

그때 뭔가 충격음을 들은 것 같은 기분이 든다…….

창문을 열고 베란다로 나가 보았다.

왼쪽 방향으로 국도 3호선 초로쿠바시로 꺾어지는 커브가 보인다. 그 커브에서 2톤 트럭이 꼴사납게 나동그라진 모습이 눈에 띄었다. 그리고 그 옆에는 원래 승용차였던 것으로 생각되는 형체가 보인다. 사고 전의 모습을 짐작하기 어려울 정도로 승용차는 찌그러져 있었다. 아마도 이 사고의 충격음이었을 거라고 가쓰노리는 생각했다.

그 정도 사고였다면 승용차를 운전한 사람은 중상을 당했을 게 틀림없다.

찌그러진 승용차 주변으로 구급대원 두 사람이 달려갔다.

그 옆을 자동차 몇 대가 스쳐 지나갔다. 경찰은 아직 도착하지 않은 듯하다.

– 세상의 일상은 이런 식으로 흘러간다.

문득 가쓰노리는 그런 생각이 들었다.

어떤 일정한 비율로 사람은 비일상적인 사건에 휘말린다. 그것은 이런 교통사고일 때도 있고 피할 수 없는 문제일 때도 있다.

그리고 사건에 휘말리지 않은 보통 사람들은 사고 현장을 스쳐지나가는 자동차 몇 대와 다름없이 아무 일도 없다는 듯 일상을 보낸다.

자신도 마찬가지라고 가쓰노리는 생각한다. 그날까지는 세상의 다른 보통 사람들과 마찬가지로 평범하고 평온한 하루하루를 보냈다. 일반 영업직에 있는 평범한 봉급생활자로서.

그날도 그 다음 날이면 비슷한 하루가 자신에게 찾아올 거라고 막연히 믿고 있었다.

그러나 그날 가쓰노리에게는 어떤 일정한 비율로 찾아오는 비일상적인 사건이 기다리고 있었다.

그래서 이런 형벌에 처해졌다.

그리고 세상은 가쓰노리와 상관없이 아무 일도 없었다는 듯 흘러간다. 그 사실을 안다.

가쓰노리는 베란다에서 발길을 옮겨 다시 집 안으로 들어갔다.

목이 마르고 배가 고프다고 느꼈기 때문이다.

생각해보니 어제저녁부터 아무것도 입에 대지 않았다.

구마모토 교도소 서부 관리 센터에서 가져온 하얀 플라스틱 용기를 열어 보았다.

큰 용기 하나 안에 작은 용기가 세 개 더 들어 있었다. 도시락통보다 훨씬 컸다. 용기에는 각각 스티커가 붙어 있었는데 스티커 하나에는 전날 날짜가 유통기한으로 쓰여 있었다. 그리고 '저녁'이라고 표시되어 있다. 전날 그대로 잠들지 않았다면 가쓰노리의 저녁밥이 되었을 터이다. 하지만 지금은 그 용기 곁에 커다랗게 '폐기'라는 글자가 또렷이 드러났다. 유통기한이 지났으니 먹지 말라는 뜻 같다. 시험 삼아 그 용기 뚜껑을 열어보려고 했지만 강하게 밀착되어 있어서 도저히 열 수가 없었다. 나머지 용기 두 개에는 각각 '아침'과 '점심' 표시가 되어 있다. 유통기한은 오늘 날짜가 적혀 있었다. 뚜껑에는 용기 그대로 전자레인지에 1분 동안 데워서 먹으라는 주의사항이 써 있었다. 아까 '폐기'라고 표시된 '저녁' 용기에는 주의 사항이 사라지고 없었다. 특수한 가공이 되어 있는 용기인 모양이다. 죄수가 유통기한이 지난 음식을 먹고 식중독을 일으키지 않도록 한 배려일까. 쓸데없는 참견이라고 가쓰노리는 생각했다.

또 다른 하얀 플라스틱 용기를 열어 보았다. 속옷과 갈아입을 죄수복, 칫솔, 치약, 비누, 수건, 면도크림. 그런 일용품 종류로 채워져 있었다. 그밖에도 여러 가지가 들어 있었다.

그런데 면도크림은 들어 있는데 면도기가 없다. 그렇다면 수염을 깎을 수 없지 않나. 부랴부랴 면도크림 용기를 살펴보았다.

새로 개발된 상품인 듯하다. 시중에서 파는 제품이 아니다.

이 면도크림을 바르고 몇 분 동안 기다린다. 그리고 세수를 하면 수염이 빠지는 효과가 있다고 한다. 면도기는 사용할 필요가 없다.

가쓰노리는 번쩍 떠오른 생각이 있어서 서둘러 부엌 개수대 주위를 둘러보았다. 아니나 다를까. 그곳에는 부엌칼과 과일 깎는 칼 등 칼 종류가 몽땅 사라지고 없었다.

그러니까 가쓰노리가 자살하는 걸 방지하려고 치운 것이다. 목을 매달아 자살하려고 들면 배니싱 링이 수축한다는 말을 어렴풋이 떠올렸지만 이렇게까지 주의 깊게 대처할 거라고는 생각조차 못했다. 바꿔 말하면 배니싱 링이 목을 죄어도 그것은 절대로 죄수를 죽이려는 목적이 아니다. 단순히 고통을 극한가지 주려는 기능이다.

자신의 집도 소실형 수형자를 맞으려는 준비가 치밀하게 되어 있었던 것이다.

일용품 가운데 세면도구만 세면대 주변에 갖다놓았다.

얼굴을 씻고 머리를 감았다. 면도크림은 어쩐지 사용하고 싶은 마음이 들지 않았다.

그리고 가쓰노리는 거울 속의 자신을 뚫어져라 바라보았다.

전보다 눈이 움푹 들어가고 뺨이 홀쭉해져 있었다. 구류기간에 그만큼 몸무게가 줄어든 걸까. 그동안 자신의 얼굴을 차분하게 들여다볼 여유조차 없었구나, 하며 한숨을 푹 내쉬었다. 몸무게는 몇 킬로그램이 빠졌을까? 하고 가쓰노리는 생각한다.

이삼 킬로그램은 아니리라. 이 정도로 겉모습이 달라졌다면 십 킬로그램 가까이 빠지지 않았을까 생각했다.

목을 쭉 뺀다.

거울을 들여다본다.

야윈 자신의 목에 마치 쇄골에 걸린 듯 꽉 끼운 배니싱 링이 보였다. 다른 사람 눈에는 보이지 않는 것이 자신의 눈에는 보인다.

구마모토 교도소 서부 관리 센터 탁자에 놓여 있었을 때와 변함없는 가느다란 은빛 고리다.

이 고리가 소실형에 복역하는 가쓰노리를 속박하는 근원이다. 배니싱 링의 가장자리를 잡고 들어 올려 보았다.

그 순간 퍼뜩 알아차렸다.

구마모토 교도소 서부 관리 센터에서 소실형이 집행되었을 때는 몰랐다. 그때는 배니싱 링을 끼웠을 때 높고 날카로운 전자음이 났다는 사실만 기억한다.

하지만 작동하는 배니싱 링의 기능은 그것만이 아니었다.

딱 한 군데 배니싱 링에 볼록 튀어나온 부분이 있다는 걸 알게 되었다.

그곳에는 액정이 있고 붉은 디지털 문자로 숫자가 표시되어 있었다.

5284 : 23.56

무슨 숫자일까. 의미하는 게 뭘까.

숫자를 거울에 가까이 대보았다. 거울에 비친 디지털 문자의 숫자가 바뀌었다.

5284 : 23.28

숫자가 줄어들어간다.

5284 : 23.00

그리고.

5284 : 22.59

가쓰노리는 그때 깨달았다. 이 숫자는 시간의 경과를 나타낸다.

"그럼 지금부터 아사미 가쓰노리는 8개월, 즉 5,300시간 동안 소실형에 처해집니다."

교도관이 선고하지 않았던가. 그렇다. 형의 집행 개시부터

열다섯 시간이 지났다.

가쓰노리의 남은 형기를 정확히 표시한 숫자라고 추정되었다. 그렇다면 고리에 표시된 숫자가 줄어들어가고 그 숫자가 0이 될 때 소실형을 받는 기간이 끝나 자동으로 배니싱 링의 잠금장치가 풀린다.

그것이 길고 긴 시간인지, 눈 깜짝할 사이인지, 피부에 확 와닿지는 않았다. 불안정하게 흔들리는 느낌이 있을 뿐이다.

오른손으로 잡고 거울에 비춰 본 배니싱 링의 숫자는 그 사이에도 정확히, 더구나 규칙적으로 줄어들어간다.

그리고 배니싱 링을 한 바퀴 돌리면서 관찰한다.

숫자가 표시된, 볼록 튀어나온 액정 부분 말고는 아무런 특징도 없는 고리였다. 일정한 가늘기로 이어져 있다. 배니싱 링을 끼운 이음새조차 보이지 않는다. 그 점이 신기했다.

그렇다면 어떻게 배니싱 링이 수축해서 목을 죄는 걸까.

두 손으로 배니싱 링의 왼쪽과 오른쪽을 잡고 가볍게 잡아당겨 보았다.

옴짝달싹도 안 하고 아무런 반응도 없다. 배니싱 링이 수축하지도 않는다.

신기한 기능으로 배니싱 링을 끼운 사람의 행위가 진심인지 그렇지 않은지도 꿰뚫어보는 모양이다.

솔직히 말하면 겉보기에는 화려한 고리다. 있는 힘껏 잡아당기면 떨어져 나갈 철사처럼 보이지도 않는다.

좀 더 힘을 주어 보았다. 여전히 아무런 반응도 없다. 떨어져

나가지도 않는다.

가쓰노리는 다시 한 번 시도해 보았다. 커다랗게 숨을 쉬고 두 손에 힘을 모아 잡아당겼다.

이번에는 배니싱 링이 반응을 보였다. 가쓰노리가 진심이라고 배니싱 링이 판단했는지는 알 수 없다. 하지만 천천히 바짝바짝 수축해서 배니싱 링과 목 사이에 손가락이 끼었다.

부리나케 배니싱 링에서 손을 뗐다. 다행히 그 순간 배니싱 링의 수축은 멈췄다.

거울을 보니 배니싱 링이 목에 꽉 끼인 상태까지 줄어들어 있었다.

배니싱 링의 성능은 충분히 실감했다고 가쓰노리는 생각했다. 더 이상 실험해 봤자 소용없다.

가쓰노리는 세면대에서 물러나 방으로 돌아가 '아침'이라고 써 있는 용기를 전자레인지에 넣었다.

그때 배니싱 링의 감촉이 목에서 사라졌다. 목에 손을 갖다 대본다.

배니싱 링이 커져서 목덜미까지 느슨해졌다. 평소 모드로 복원되었다. 상황 판단이 빠르다고 가쓰노리는 생각했다.

전자레인지의 가열 종료음을 확인하고 용기를 꺼내 탁자에 놓았다.

그와 동시에 뚜껑이 열렸다. 가열종료와 함께 간단히 뚜껑이 열리게 되어 있다.

그 안에 포장된 음식이 몇 가지 들어 있었다. 하나씩 뜯어 용기 안에 들어 있는 접시와 그릇과 컵에 옮겨 담는다.

밥, 된장국, 톳, 달걀말이, 그리고 엽차.

모든 음식을 각각 하얀 식기에 담고 안에 들어 있는 젓가락으로 먹는다. 식기는 플라스틱으로 된, 아무런 무늬도 없는 소박한 제품이다.

포장을 뜯고 각각 지정된 식기에 옮기면서 가쓰노리는 생각했다.

'꼭 우주식량을 먹는 것 같군.'

의자에 앉아 아침식사를 앞에 두고 가쓰노리는 두 손을 모으고 마음속으로 '잘 먹겠습니다.' 하고 말했다.

맛이 있다고 생각하지는 않지만 그렇다고 해서 끔찍한 맛도 아니다. 가쓰노리가 배고픔을 느끼고 있기 때문인지도 모른다. 어쨌든 집에서 먹는 아침밥과는 적어도 한참은 다르다는 느낌이 든다. 어디가 어떻게 다르다고 말하기는 어렵지만 뭔가 다르다. 부족한 게 뭘까. 만드는 사람이 맛있게 먹어주기를 바라는 '애정'일까? 하고 어렴풋이 생각한다. 아니, 사건이 일어나기 전에 평범한 회사원이었을 무렵의 자신은 늘 아침을 거르고 출근하지 않았던가.

가쓰노리는 거기까지 생각이 이르렀다.

혼자 살던 가쓰노리는 아침에 일어나면 빵조차 안 먹고 집에서 뛰쳐나가는 나날을 보냈다. 거창하게 아침식사의 질이 이렇다 저렇다 비평할 자격조차 없다.

예전에 어떤 보도 프로그램에서 죄수의 하루 식비가 정해져 있다고 한 것을 들은 적이 있다. 분명 상당히 낮은 예산이었다. 그 범위에서 영양의 균형을 생각하기란 매우 힘들다고 했다. 쌀만 해도 묵은쌀이 사용되지 않을까.

그렇다면 사치스러운 소리를 하고 있을 때가 아니다. 제대로 된 식사를 영양 균형에 맞도록 섭취할 수 있는 것만으로도 고마워해야 하리라.

가쓰노리는 모든 음식을 남김없이 싹싹 먹어 치우고 엽차를 다 마신 다음에 '잘 먹었습니다.' 하고 중얼거렸다.

음식이 들어 있던 포장과 젓가락은 모두 겉에 쓰여 있는 대로 용기 안에 도로 집어넣었다.

점심을 먹고 나서 구마모토 교도소 서부 관리 센터에 다음 날 먹을거리를 가지러 간다. 그때 플라스틱 용기를 갖다 놓으면 된다. 그렇게 쓰여 있었다. 공급기에는 반환용 통로도 있다고 한다.

식사를 마치고 지급된 일용품을 정리하고 새삼스레 집 안을 쭉 둘러보았다.

과연, 하고 가쓰노리는 생각한다.

집 안에서 사라져 버린 물건이 있다는 사실을 깨닫는다.

어제저녁에 돌아와서 집 안을 확인하지도 않고 안심하고 잠이 들어버렸다. 점검해 보니 집 안에서 사라진 물건이 있었다. 이것도…… 저것도…….

집 안에서 텔레비전과 오디오 기기가 싹 사라졌다.

그리고 물론 전화 겸 팩시밀리 기기도 없다. 컴퓨터가 사라졌다는 건 이 집에 돌아왔을 때 순간적으로 알아차렸지만.

문득 떠올라서 책상 서랍을 열어 보았다.

역시 사라졌다.

정전이 되었을 때 쓰려고 편의점에서 사 온 휴대용 라디오. 재난 대비용으로 사다 놨는데 그것까지 가져가 버렸다.

요컨대 의사소통과 관련된 제품이 이 집에는 하나도 존재하지 않는다. 소실형 수형자가 제삼자에게 의사를 전달하는 수단을 완전히 뿌리 뽑아 버렸다.

아울러 소실형을 받는 죄수가 세상의 정보를 알지 못하도록 차단할 계획인 듯하다. 그래서 텔레비전도, 라디오도 '금지'하는 걸까.

아니, 소실형을 받는 죄수에게는 오락거리를 하나도 주지 않는다는 방침을 보여준 게 아닐까. 교도소 담장 바깥에 풀어주지만 죄인인 만큼 자유롭지 못하다는 걸 느끼고 반성해야할 건 반성하라. 처지를 깨달아라. 그런 뜻일까?

가쓰노리는 마른침을 삼켰다.

그렇다면 그건 어쩔 수 없다. 그렇게 자신을 타일렀다.

자신은 죄인이니까 속죄해야 한다.

하지만 텔레비전을 보거나 라디오를 듣는 걸 금지한다는 말은 구마모토 교도소 서부 관리 센터에서 하지 않았던 것 같은 기분이 든다.

깜빡 잊고 말하지 않았는지도 모른다.

정식이 아니라 아직 과도기에 놓인 형벌을 시행하는 단계라면 그럴 수도 있을 것이다.

소실형을 형벌 가운데 한 종류로써 국민들에게 제시하는 단계에서 몇 가지 수정이 이루어질 게 분명하다. 아직은 미완성의 형벌인 것이다.

그래서 어디에 결함이 있는지 시행착오를 겪으면서 완성시키려고 할 것이다.

집행 전에 여성 교도관에게 받은 검사를 떠올린다. 어느 정도 지능이 있는지, 어떤 일을 할 수 있는지, 하는 자료를 갖추려는 게 아닐까.

머리가 없는 소실형 수형자의 사체도 구마모토 교도소 서부 관리 센터에서는 예상하지 못했던 사건이었을 터이다.

그러나…….

가쓰노리는 멍하니 생각한다.

자유롭게 지내도 된다고 하지만 앞으로 무엇을 하며 시간을 보내야 하나. 이제까지 몸에 밴 습관을 버리고.

하고 싶은 일, 해야 할 일, 아무것도 떠오르지 않는다.

밖에는 봄바람이 살랑살랑 불고 있다.

가쓰노리는 베란다에 의자를 들고 나와 앉았다.

이 정도는 금지 사항과 아무런 상관도 없다.

의자에 등을 기대고 우두커니 바깥 풍경을 바라본다.

시영 전철이 서서히 눈앞을 지나 구마모토 역 방향으로 달려간다.

덥지도 않고 춥지도 않다. 포근한 햇살이 주변 건물을 감싸고 있다.

평일인데도 평소보다 사람들이 많이 왔다 갔다 하는 듯한 기분이 들었다. 자동차의 통행량도 많은 듯했다. 교통정체를 일으킬 정도의 혼잡은 없지만 말이다.

길을 걷는 사람들도 발걸음이 빠르다.

그렇다. 오늘은 3월 31일. 월말이라는 걸 가쓰노리는 깨닫는다. 서둘러 길을 걷는 사람들은 근처 은행을 향하고 있는지도 모른다.

자동차의 통행량이 많은 것도 당연하리라. 가쓰노리가 회사원이었을 때 월말에는 결산 업무와 월말 마감으로 아침 일찍부터 영업용 자동차를 타고 이리저리 뛰어다녔다.

훗, 하고 그 기억을 떠올렸다.

그 사건까지는……. 한 달 주기가 그런 식으로 돌아간다고 생각했다.

자신이 없어도 사회는 아무 탈 없이 잘만 돌아간다.

자기 혼자 튕겨져 나가고.

별안간 아까 초로쿠바시 가장자리에서 벌어진 충돌사고가 떠올라 그쪽으로 눈길을 주었다.

이제 사고 처리가 끝났는지 그곳에서 사고가 발생한 흔적은 보이지 않는다. 아무 일도 없었다는 듯 모든 자동차가 줄지어 달려간다.

4

아사미 가쓰노리가 근무했던 곳은 일용품 잡화 도매상이
었다.

가쓰노리는 고향에 있는 사립대학 경제학부를 졸업한 뒤 연
매출 12억 엔인 중소기업에 들어갔다. 바야흐로 경기가 침체
되던 시기라서 수도권 근처에서는 조건이 좋은 취직자리를 발
견하지 못했고 병약한 어머니가 있는 처지에 구마모토를 떠날
수는 없었다. 그래서 고향에서 일자리를 찾으려고 했고 선택
의 여지가 거의 없었다.

간신히 취직된 곳이 '히시야마 상점'이란 기업이었다. 상점
이라는 명칭은 다이쇼시대(1912~1926)에 창업되어 그 역사의
흔적이 회사 이름에 고스란히 드러나서 그렇다. 히시야마 상
점 대표는 3대째 이어져 오고 있고 사원수가 60명 가까이 되

는 중소기업이다.

　가쓰노리는 입사와 동시에 영업과에 배치되었다. 그리고 판매를 담당했다.

　본사는 구마모토 시 오에에 있고 상권은 구마모토 현 전체였다.

　영업과는 도매 부문과 소매 부문으로 나누어져 있고 가쓰노리의 팀은 도매 부문이었다.

　도매 부문의 판매인만큼 마구잡이로 하지는 않는다. 담당 지역의 판매점을 쭉 돌아다니는 이른바 루트 세일즈를 한다. 영업용 자동차를 타고 상품을 판매점에 납품하고 주문을 받고 신상품을 소개한다. 히시야마 상점은 수도권의 제조업체 몇 곳과 특약점 계약을 맺고 있기 때문에 생산자가 도매업자에게 판매하는 기획 캠페인으로 상인 집단을 찾아다니는 업무도 해야 한다.

　월급은 지방 기업 수준이라서 그리 많지 않다. 다음 월급날까지 생활비가 빠듯하다. 놀러 다닐 여유가 전혀 없었다.

　그래도 개의치 않았다. 졸업 동기들이 직장에 취직하지 못하고 아르바이트를 하거나 파견사원 생활을 되풀이한다는 소문을 듣고 배부른 소리를 하면 안 된다고 마음먹었다.

　취직해서 2년째 되던 겨울에 몸져누워 지내던 어머니가 C형 간염으로 세상을 떠났다. 고등학교 시절에 아버지가 간암으로 돌아가셨는데 원인은 C형 간염이 악화되어서였다.

　어머니가 걸린 C형 간염은 아버지에게 전염된 것인데 마지막까지 어머니는 아버지를 원망하는 말을 입에 담지 않았다.

다만 가쓰노리가 혼자 살아가야 한다는 점을 걱정했다. 아들이 빨리 결혼해서 손자를 안아 보시기를 바랐지만 가쓰노리는 당시 너무 어렸고 그럴 계획도 없었다.

무엇보다 그 당시는 경제적으로, 시간적으로 그런 여유는 없었다.

언젠가 마음에 드는 여성이 나타난다면 그리고 생활에 어느 정도 여유가 생긴다면 결혼하고 싶다는, 남들처럼 소박한 소망은 품고 있었다. 하지만 그게 언제라고 목표로 삼지는 않았다. 어머니가 살아 계실 때 어머니의 꿈을 이뤄 줄 결혼 상대를 찾는 편이 좋겠다고 생각한 적도 있었지만 그다지 진지하지는 않았다.

어머니가 돌아가시고 나서 쓸쓸하기는 했지만 등에 짊어진 무거운 짐을 벗어놓은 듯한 기분도 들었다. 그래서 일에 몰두하는 하루하루가 대부분이었다.

가쓰노리가 담당하는 지역은 구마모토 시 북동부에서 아소 군에 이른다. 아소 군도 넓어서 미나미아소에서 오이타 현의 경계인 나미노, 오구니까지 걸쳐 있다.

그 지역에 있는 마트와 잡화점, 그리고 미용실, 이발소까지 돌아다녔다. 미용실과 이발소를 돌아다니는 이유는 히시야마 상점이 특약점으로 되어 있는 업체용 특수 헤어제품과 화장품을 취급하기 때문이다. 이렇게 돌아다니며 거래하는 일이라 작은 분량인데도 의외로 시간이 꽤 걸렸다.

다행히 해가 갈수록 일이 익숙해지는 동시에 효율성도 좋아졌다. 돌아다니는 건수도 늘어났다. 일주일에 이틀은 쉬는 게 방침이지만 그다지 잘 지켜지지는 않았다. 상품을 도매하는 점포는 토요일도, 일요일도 아랑곳하지 않고 영업을 한다. 일요일만큼은 휴대전화 전원을 꺼 놓지만 토요일까지는 최대한 떨어진 상품을 채워주려고 노력했다. 거래처에서 휴대전화에 우는 소리를 남겨 놓으면 상품 창고로 가서 배송을 해 준다. 물론 가쓰노리가 호의로 베푸는 초과근무 서비스다. 그래서 토요일에는 출퇴근 기록과 관련 없는 곳에서 일을 한 셈이된다. 하지만 저녁부터는 학창시절 친구들과 술을 마시러 가거나 영화를 보러 가는 즐거움이 남아 있었다.

가쓰노리에게 애인이라고 할 만한 상대는 없었다.

여성에게 관심이 없었던 건 아니다. 학창시절부터 관심을 품을 만한 여성과 인연이 없었을 뿐이다.

관심이 가는 여성이 나타나지 않은 것도 아니다. 그런 여성이 나타나도 가쓰노리는 적극적으로 구애를 하는 유형은 아니었고 그런 여성은 대부분 사귀는 남성이 있었다.

가쓰노리는 그럴 거라고 생각했다. 인연이 있으면 애인이 생길 수도 있고 그 인연이 무르익으면 결혼으로 이어질지도 모른다.

혼자 사는 인생이니까 초조할 이유도 없다.

거래하는 상점에서 가쓰노리가 미혼이라는 사실을 알고 친척 여성을 소개해 주겠다는 이야기가 나오기도 했지만 그럴 때는 "애인이 있어서요." 하고 노련하게 피해갔다. 사생활을 일하는 데까지 끌어들이고 싶지 않다는 마음도 있었고, 깔끔한 성격이기도 했다.

그러나 가쓰노리에게는 자기 자신도 아직 알지 못하는 충동 스위치가 존재했다.

그러던 어느 날 나카하라 아야나가 가쓰노리의 눈앞에 나타났다.

처음으로 아야나를 만난 건 아침에 열린 영업 회의 때였다.

과장이 루트 세일즈팀에 아야나를 소개했다.

"프라우 신상품 컬러 홍보 도우미 나카하라 아야나 씨입니다. 앞으로 날마다 교대로 여러분 영업팀과 함께 미용실에 가서 실연을 펼칠 예정입니다. 화요일이 A지역, 수요일이 B지역, 목요일이 C지역입니다. 금요일과 토요일은 다른 특약점으로 이동할 계획입니다. 사흘 동안 특별히 우리 회사의 매출 확대를 지원해 주게 되었습니다. 따라서 나카하라 아야나 씨와 함께 가는 날은 미용실을 중점적으로 돌아다니도록 하십시오."

나카하라 아야나는 미용사처럼 하얀 가운을 입고 있었다. 눈이 큼지막하고 입술도 두툼해서 육감적인 인상을 풍기고 있었다. 하얀 가운에 감춰져 있지만 가슴이 불룩 튀어나온 모습을 보고 가쓰노리가 자신도 모르게 '로켓 유방'이라고 중얼거릴 정도였다. 화장을 곱게 한 아야나는 몇 미터나 떨어져 있는데도 고개를 갸웃거리기만 해도 가쓰노리의 코끝에 그녀의 향수 냄새가 맴돌아 여성의 화신이 눈앞에 있다는 인상을 받았다.

나카하라 아야나는 과장이 재촉하자 자기소개 겸 인사를 했다.

"방금 소개받은 나카하라 아야나입니다. 프라우 신상품 컬러가 얼마나 멋진가를 고객에게 알리려고 파견되었습니다. 취미는 노래방에서 노래 부르기와 네일 아트와 다이어트입니다. 잘 부탁드리겠습니다."

혀가 짧아서 살짝 끈끈한 말투라고 가쓰노리는 생각했다. 이런 화법으로 상품의 뛰어난 점을 손님에게 호소할 수 있을까, 의심스러웠다. 홍보 도우미로서 프로의식이 그다지 느껴지지 않는다.

그런데…… 하고 가쓰노리는 생각했다. 네일 아트는 도대체 뭘까? 그리고 아야나에게 다이어트가 필요한가? 그다지 살찌지 않은 것처럼 보이는데 말이다.

그렇게 생각하며 퍼뜩 눈길을 거두었는데 나카하라 아야나가 눈을 치켜뜨고 가쓰노리를 물끄러미 바라보고 있었다.

가쓰노리는 그 순간 마른침을 꿀꺽 삼켰다.

가쓰노리가 담당하는 아소 군은 C지역에 속했다. 그래서 수요일까지는 평소처럼 루트 세일즈를 하며 보냈다. 그런데 수요일 아침에, B지역 루트 세일즈에 나카하라 아야나 일행이 다녀온 뒤 전날 아야나와 함께 돌아다녔던 A지역 루트 세일즈 동료인 쓰카모토가 가쓰노리에게 넌지시 일러준 말이 신경에 거슬렸다.

"저 홍보 담당 여성, 별나더라. 더구나 좋아하는 유형이 아사미 가쓰노리, 너라고 했어. 어떻게 할 거냐?"

"어떻게 할 생각 없습니다."

그렇게 가쓰노리는 대답했다.

쓰카모토는 잇몸을 드러내고 눈초리를 축 늘어뜨리더니 능글능글하게 말했다.

"해 버려. 상관없으니까 해 버려."

동료인 쓰카모토는 마흔이 훌쩍 넘었다. 그 나이에 쓰는 표현이 왜 이렇게 천박한가, 기가 막혔다.

그 시점에 가쓰노리는 아야나에게 아무런 특별한 감정도 품고 있지 않았다. 그저 약간 신경 쓰이는 정도였다. 자신이 좋아하는 유형과는 다르다, 그렇게 스스로 타이르고 있었다.

'일 때문에 같이 다니는 여성일 뿐이다.'

전날 밤, 보고서 용지에 차례로 돌아다닐 예정인 점포 이름을 쭉 적어 놓았다.

아야나가 "아사미 씨, 오늘 하루 잘 부탁드리겠습니다." 하고 인사를 하더니 영업용 자동차 조수석에 앉았다. 동시에 가쓰노리는 전날 만들었던 방문할 곳 목록을 아야나에게 건네주었다.

"오늘 방문할 곳입니다."

그 순간 전날처럼 아야나가 내뿜는 향수 냄새가 가쓰노리의 코끝에 훅 끼쳤다.

"굉장해요. 그저께도, 어제도 이런 목록은 받지 못했어요. 아사미 씨, 젊은 분이 빈틈이 없네요." 하고 아야나가 감탄했다. 가쓰노리는 은근히 기뻐하는 자신이 부끄러웠다.

"그렇게 하는 쪽이 일의 순서를 이해하기 쉬울 듯해서 만들었습니다. 먼 곳부터 돌아다닐 예정입니다. 먼저 오구니 쪽부터 돌기 시작해서 차츰 시내 쪽으로 들어오는 순서로 계획되어 있습니다."

"우와, 기대돼요. 오구니라면 경치가 아름다운 곳이죠. 가는 도중에 들길이 쭉 펼쳐져 있잖아요."

그러고 나서 가쓰노리는 동쪽에 있는 우회도로를 잠자코 운전했다. 뭔가 이야기해야 한다고 생각했지만 화제가 떠오르지 않았다. 자신도 모르게 코를 벌름거리는 걸 아야나의 말을 듣고 알아차렸다.

"앗, 향수가 너무 독한가요?"

"아뇨, 그렇지 않습니다. 무슨 향수예요?"

"미쓰코라는 향수래요. 선물 받은 거라서 잘 모르겠어요. 예전 남자친구가 줬어요."

"예전 남자친구가 줬다고요? 지금 남자친구는 그 향수를 뿌려도 아무것도 안 물어봅니까?"

"지금은 남자친구가 없어요. 예전 남자친구는 질투가 굉장히 심해서 귀찮아서 헤어졌어요."

그런 가치관이 가쓰노리는 이해가 가지 않았다. 전 남자친구가 준 향수를 쓴다고? 그 남자친구와 헤어졌다면 꼴도 보기 싫어서 바로 버리거나 하지 않을까? 여자들의 생각은 좀 다른 걸까?

이야기를 하는 사이에 아야나가 아직 학생이라는 사실을 알게 되었다. 아르바이트 홍보 도우미에 응모해서 후쿠오카에서 연수를 받았다고 한다. 일당이 얼마인지 듣고 가쓰노리는 시무룩해졌다. 가쓰노리가 받는 월급을 하루 단위로 계산했을 때 두 배나 되는 일당을 아야나는 받고 있었다. 홍보 도우미는 계속 하는 일이 아니라서 어쩔 수 없다며 스스로 위로했다.

"아사미 씨가 이 회사에서 가장 느낌이 좋아요." 하고 아야나가 나직이 속삭였다.

"아, 그렇습니까? 고맙습니다."

가쓰노리도 기분이 나쁘지는 않았다.

"그저께 같이 다녔던 쓰카모토 씨는 정말 몹쓸 사람이더군요. 징글징글한 아저씨더라고요. 조수석에 앉아 있는데 무릎을 쓰다듬었어요. 그런 짓은 술집에나 가서 하라고 따끔하게 쏘아붙여 줬어요. 그러고 나서 조수석에 안 앉고 뒷좌석에 탔어요."

가쓰노리는 쓰카모토가 짓던 비열한 웃음을 떠올렸다. 아야나가 불평을 할 때 "아사미 씨가 제 이상형이에요."라고 말했던 걸까? 쓰카모토가 "해 버려." 하고 지껄인 건 자신을 거부한 데 따른 분풀이인지도 모른다고 생각했다.

아야나가 화제를 바꿔 "아사미 씨는 여자친구랑 종종 오구니 쪽으로 드라이브를 하고 그러나요?" 하고 물었다.

"일 때문에만 갑니다." 하고 가쓰노리가 대답했다.

"어? 여자친구 없어요?"

"네." 하고 어쩔 수 없이 대꾸했다.

"우와. 나중에 저녁식사라도 함께할까요?"

"좋습니다." 하고 동의했다. 그보다 가쓰노리는 화제를 바꾸고 싶었다.

"취미가 네일 아트라고 했죠. 그게 뭡니까?"

"어머, 네일 아트를 모르다니. 이거, 이거."

그렇게 말하며 아야나는 운전하는 가쓰노리의 눈앞에 자신의 손가락 끝을 쑥 들이밀었다. 손톱에 반짝반짝한 게 칠해져 있었다. 그제야 가쓰노리는 네일이 손톱이라는 걸 깨달았다. 아야나는 어느새 가쓰노리에게 반말로 지껄였다. 그러더니 한바탕 네일 아트가 얼마나 대단한지 열변을 토해냈지만 관심이 없는 가쓰노리는 건성으로 대꾸하는 게 고작이었다. 그 이야기는 오구니에 있는 마트에서 걸려온 전화로 중단되었다. 제품 불만이 접수되었다고 한다. 지금 오구니로 향하고 있다고 대답하자 꼭 들러 달라고 한다. 그날 차례로 돌아다닐 예정지 가운데 첫 방문지인 '하루코 미용실' 미팅 예정 시간을 보니, 항의가 들어온 '기쁨 마트'를 들렀다 가려면 다음 순회 예정 시간에 커다란 차질이 빚어진다. 아야나에게 사정을 이야기하자 "이틀 동안 다녀봐서 아니까 저를 '하루코 미용실'에 내려주고 불만 사항을 처리하러 가도 괜찮아요." 하고 말했다. 끝나면 연락할 테니 휴대전화 번호를 알려 달라고 했다.

다행히도 제품 불만 사건은 가쓰노리 회사의 책임이 아니었다. 제품을 사용한 소비자가 알레르기 반응을 보인 듯하다. 자세한 상황을 듣고 제조업체의 회답을 반드시 받아내겠다고 약속하고 나서 그 자리에서 벗어날 수 있었다. '기쁨 마트'에서 2킬로미터 정도 떨어진 거리에 있는 '하루코 미용실'에 서둘러 가 보니 이미 상품 홍보를 마친 아야나가 길거리에 서 있었다. 가쓰노리가 탄 영업용 자동차를 보고 두 손을 휘휘 흔들며 깡충깡충 뛰고 있었다.

참 발랄하구나, 하고 가쓰노리는 쓴웃음을 지었다.

미나미오구니, 우치노마키에 있는 미용실을 두 군데 돌고 점심을 먹으러 갔다. 갓나물밥을 맛볼 수 있는 향토음식점이었다. 차에서 내릴 때 아야나는 하얀 가운을 벗었다.

"가운이 세련되지 못해서요. 점심은 자유시간이죠." 하고 말했다.

안에는 아찔하게 짧은 분홍빛 원피스를 입고 있었다. 바로 앞에 앉았을 때 깜짝 놀랐다. 가슴 부근이 커다랗게 V자로 파인 디자인이었다. 아야나가 일부러 그랬는지 어땠는지는 확실하지 않다. 다만 메뉴판을 보던 아야나가 앞으로 수그리자 가슴골이 가쓰노리의 눈으로 곧장 빨려 들어왔다.

눈길을 어디에 두어야 할지 몰라 쩔쩔맸다.

하루 일과를 마치고 아야나가 차에서 내릴 때 말했다.

"날마다 오늘처럼 일이 즐거우면 좋겠어요. 아사미 씨랑 데이트하는 것 같았어요."

가쓰노리는 다음 날 다시 평상시처럼 루트 세일즈 업무로 돌아갔다. 정체를 알 수 없는 아야나라는 여성과는 그때뿐이었다. 하지만 이따금 눈앞에 앉아 있던 아야나의 뽀얀 가슴골이 떠올랐다. 자신의 이상형이 아닌 여성인데도 말이다.

영업을 하느라 돌아다니는데 가쓰노리의 휴대전화가 울렸다. 모르는 번호였다. 전화를 받으니 나카하라 아야나였다.

"안녕하세요? 아사미 씨죠. 홍보 도우미 나카하라예요."

그 말투를 듣자마자 아야나라는 걸 알아차렸다. 하지만 어떻게 전화번호를 알고 있는지 몰라 어리둥절했다. 그렇다. 제품 불만 사항을 처리하러 갈 때 알려주었다.

"아, 안녕하세요. 갑자기…… 무슨 일입니까?"

그렇게 대꾸하자 전화 저편에서 큭큭큭큭, 하는 웃음소리가 울려 퍼졌다.

"같이 저녁식사를 하고 싶어서요. 그때 좋다고 했죠?"

가쓰노리가 군침을 꿀꺽 삼켰다. 얼굴보다도 불룩 튀어나온 뽀얀 가슴골이 떠올랐다.

"아아."

결국 그날 저녁에 만나기로 약속했다. 어디가 좋을지 가쓰노리는 마땅히 떠오르는 장소가 없었다. 아야나는 그런 정보에 밝았다. 가고 싶은 음식점이 있다고 했다. 그 말을 따르는 수밖에 없었다.

그날 저녁 8시 조금 못 되어 고린지 거리에 있는 약속한 음식점 앞에 도착했다. 거기서 아야나가 손을 흔들며 기다리고 있었다. 아야나는 가쓰노리의 팔을 부여잡고 "신난다. 나와 주었군요." 하고 말했다.

카운터석만 비어 있었다. 안쪽에 두 사람이 앉았다. 그런 음식점에 가쓰노리는 들어가 본 적이 없다. 그 사실을 솔직히 말하자 "제가 고를게요." 하며 아야나가 주문을 했다.

전채 요리와 와인. 그리고 피자.

그때 그 향수 냄새가 또다시 가쓰노리의 코를 자극했다. 하지만 익숙해졌는지 그다지 역겨운 느낌은 들지 않았다. 와인을 마시는 아야나는 분위기에 젖어든 느낌이었다. 자신보다 예닐곱 살 아래인데도 아야나는 어째서 그리도 여유만만한지 가쓰노리는 신기하기 짝이 없었다.

다음 날도 근무가 있다. 가쓰노리는 아야나와 식사를 하고 서둘러 돌아갈 생각이었다.

나온 음식은 하나같이 맛있었다.

"여기…… 맛있죠?"

"여기 자주 옵니까?"

"전에는 친구 따라와 봤구요. 오랜만에 들렀어요. 여기 음식이 굉장히 먹고 싶어졌거든요."

아야나는 장난기 가득한 웃음을 지었다. 여기 음식이 먹고 싶어서 오자고 한 건가. 그렇게 생각하니 가쓰노리는 마음이 한결 편해졌다. 한턱내는 것도 괜찮겠다, 그렇게 생각했다.

카운터석이라서 그런가 아야나가 필요 이상으로 몸을 가까이 기대왔다. 몇 번이나 "이렇게 아사미 씨랑 식사해서 기뻐요. 다음에도 괜찮죠?" 하고 말했다. 몇 자리밖에 안 남았던 카운터석도 거의 다 찼다.

손님이 한 사람 들어와서 문 가까이에 있는 카운터석에 앉았다.

아야나의 표정이 싹 바뀌었다.

"왜 그래요?" 하고 물었다.

"예전에…… 헤어진 남자친구." 하고 대답했다. 아야나의 시선 끝에 가쓰노리보다 몇 살 많아 보이는 남자가 앉아서 이쪽을 노려보고 있었다. 이 음식점이 아야나의 예전 남자친구의 단골가게라는 사실을 비로소 깨달았다.

"지금 뿌린 향수를 준?"

"그래요." 하는 대답에 머뭇거리는 기색은 없었다.

"나갈까요?" 하고 가쓰노리가 묻자 "괜찮아요." 하며 두 손으로 가쓰노리의 팔을 움켜잡고 저편에 앉은 예전 남자친구에게 보여주려는 듯 뺨을 바싹 갖다 댔다. 그런 모습을 일부러 보여주려는 듯이.

그리고 30분 정도 식사를 하고 나서 아야나를 먼저 내보내고 계산을 마쳤다. 기분 나쁜 예감이 들었기 때문이다.

밖으로 나가려고 할 때 알아차렸다. '헤어진 남자친구'도 이미 자리에 없었다.

바깥에 나가니 여자가 비명을 질러대고 있었다.

아야나였다.

"이 손 놔. 뭐 하는 거야. 상관없잖아."

바라보니 아야나의 예전 남자친구가 그녀의 팔을 꽉 움켜잡고 있었다.

"젠장. 나를 바보로 만들었어."

아야나가 가방으로 남자를 때렸지만 팔을 놓으려고 하지 않는다. 아무튼 어떻게든 해야겠다고 생각한 가쓰노리가 부리나케 달려갔다.

"놓으세요." 하며 엉겁결에 가쓰노리는 남자의 팔을 확 낚아챘다. 억지로 떼어놓자 남자가 이성을 잃었다.

"네 녀석과 상관없잖아. 내 여자야."

주먹이 날아와 가쓰노리의 왼쪽 귀를 픽, 하고 때렸다. 남자는 흥분해서 뭐가 뭔지 영문을 모르는 듯했다.

가쓰노리는 귀가 얼얼했다.

그리고 머릿속이 새하얘졌다. 그것이 가쓰노리 자신도 알지 못하는 충동 스위치를 켰다.

눈이 확 뒤집혔다. 정신을 차렸을 때 앞에 남자가 쓰러져 있고 가쓰노리는 그 남자를 손에 든 소화기로 여전히 내려치고 있었다. 그 소화기를 왜 들고 있는지 기억이 나지 않는다.

비틀거리며 주저앉았을 때 아야나가 질러대는 비명을 들었다. 그리고 경찰 둘이 가쓰노리를 땅바닥에 밀어붙였다. 마치 꿈속에서 벌어진 일처럼.

#5

그리고 아사미 가쓰노리는 사회에서 튕겨져 나갔다.

체포되고 구류되었다. 여러 번 현장 검증을 받았다.

가쓰노리와 전혀 안면이 없는 피해자는 안자이 데루히코, 스물아홉 살이었다.

안자이 상사 전무다. 안자이 상사 사장의 외아들로 그날 청년회의소 모임을 마치고 그 음식점에 들렀다 사건과 맞닥뜨렸다. '성실한 청년'이었다고 취조하던 수사관이 알려주었다.

평소와 다르게 안자이가 폭행에 휘말렸다고 한다. 아직까지도 피해자는 의식을 회복하지 못하고 있다고 가르쳐주었다. 가벼운 부상에 그쳤다면 합의하는 선에서 마무리되었을지도 모른다고 변호사가 말했다. 안자이 데루히코의 부모는 강경하게 형사처분을 주장했다고 한다.

당연하다고 가쓰노리는 생각했다.

부모가 애지중지 기른 외아들을 자신이 식물인간 상태로 만들어 버렸으니까. 더구나 사랑 싸움 중에.

그 사건의 원인이라고 할 수 있는 나카하라 아야나는 구류 중에 한 번도 면회를 오지 않았다.

자신은 범죄자가 되었다. 젊은 여성이 범죄자와 얽히고 싶어 하지 않는 건 지극히 당연하다.

하지만…… 그런 걸까…… 하고 가쓰노리는 생각했다. 아야나를 향한 미련 따위 손톱만큼도 존재하지 않지만.

아야나가 걸어온 전화에 응하지 않았다면 이런 결과는 빚어지지 않았을 거라고 생각하지만 이미 엎질러진 물이었기에 가쓰노리는 체념했다. 확실히 자기 안에 자신도 몰랐던 '악마'가 존재한다는 생각밖에 안 들었다.

모든 것은 마치 하나로 이어진 악몽 속의 일이라는 생각만 들었다.

하지만 잘못을 저질렀다는 엄청난 죄책감이 가쓰노리를 짓눌렀다. 이제까지 인생에서 이 정도로 속죄를 바랐던 적은 없다. 가쓰노리는 남들보다 훨씬 정의감이 강한 성격이었다. 그래서 속죄하고 싶은 마음 하나로 항소도 하지 않았다…….

구류 중에 유일하게 면회를 온 사람은 가쓰노리가 근무했던 히시야마 상점의 총무과장이었다. 당혹스러운 표정으로 가쓰노리가 어떻게 처분되었는지 알려주었다. 그 자리에서 가쓰노리가 저지른 사건이 지역 신문에 3면 기사로 게재되었다는 사실도 알았다.

징계면직이라고 했다.

가쓰노리는 분노하지도, 낙담하지도 않았다. 판결도 아직 내려지지 않은 단계이지만 징계면직은 당연한 것처럼 여겨졌다. 고개를 끄덕이며 이야기를 들었다.

"회사 측에 여러 가지 폐를 끼쳤습니다. 죄송합니다."

그렇게 전했다. 총무과장은 "무슨 일이 있으면 힘이 되고 싶네." 하는 말을 남겼지만 도망치듯 부랴부랴 돌아갔다. 그 말이 인사치레일 뿐이라는 사실을 가쓰노리도 안다. 그래서 힘이 되어줄 거라는 기대는 품지 않았다.

충돌사고 처리가 마무리된 초로쿠바시 방향에서 가쓰노리는 눈길을 거두었다.

확실히 평소보다 교통량이 많다. 3월 31일, 월말은 일본의 관공서에서는 회계연도에 해당된다.

그것은 세상의 흐름 속에서나 할 수 있는 말이고 지금은 가쓰노리와 아무런 관계도 없다.

앞으로 8개월을 지내려면…….

가쓰노리는 의자에서 벌떡 일어났다.

베란다에서 날마다 어벙하게 지내는 방법도 분명 있을 것이다. 하지만 가쓰노리의 신체가 그것을 거부했다. 하루 종일 베란다에서 지내는 건 감옥에 있는 것과 마찬가지다.

앞으로의 생활 리듬은 스스로 확인하고 선택해야 하지 않을까.

그렇게 자신을 타일렀다. 그런 답답한 상념이 가쓰노리를 흔들어 놓았다.

가쓰노리는 문을 잠그고 그 충동에 따라 맨션을 나섰다.

이 맨션에는 빈집이 늘어나서 사람과 마주칠 기회가 거의 없다. 그래도 가쓰노리는 엘리베이터를 타지 않고 계단으로 내려갔다.

아무하고도 마주치지 않았다.

거리로 나섰다.

차도를 달리는 자동차는 많지만 출퇴근 시간이 지났기 때문인지 인도를 걷는 사람의 모습은 별로 보이지 않았다.

이런 상황이라면 다른 사람이 예기지 못하게 별안간 접근하더라도 배니싱 링이 목을 죄는 일은 없지 않을까.

바깥으로 나왔지만 어떻게 해야 할지는 생각하지 않았다.

그저 막연히 생각해 둔 바는 있었다.

구마모토 교도소 서부 관리 센터에서 소실형 집행 전에 교도관이 여러 가지 금지 사항을 알려주었다.

다른 사람에게 말을 걸어서는 안 된다든가 편지나 컴퓨터, 전화는 금지라든가.

그밖에도 다양한 금지 사항을 들었지만 메모를 남겨서 외워 두지는 않았다. 몇 가지 못 들었거나 잊어버린 사항이 있는 듯한 기분이 들었다.

– 분명 다른 사람의 집에도 마음대로 드나들 수 없다고 말한 것 같은데.

그런 느낌도 들지만 확실하지는 않았다. 아무리 투명 인간이라고 해도 다른 사람 집에 들어가서 엿보는 취미는 없다. 하지만 '다른 사람의 집'이 어느 정도의 범위인지는 확인하지 않았다.

공공시설은 '다른 사람의 집'일까? 백화점은 어떨까? 아니, 백화점에 발을 들여놓을 생각은 애초에 하지도 않았다. 그런 곳과는 분명 아무런 관련도 없으니까.

다만 들어갈 수 있느냐, 들어갈 수 없느냐는 별개로 교도관이 설명한 부분이 얼마나 엄밀히 지켜지는지 확인할 필요는 있다고 생각했다.

서둘러 그런 규칙들을 확인하고 싶은 마음이 든 것은 아니지만 천천히 그런 규칙들에 대해서 확인해 보고는 싶었다.

일단 시라카와 강 표면을 느긋하게 바라보고 싶은 마음이 들었다. 초로쿠바시 옆에서 뉴스카이 호텔까지 산책로가 이어져 있다. 간이 벤치도 있고 시라카와 강의 흐름을 보기에 가장 적당하다고 생각했다.

하지만 전철길을 안전하게 건널 자신이 아직은 없었다. 파란불일 때 건너려고 해도 운전자의 눈에 가쓰노리가 보이지 않기 때문에 속도를 늦추지 않고 달려올 게 뻔하다. 어제 본 목 없는 사체와 같은 운명이 되리라.

한동안 횡단보도 앞에서 망설이고 있을 때였다. 떠돌듯 남자가 걸어왔다.

초라한 모습이었다. 낮에는 햇살이 내리쬐어 따뜻하다. 가쓰노리가 입은 죄수복으로도 충분히 견뎌낼 수 있다. 그런데 이 남자는 몇 겹이나 되는 꼬깃꼬깃한 긴팔 옷을 뚱뚱하게 껴 입고 있다. 왼손에 들고 있는 비닐봉지는 페트병이랑 편의점 도시락이 들어 있어서 빵빵한 게 터질 것 같았다. 등에는 골판 지를 묶은 걸 짊어지고 오른손에 밧줄 한 묶음을 움켜잡고 있 었다. 얼굴은 햇볕에 타서 찌들은 듯 새까맸다.

노숙자다. 아직 젊다. 가쓰노리와 비슷한 나이가 아닐까?

가쓰노리는 그 남자의 얼굴을 어디선가 본 듯한 기분이 들 었다.

어쩌면…… 중학교 때 동급생이 아닐까 했다. 닮았다.

분명…… 이름은 아라토 가즈요시였던 것 같다. 아라토가 왜 지금 노숙자가 되었는지는 물어볼 수 없기 때문에 모르지 만 말이다.

틀림없다.

아라토는 횡단보도 앞에서 멈춰 섰다. 길 저편으로 건너갈 모양이다.

이때다! 하고 가쓰노리는 생각하고 노숙자인 아라토의 등 뒤에 섰다.

노숙자가 있으면 보통 사람은 그럴 때 일정한 거리를 유지 하려는 습성이 있다. 일정 거리 이상 떨어져 있다. 그렇다면 그 노숙자 등 뒤에 서 있으면 보통 사람은 가쓰노리에게도 가 까이 다가오지 않을 것이다.

아라토의 등 뒤에서 가쓰노리는 이상한 냄새를 맡았다. 아라토는 얼마나 오랫동안 목욕을 하지 못한 걸까? 머리카락도 더부룩하게 자랐고 때가 낀 머리털이 뭉쳐 있어서 자메이카 가수 같은 헤어스타일로 보였다. 레게라는 장르의 곡을 부르는…….

그리고 가쓰노리는 알아차렸다.

아라토는 중얼중얼 혼잣말을 하고 있었다. 먼저 가쓰노리는 자신의 귀를 의심했다. 틀림없이 혼잣말이다.

아라토가 중얼거리는 말은 띄엄띄엄 이렇게 들렸다.

"근데 나를…… 왜 그러는데. 손을 두르고…… 난 무서워…… 홋, 홋, 홋……."

아라토가 웃고 있다는 걸 느꼈다. 그 증거로 어깨가 들썩이고 있었다. 마지막에 "죽여 버릴 테다. 홋, 홋, 홋." 하고 또렷하게 덧붙였다.

가쓰노리는 소름이 쫙 돋았다. 지금까지 인생에서 무슨 일이 있었는지 모르지만 아라토는 마음의 병을 앓고 있다. 혼잣말을 질질 흘리고 그렇게 뒤숭숭한 소리를 입에 담다니. 분명 자신을 지금의 상황으로 내몬 세상을 향한 저주이리라.

주부로 보이는 여성이 다가왔다. 아니나 다를까 아라토의 존재를 알아차리고 몇 미터 떨어져 서 있었다. 아라토는 그 여성을 보고 가까이 오지 않는 게 이상한지 고개를 들고 다시 한번 웃었다.

그 순간 횡단보도 신호가 파란불로 바뀌었다.

아라토가 건너기 시작하자 가쓰노리도 부랴부랴 뒤따라 걸었다.

다 건너고 나서 아라토가 귀신에 홀린 표정으로 느닷없이 뒤를 확 돌아보는 바람에 가쓰노리는 화들짝 놀랐다. 너무나도 갑작스러운 행동에 가쓰노리는 발길을 멈췄고 까딱하면 앞으로 푹 고꾸라질 뻔했다.

아라토는 천천히 주위를 둘러보고 고개를 갸웃거렸다. 기분 탓인가, 하는 식으로 말이다.

가쓰노리의 모습은 보이지 않는다. 하지만 확실히 아라토는 가쓰노리가 보이지는 않아도 기척은 느낀 듯했다.

아라토는 그러더니 3호선 지하통로로 들어갔다. 가쓰노리가 그 뒤를 바싹 따라붙었다. 저편에서 걸어오는 사람이 있었지만 아라토의 행색을 보고 피해서 지나갔다. 그래서 여기에서도 가쓰노리에게 다가오는 사람은 없었다. 지하도라서 아라토의 구두 소리도, 앞에서 오는 보행자의 구두 소리도 날카롭게 울려 퍼졌다. 발소리 자체가 울렸다. 하지만 가쓰노리가 신고 있는 스니커즈는 소리가 나지 않았다.

특수한 스니커다. 주위 사람에게 발소리로 존재가 발각되는 일은 없다…….

과연, 하고 가쓰노리는 생각했다. 그래서 이 스니커즈로 갈아 신으라고 했던 걸까……. 발소리조차 새어나오지 않도록 가공 처리가 되어 있을 줄은 몰랐다. 그저 합성수지로 만든 구두창이라고 가쓰노리는 단순히 생각했다.

지상의 빛이 비치고 오르막길을 걸어가니 시라카와 강 길을 따라 만든 산책로가 나왔다. 콘크리트 둑 맞은편에는 우아한 시라카와 강이 반짝반짝 흘러가고 있었다.

아라토를 뒤따라 걷기를 포기하고 가쓰노리는 발을 멈췄다.

그러자 아라토가 멈춰 서더니 이해가 가지 않는다는 표정으로 다시 뒤를 확 돌아보았다.

가쓰노리는 신기하기 그지없었다.

아라토가 자신의 존재를 감지하고 있는 걸까? 틀림없이 보이지는 않을 것이다. 틀림없이 소리도 들리지 않을 것이다. 기척으로 아는 걸까?

하지만 아라토는 자기 주위에 아무것도 없다는 걸 확인하고 둑 저편으로 사라졌다. 그곳은 좁은 콘크리트길이다. 그리고 좁은 길은 초로쿠바시 밑으로 이어져 있다.

가쓰노리는 둑에서 얼굴을 쭉 내밀어서 확인했다.

다리 아래에서는 비와 이슬을 피할 수 있다. 파란 비닐 시트 집이 보였다. 그리고 바닥에 골판지가 촘촘히 깔려 있었다.

그곳이 노숙자 아라토의 보금자리다. 잡지가 쌓여 있고 비닐봉지 안에 빈 깡통 여러 개가 담겨 있다. 그 보금자리로 아라토가 비틀비틀 돌아간다.

신기한 재회, 더구나 중학생 시절의 반 친구와의 재회였다. 두 사람 모두 후루마치 중학교를 졸업했다. 한 사람은 노숙자로, 그리고 다른 한 사람은 소실형 죄수로.

만약 자신이 이런 형벌을 받지 않고 히시야마 상점의 사장이 되어 몰라보게 변해버린 아라토를 만났다면 어떤 태도를 보였을까……?

벤치에 앉으면서 그런 생각을 했다.

초라해진 동급생의 모습을 보고 선뜻 말을 건넬 수 있을까? 아라토에게 도움이 되도록 뭔가를 해주려고 할까?

두 가지 다 자신이 없었다. 기껏해야 보고도 못 본 체하지 않을까.

아라토가 신호를 기다리는 사이에 흘린 혼잣말은…….

누군가를 원망하는 듯한 말투였다. 아니, 누군가라기보다도 세상 사람들 모두를.

아라토 또한 아무하고도 이야기하지 못하는 외톨이다. 아무도 상대해 주지 않는다. 죄를 저지르지 않았어도 아라토 역시 소실형에 처해진 것과 다름없는 처지다. 잠을 잘 곳과 먹을거리로 곤란을 겪지 않으니 가쓰노리 자신이 좀 더 운이 좋은 게 아닐까.

그리고 아라토는 도시 안에서 고독을 끊임없이 맛본 결과 마음에 병이 들어 혼잣말을 중얼거리게 된 것이 아닐까. 이야기할 상대가 없으면 스스로 말을 거는 수밖에 없다.

반년 뒤 가쓰노리 자신의 모습일지도 모른다는 생각도 들었다. 외로움을 견뎌낼 수 없어 자기 자신에게 말을 건네고 스스로 목을 조르는 모습까지 상상했다.

마음에 들지 않는다.

지금의 자신이 모든 사람의 눈에 비친다고 해도 날아오는 시선은 아라토를 향한 것과 거의 차이가 없지 않을까.

그런 생각도 했다.

그리고 바라보고 싶었던 시라카와 강으로 눈길을 옮겼다.

어린 시절에도 이렇게 바라보았다……. 도도하게 흘러가는 모습은 조금도 달라지지 않았다. 가까이에 있는 초로쿠바시를 달려가는 차량의 소리도 거슬리지 않았다.

눈을 감고 심호흡을 하자 바람과 풀 냄새가 났다. 가만히 눈을 떴다.

뉴스카이 호텔 방향에서 노인이 걸어오는 모습이 보였다. 오전 중에 하는 산책일까.

목줄을 맨 개 한 마리를 데리고 있었다. 종류는 모르겠지만 대형 잡종견이라는 인상을 받았다. 노인이 잡은 줄은 팽팽하게 당겨져 있다. 노인이 끄는 힘과 그 커다란 개가 주인을 끌어당기는 힘은 아슬아슬하게 균형을 이루고 있는 것처럼 보였다.

개의 뇌에는 배니싱 링이 어떤 효과를 발휘할까. 인간과 마찬가지로 개의 눈에도 가쓰노리가 보이지 않을까. 교도관에게 거기까지는 미처 물어보지 못했다.

하지만 만일 자신의 모습이 보여서 개가 덤벼든다면 그건 최악이란 생각에 가쓰노리는 벤치에서 벌떡 일어섰다. 만약에 그렇게 된다면 노인의 힘으로는 커다란 개를 제어하지 못할 거라는 예감이 들었기 때문이다. 그 증거로 노인은 가쓰노리가 있는 곳으로 다가올수록 앞으로 끌려가듯 종종걸음을 치고 있었다. 커다란 개에게 끌려가고 있다.

가쓰노리는 벤치에서 지하통로 쪽으로 이동하려고 했다. 일단 멈춰 서서 노인과 개의 상황을 엿보았다.

놀랍게도 커다란 개는 방금 전까지 가쓰노리가 앉아 있던 벤치로 노인을 이끌고 있었다. 그리고 쉴 새 없이 벤치 냄새를 킁킁거리며 맡았다.

앗, 하고 가쓰노리는 생각했다.

모습이 보이는지는 알 수 없지만 커다란 개는 가쓰노리의 냄새를 맡았다. 가쓰노리가 앉아 있던 주위를 끊임없이 냄새를 맡으며 돌아다녔다.

"에후! 에후!"

에후가 그 커다란 개의 이름인 모양이다. 갈 길을 재촉하듯 노인이 줄을 당기지만 커다란 개는 꼼짝도 하지 않는다. 그리고 그 장소는 자신의 영역이라고 선언하듯 벤치 옆에 오줌을 찔끔 쌌다.

낌새를 느꼈는지 커다란 개는 산책로 위에 콧구멍을 갖다 대고 냄새를 킁킁 맡으며 돌아다녔다. 그리고 차근차근 가쓰노리 쪽으로 다가왔다.

가쓰노리의 모습은 아무래도 커다란 개에게도 보이지 않는 듯하다. 그래서 다른 존재인 가쓰노리를 냄새로 감지하고 흔적을 더듬어가고 있는 것이다. 까딱하다가는 자신이 있는 장소까지 다다르는 건 시간문제처럼 생각되었다.

눈에 보이지 않는 죄수가 이런 일에 말려들어서는 안 된다.

그것이 최우선이리라.

가쓰노리는 최악의 사태를 피하려고 지하통로로 들어갔다.

한 가지 법칙을 확인한 기분이 들었다.

개의 눈에는 가쓰노리의 모습이 보이지 않는 듯하지만 냄새로 가쓰노리의 존재를 감지할 수 있다는 법칙.

지하도를 걸어가면서 가쓰노리의 머릿속에는 뭔가가 윙윙 소용돌이치고 있었지만 뚜렷하게 명확한 사고로 마무리되지는 않았다.

만약에 자신이 소실형 모니터라는 역할도 겸하고 있다면 이 사실은 개선해야 할 점으로 고려되어야 한다.

지하통로의 길이는 20미터도 안 된다. 다행히도 그곳에서는 다른 보행자와 맞닥뜨리지 않았다.

아직 집으로 돌아가기에는 너무 이르다.

불현듯 가쓰노리의 마음에 유혹이 고개를 치밀었다.

번화가로 가 보자. 아직 시간은 이르다. 점심때도 안 되었다.

번화가가 사람들로 붐비는 때는 분명 점심에서 저녁으로 가는 시간대라고 생각했다. 시라카와 강 길을 따라 만든 산책로에서 했던 행동이 가쓰노리를 대담하게 바꿔놓은 모양이다.

아침부터 배니싱 링은 가쓰노리의 목을 한 번도 죄지 않았기 때문이다.

어쩌면 아까 산책로에서 최악의 결과를 불러왔을지도 모른다. 그 벤치에서 우물쭈물하고 있었다면 말이다. 커다란 개가 가쓰노리에게 덤벼들어 온몸을 물어뜯는다. 동시에 개가 바싹 다가오면 배니싱 링이 가쓰노리의 목을 죈다. 그런 상황이 일어날 수도 있었다.

만일 그렇게 되었다면 가쓰노리는 쩔쩔매며 산책로에 쓰러져 구르다가 온몸이 상처투성이가 되었을지도 모른다.

그렇게 생각하니 등줄기가 서늘해지고 아울러 자신의 결단이 옳았다는 걸 다시 확인한다.

그러고 나서 뒷골목에서 야마사키마치 방향으로 걸어갔다. 이곳도 인도와 차도가 나누어져 있기 때문에 그다지 위험하지는 않다. 이 길을 더듬어 가서 선로드 신시가지로 가려고 했다.

본 기억이 있는 자동차가 가쓰노리 옆을 스쳐 지나갔다.

가쓰노리는 그리움에 가슴이 벅차왔다. 히시야마 상점의 영업용 자동차였다. 뒤 유리창에 마름모와 산 모양을 조합한 마크가 또렷이 보였다.

영업용 자동차는 가쓰노리의 존재를 알아차리지 못하고 앞질러서 십 몇 미터 앞 신호까지 달렸다. 그리고 그곳에서 신호를 기다리며 멈춰서 있었다.

지금이라면 늦지 않았어!

가쓰노리는 인도를 달려갔다. 소실형이 집행된 뒤 처음으로 뛰었다. 온 힘을 다해 질주했다. 누가 운전하고 있을까. 얼굴을 보고 싶었다.

영업용 자동차는 아직 멈춰서 있었다. 다행히 신호를 기다리는 다른 보행자의 모습은 보이지 않았다. 달려가서 가쓰노리는 조수석 쪽 창문으로 들여다보았다. B지역 영업 담당인

요시카와가 운전석에 타고 있었다. 시내 서부 역시 B지역 영업 담당이 맡는다. 요시카와는 가쓰노리보다 두 살 많은 선배다. 졸린 눈으로 운전대를 왼손으로만 잡고 있었다. 오른쪽 팔꿈치를 창문에 걸치고 턱을 괴고 있었다. 입을 살짝 벌리고 하품을 한다.

가쓰노리가 창밖에 있다는 걸 알아차리지 못한다.

가쓰노리는 요시카와에게 말을 걸고 싶은 충동에 사로잡혔다. 그러나 그것은 규칙 위반이라서 금세 육체적 형벌이 가해지는 것도 알고 있다.

가쓰노리는 입을 달싹거렸다. 한없이 그리웠다. 하지만 소리 내는 걸 꾹 참았다.

― 이봐요! 요시카와 씨!

― 다들 건강하게 잘 지내나요!

소리 나지 않는 목소리가 가쓰노리의 내부에서 메아리쳤다.

신호가 파란불로 바뀌자 요시카와는 가속 페달을 밟았다. 물론 가쓰노리를 알아차리지 못하고.

#6

가쓰노리는 사라져가는 히시야마 상점의 영업용 자동차가 보이지 않을 때까지 그 자리에서 꼼짝도 하지 않았다.

그때 처음으로 가쓰노리는 누군가와 이야기하고 싶다는 사실을 깨달았다. 직장에서 얼굴을 마주하고 있을 때는 이따금 귀찮음조차 느꼈던 인간관계였는데 방금 전에는 스스로 달려가기까지 했다.

소실형이 집행되고 나서 한 번도 사람이 그립다고 생각한 적이 없는데 말이다.

가쓰노리는 한숨을 크게 내쉬고 다시 발걸음을 내딛었다.

요시카와의 모습을 떠올렸다.

입을 살짝 벌리고 하품을 하는 나른한 표정을.

가쓰노리 따위는 손톱만큼도 생각하지 않는 분위기였다. 가쓰노리가 체포되었을 때 회사 안에 그 소문이 파다하게 퍼졌을 것이다. 하지만 판결에서 소실형 집행까지는 시간이 꽤 흘렀다. 이미 히시야마 상점에서 가쓰노리 이야기도 시들해졌을 것이다.

만약에 가쓰노리의 모습을 봤다고 해도 요시카와는 귀찮은 듯한 표정을 짓지 않았을까, 생각했다.

그대로 가쓰노리는 발걸음을 재촉했다.

히노쿠니 은행 본점으로 자동차 몇 대가 빨려들듯 들어갔다. 다들 월말이라 송금을 하러 가려고 시간과 다투고 있는 듯 보였다.

전철길에는 다시 신호가 들어왔다.

가쓰노리는 건너가는 비결을 어느 정도 터득한 기분이 들었다. 사람이 모여 있는 위치에서 떨어져 건물 기둥 옆에서 신호를 기다린다. 그리고 파란불이 들어오면 좌우를 두리번거리고 사람들 무리의 다소 왼쪽에서 횡단보도 표시 바깥을 걷는다. 그렇게 하면 다른 사람의 접근을 피할 수 있다는 사실을 깨달았다.

이런 게 학습이라는 걸까, 하고 가쓰노리는 쓴웃음을 지었다.

사람들은 횡단보도를 다 건너면 사방으로 흩어져 간다. 곧장 걸어가면 건너편에 버스터미널 겸 교통센터가 있다. 그리고 오른쪽으로 걸어가면 시내 중앙 번화가인 선로드 신시가지가 나온다.

가쓰노리는 오른쪽 인도를 선택했다. 종종걸음으로 인도 가장자리로 갔다. 계단을 오르면 그곳에는 가라시마 공원이 나온다. 분수가 있고 쉴 수 있는 벤치도, 화장실도 있다. 그곳에서 잠시 휴식을 할 예정이었다.

공원 안에는 길이 모두 포장되어 있어서인지 월말인데도 일을 하지 않거나 학교에 다니지 않는 젊은이가 몇 사람 스케이트보드 연습에 몰두하고 있었다.

갑자기 접근할 가능성을 막으려고 높이 차이가 있는 분수 가장자리를 따라 걸었다.

그곳에서 멈춰 섰다.

햇볕에 그을린 노동자 분위기의 남자 셋이 화단 옆에서 소주를 마시면서 빙 둘러앉아 두런두런 이야기꽃을 피우고 있었다. 노동자 분위기라고 했지만 일을 하는 것처럼 보이지는 않았다. 아무래도 노숙자인 듯하다.

상당히 커다란 목소리로 이야기해서 소리가 쩌렁쩌렁 울렸다. 조금 떨어져 있는데도 가쓰노리의 귀에까지 대화가 들려왔다.

이야기가 듣고 싶었다.

단순히 그것뿐이었다.

가쓰노리는 분수 가장자리에 앉아서 귀를 쫑긋 세웠다.

세 사람 모두 50대인 듯하다. 한 사람은 끊임없이 고개를 까닥까닥 흔드는 야윈 남자, 또 한 사람은 머리털이 듬성듬성하고 앞니가 쏙 빠진 남자, 나머지 한 사람은 때가 꼬질꼬질 탄몸에 작은 양복을 입은 남자.

세 사람의 공통점은 햇볕에 탔다는 것과 수염이 더부룩하고 말투가 느릿했다는 것이다. 셋은 각자 소주를 담은 컵을 들고 있었다. 세 사람 앞에는 마른오징어와 뱉어 놓은 감 씨앗이 있었다.

"빈 깡통을 모으고 있는데 마을회장처럼 보이는 영감탱이가 가져가면 안 된다고 난리를 치더라고."

마른오징어를 질겅질겅 씹으면서 양복을 입은 땅딸보 남자가 말했다.

"멍청이라고 욕하지 그랬냐."

"어어, 바보 멍청이라고 하면 돼. 빈 깡통이 오늘 밥값이라고 하면 된다고. 내 밥그릇을 떨어뜨릴 권리가 있냐고 따지지 그랬어."

나머지 두 사람이 분개해서 대답했다.

"어. 그래서 그럼 미친 듯 줍지 않아도 먹고살 수 있는 방법을 알려 달라고 몰아붙였더니 잠자코 있더라고. 누가 좋아서 빈 깡통을 줍냐고 했어."

세 사람은 즐거운 듯 껄껄거리며 웃었다. 그리고 소주를 쭉 들이켰다.

"자네, 지금 어디에서 자나?"

머리가 훤한 남자가 끊임없이 고개를 흔드는 남자에게 물었다.

"나? 선로드 지하통로."

"거기는 시영 주차장 관리인이 돌아다니며 쫓아내잖아."

"으응. 그런데 밤 11시가 되면 셔터를 내리니까 그 뒤에 셔터 옆에서 잠을 자. 한 사람 더 잠잘 자리는 있지."

"아니, 우리는 괜찮네. 하나바타 공원 파출소 뒤쪽이거든. 절대로 쫓아내지 않고 경비도 철저하고. 등잔 밑이 어둡다는 말도 있잖나."

그러더니 세 사람은 즐거운 듯 얼빠져 보이는 웃음을 질질 흘렸다.

"왜 그런 걸 묻지?"

끊임없이 고개를 흔드는 남자가 되물었다.

"아니, 어디서 들었거든. 노숙자 사냥이 있었다고. 시라카와 공원에서. 아침에 온몸이 상처투성이 상태로 발견되어 구급차에 실려 갔다는데."

"누가 그랬지? 끔찍한 일을 저질렀군."

"몰라. 사회적 약자를 괴롭히는 비열한 녀석은 쓰레기야."

가쓰노리는 그 말을 듣고 엉겁결에 웃음이 터질 뻔했다. 스스로 자신들을 '사회적 약자'라고 부르다니 어이가 없었다.

그런데 웃음을 꾹 참다니, 소실형이 집행되고 나서 처음이지 않나. 가쓰노리는 그렇게 생각했다.

"아마도 젊은 패거리겠지. 녀석들은 녀석들 나름으로 욕구 불만을 분출할 곳이 없었나 보네. 아무튼 노숙자가 자고 있을 때 습격한 모양일세. 그래서 자네한테 물어본 거고. 지하통로로 들어가는 곳이라면 눈에 띄기 쉬우니까 조심하는 편이 좋겠어."

"주먹이 있잖아, 주먹이."

머리를 세차게 흔들며 남자가 대꾸했다.

"주먹심이 좀 세다고 해도 녀석들은 혼자가 아니라고. 떼를 지어 괴롭히러 온다고."

가쓰노리는 생각했다.

어떤 세계든 어떤 경우든 나름으로 고민을 안고 있는 사람들이 존재한다는 사실. 자신은 잠을 잘 곳은 걱정 없지만 그 이상으로 고독하다. 그들과 더불어 이야기할 수 있다면 얼마나 행복할까.

그러고 나서 이번에는 먹을거리가 화제로 떠올랐다. 자신이 지금까지 먹었던 음식 가운데 가장 맛있었던 게 무엇인가 하는 순박한 이야기였다.

도쿄 쓰키지에서 먹은 초밥 이야기를 하다가 고베산 쇠고기 스테이크 이야기를 하는 걸 보면 예전에는 어엿한 사회생활을 경험했는지도 모르겠다. 그러나 그 후에 유치원은 소르본을 나왔다든지 미녀 셋이 자신을 빼앗으려고 서로 치고받고 싸웠다는 이야기를 하기 시작하자 대부분 치졸한 망상이라고 여겨졌다.

하지만 솔직히 가쓰노리는 그 남자들이 부러웠다.

노숙자든 아니든, 진실미가 없는 허풍 가득한 이야기를 한다고 해도.

적어도 그들에게는 동료가 있다. 자신의 기분을 전할 수가 있다.

일어서면서 다시 한 번 그 노숙자들을 바라보았다.

사람이 그립다.

저편에서 새로운 남자가 걸어와서 세 사람 앞에 편의점 도시락을 내려놓는다. 폐기된 도시락을 얻어온 걸까.

다들 나누어 집어먹으면서 커다란 소리로 웃어젖혔다.

유복한 생활과 동떨어졌는지 모르지만 그들만의 공동체에서 풍기는 독특한 연대감이 전해져 왔다.

하고 싶은 말을 실컷 하고 그 말을 듣고 또 누군가가 키득키득 웃는다. 상하 관계는 전혀 없다.

그 무리에 끼어들 수 없다. 그것이 소실형이니까.

그곳에 가쓰노리가 있다는 사실을 아무도 알아차리지 못한다.

어쩔 수 없다…… 고 가쓰노리는 생각한다.

자신은 지금 죄인의 몸이니까. 형벌을 받고 있다.

이것을 견뎌내야 한다. 그리고 이 고통을 가볍게 받아들여서는 안 된다.

소실형이 만료되면 고독에서 해방된다. 그때까지는 꾹 참아야 한다.

일단 집으로 돌아간 가쓰노리는 점심을 먹었다. 선로드 신시가지로 들어가 확인하고 싶은 점이 몇 가지 있었지만 가라시마 공원에서 선로드 신시가지를 바라보았을 때 보행자가 급속도로 늘어나는 걸 깨닫고 불안함을 느꼈기 때문이다.

아직 시간이 지겹게 많이 남아 있다. 사람들로 북적대는 번화가에 섣불리 몸을 맡겼다가 배니싱 링이 여러 번 목을 죄는 위험에 빠질 수 있으므로 시간대를 잘 선택해야 한다고 가쓰노리는 생각했다.

점심은 카레라이스였다. 그리고 콩소메 수프와 샐러드. 딱히 맛있지는 않다. 카레는 당근과 감자, 양파가 들어 있는 초등학교 시절에 급식으로 나왔던 것처럼 옛날 방식으로 만들어졌다. 카레라기보다는 카레 스튜에 가까운 느낌이었다.

맛없다는 생각도 안 들어서 죄인의 몸으로 그 이상을 바라는 건 사치라며 가쓰노리는 스스로 타일렀다. 하지만 메뉴 구성부터 영양이 치우치지 않도록 연구는 한 것 같다. 음식 양도 배가 부를 만큼은 아니고 허기를 80퍼센트는 채울 정도다. 끼니 걱정도 하지 않고 여유롭게 지내는 생활은, 가라시마 공원에 옹기종기 모여 있던 노숙자보다 훨씬 큰 혜택을 누리는 건지도 모른다고 다 먹고 나서 생각했다.

하지만 고독을 견뎌내야 한다.

그리고 떠오른 것은 노숙자들이 마시고 있던 컵에 파는 소주다.

죄수는 알코올이 금지되어 있다. 가쓰노리는 맥주와 일본술, 와인은 좋아하지만 소주가 맛있다고 생각한 적은 없다.

그런데 노숙자들이 손에 들고 있던 소주는 맛있어 보였다고 새삼스레 생각했다.

지금 같은 식생활을 이어나간다면 소실형이 만료될 무렵에는 이상적인 건강한 몸으로 변신할지도 모른다.

그건 나름으로 얄궂은 결과인지도 모른다고 가쓰노리는 생각했다.

점심을 다 먹고 커다란 플라스틱 용기에 세끼 분량의 빈 용기를 집어넣었다. 어젯밤에 저녁식사는 먹지 않았기 때문에 '폐기' 표시가 되어 있지만 말이다. 저녁을 먹기 전까지 구마모토 교도소 서부 관리 센터에 가서 오늘 분량 식사를 받아오면 되는데 시간이 아직 이르다.

무엇을 할까 곰곰 생각했다. 텔레비전도 없다. 라디오도 없다. 신문도 없다. 시간을 보낼 방법이 없다.

학창시절부터 자신이 쓰던 책상 앞에 앉았다. 서랍을 쓱 열었다.

볼펜이 두 자루 들어 있었다.

다른 서랍도 열어 보았다. A4 용지 묶음과 노트가 한 권 들어 있었다.

심심풀이 삼아 백지를 한 장 꺼내 책상 위에 놓았다.

볼펜을 쥐고 백지 위에 휘갈겼다. 아주 오랫동안 쓰지 않았던 까닭에 글자를 쓸 수 있을지 자신은 없었다.

그런 걱정은 필요 없었다. 펜이 동그라미 모양으로 제대로 움직인다. 아, 이, 우, 에, 오, 글자를 써 보았다. 쓸 수 있었다.

그 순간 가쓰노리는 퍼뜩 떠오르는 생각이 있었다.

이런 경험은 좀처럼 하기 어려울 터이다.

일기를 기록으로 남기는 것도 자신에게 의미가 있지 않을까? 소실형이 집행되고 이제 이틀째다. 날마다 기록해 가면 나중에 소실형 자체의 문제점도 자연히 떠오르지 않을까?

멋진 아이디어라고 생각했다. 그리고 당장이라도 실행해야 겠다는 생각에 사로잡혔다.

가쓰노리는 서랍에 들어 있던 노트를 꺼냈다. 아직 사용하지 않은 노트였다.

딱 좋았다.

첫 페이지를 펼쳤다. 약간 누렇게 바랬지만 쓰는 데는 아무런 지장도 없다.

가쓰노리는 볼펜을 쥐고 날짜를 쓰기로 했다.

3월 31일…….

거기서 팔을 멈췄다.

쥐고 있던 볼펜이 오른손에서 또르르 굴러갔다.

쓰고 있을 형편이 아니다.

배니싱 링이 가쓰노리의 목을 꾹꾹 죄어 왔다.

가쓰노리의 머릿속에는 고통과 의문 부호만이 가득했다. 입을 커다랗게 벌리고 조금이라도 숨을 쉬어 보려고 혀를 쑥 내밀었다. 시야가 사라진 건 눈동자가 뒤로 넘어갔기 때문이다.

그대로 바닥으로 나동그라졌다. 할 수 있는 일은 두 손으로 배니싱 링을 움켜잡는 게 고작이었다.

이윽고 시야가 돌아왔을 때 가쓰노리는 깨달았다. 자신도 모르게 금지 사항에 속하는 행위를 했다. 그래서 고통을 맛보았다.

무엇이 금지 사항이었지? 들은 기억이 나지 않는다. 아까 글자를 쓸 때는 배니싱 링이 아무런 반응도 보이지 않았다.

일기를 쓰려고 한 게 금지 사항에 해당되는 걸까? 아니면 의미 있는 문장을 쓰려고 한 게 금지 사항이었을까?

아마도 두 가지 다 금지 사항일까.

전화와 컴퓨터가 금지되었다는 말은 다른 사람과 의사소통을 나누는 행위가 금지되었다는 뜻이다. 일기와 편지를 쓰는 행위는 원시적이지만 의사소통을 꾀하려는 거라고 배니싱 링의 센서가 판단한 게 틀림없다.

하필이면 자신의 방에서 이런 꼴을 당하다니.

배니싱 링이 상당히 느슨해졌을 때 가쓰노리는 몸을 일으켰다. 오른쪽 머리가 아프다. 쓰러졌을 때 머리를 바닥에 쿵 찧은 모양이다.

가쓰노리는 등줄기가 서늘해지는 걸 느꼈다.

– 아무것도 할 수 없어.

책상 위에 펼쳐놓은 노트를 탁 덮고 서랍 안에 집어넣었다. 무력감에 시달리면서.

그대로 바닥 위에 널브러져 천장을 쳐다보았다.

한동안 아무런 생각도 떠오르지 않았다.

한숨을 커다랗게 한 번 내쉬었다.

소실형은 존재한다는 걸 부정하는 형벌이다. 당연한 일이지만 그런 생각이 든다.

소실형을 받는 기간 동안 죄인은 존재하지 않는다. 세상 사람들에게.

바꿔 말하면 그 기간은 죽은 사람이나 마찬가지로 지내라는 뜻이다. 죽은 사람은 일기를 쓰지 않는다. 그래서 배니싱 링이 목을 죄었다.

가쓰노리는 자신이 터무니없이 어리석은 짓을 했다는 게 마음에 남았다.

아무것도 할 기분이 아니었다. 그저 오로지 천장만 멀뚱멀뚱 쳐다보고 있을 뿐이다.

아버지가 돌아가시고 나서 이레째 되는 날 어머니가 해준 이야기가 불현듯 떠올랐다.

"사람은 죽어도 49일 동안은 이 세상에 머물러 있단다. 그러니까 아버지의 영혼도 이 주변에서 우리를 지켜보고 있는 게 분명하지. 그때까지는 자신이 죽었다는 자각을 못하니까. 불러도 아무도 대답을 안 하고 자신의 모습도 봐주지 않지. 그래서 49일째에 마침내 자신이 죽었다는 걸 깨닫고 저세상으로 여행을 떠나지. 그러니까 아버지는 아직 이 주변에서 우리를 지켜보고 있단다."

그런 식으로 설명하지 않았던가.

지금의 자신이 그렇다.

가쓰노리는 멍하니 생각했다.

어쩌면 자신은 이미 죽어버린 게 아닐까. 그리고 49일이 지나지 않았기 때문에 이 세상에 머물러 있다. 누구의 눈에도 보이지 않는다. 아무한테도 이야기를 건넬 수 없다.

이 몸도, 구마모토 교도소 서부 관리 센터도, 목의 배니싱 링도 모두 망상이 아닐까.

사실 나는 이미 죽었다.

그리고 어느 순간 그 사실을 깨닫는다.

서둘러 그 상념을 떨쳐버리지만 앞으로 8개월 동안을 정신적으로 더는 버텨내지 못할지도 모른다는 나약한 생각에 사로잡혔다.

잠시 우두커니 시간을 보낸 뒤 자신을 북돋으려고 쓸데없는 상상을 했다.

8개월 형기를 무사히 마치면 무엇을 할까……. 그날을 기다리며 살아가면 어떨까.

그런 생각이 어렴풋이 떠올랐다. 유치하다는 건 알고 있다. 하지만 달리 기대할 게 없으니까.

이런저런 생각을 했다.

친구들과 만나서 술을 마시고 시시한 농담을 지껄이고 싶은 마음이 샘솟았다.

모아둔 돈이 조금 있다. 그 돈을 헐어서 한 번도 가본 적이 없는 장소로 여행을 해 볼까. 하지만…… 전과가 있는 사람에게 여권을 발급해줄까? 만약에 발급해주지 않는다면 국내 여행이라도 좋다. 홋카이도에 가본 적이 없으니까 그쪽 온천을 돌아다녀보는 것도 괜찮겠지.

그리고 자신이 여행을 다니는 모습을 상상하려고 했지만 전혀 즐겁지가 않았다.

그러더니 진심이 고스란히 드러났다.

사람이 그립다.

누군가와 이야기하고 싶다.

그래서 마음을 바꿔 먹었다. 형기를 마치면 다양한 사람들을 만나러 가자. 그리고 이야기한다. 무엇이든 좋다. 자신의 얼굴을 보고 웃어준다면. 화를 내준다면. 멸시해준다면.

한 사람씩 얼굴을 떠올리고 이름을 생각해냈다. 그 이름을 노트에 기록해 두지는 못한다. 어머니의 얼굴이 문득 떠올랐다. 안 된다. 만날 수 없다. 사촌의 얼굴, 학창시절 친구의 얼굴, 그리고 나카하라 아야나의 얼굴. 허둥거리며 아야나의 얼굴은 지워버렸다.

#7

소실형이 집행되고 일주일이 흘렀다.

이제 가쓰노리는 하루의 리듬을 대강 파악한 기분이 들었다.

오전 중에는 산책하는 시간을 두었다. 평일을 골라서 구마모토 성 바깥을 둘러싼 성곽의 공원 잔디밭에 앉아 꽃구경을 했다.

인적이 드물기 때문이다.

활짝 핀 벚꽃 아래에서 몽롱한 시간을 보낸다. 주차장의 관광버스에서 한국에서 온 관광객이 도착해서 의미를 알 수 없는 말을 주고받으며 구마모토 성 중심부로 가는 소리를 들었지만 공원 안으로 들어설 기미는 없었다. 그들은 V자형의 바닥이 좁은 연못 옆을 빠져나가 미유키자카를 건너 호호아테고몬으로 입장했다. 공원 안까지는 들어오지 않았다.

이 근처에 구마모토 구치소가 있다.

일주일 전에는 그곳 독방에 있었다. 그곳에서 본 벚꽃잎에 자유를 향한 열망을 담지 않았나?

그래서 여기까지 발길을 옮겼다.

과연 평일이라서 꽃놀이를 하는 사람은 별로 없다. 오늘 밤에 꽃놀이를 하려는지 비닐시트를 깔고 그 위에서 신입사원처럼 보이는 젊은이가 문고본을 읽고 있는 모습이 보인다. 장소 확보를 하려고 파견된 총무 담당자이리라.

가쓰노리가 있는 장소에서 떨어져 있기 때문에 별 문제는 없지만 말이다.

바람이 살랑살랑 불고 하얀 꽃잎이 눈보라처럼 흩날렸다.

오늘이 어쩌면 활짝 핀 벚꽃을 볼 수 있는 마지막 날인지도 모른다고 가쓰노리는 생각했다.

소망이 이루어져서 잘됐다. 외톨이지만 꽃구경다운 꽃구경을 올해는 하지 않았나. 그렇게 스스로 위로하며 일어섰다.

내년에도 또 오자. 다음에는 소실형이 만료되었을 것이다. 술과 도시락을 싸들고 누군가 친한 사람과 함께.

그러고 나서 문득 생각했다. 전과가 있는 의지할 곳 없는 인간에게 친한 사람이 생길까?

뭐, 아무래도 괜찮다. 데려올 사람이 없어도 목에 배니싱 링도 없겠다, 혼자서 술을 마신다면 더할 나위 없이 좋겠다.

가쓰노리는 구마모토 성 바깥을 둘러싼 성곽 광장의 잔디밭을 천천히 걸었다. 구마모토 현립 미술관에서 들새 우리 옆의 비탈을 지나 호쓰케자카로 나갔다.

언덕을 올라가면 국립 병원 뒷문과 이어진다. 그 호쓰케자카의 돌담 밑에는 자동차가 석 대 정도 주차할 공간이 있다.

흰색 승용차가 한 대 주차되어 있었다.

아무렇지도 않게 그 옆을 스쳐지나가려다가 가쓰노리는 발을 멈췄다.

이 냄새는……

서둘러 그 자동차를 바라보았다.

조수석 창문이 열려 있다. 그곳에서 향수 냄새가 풍겨왔다.

설마.

조수석에는 여자가 타고 있었다. 틀림없었다. 나카하라 아야나가 웃고 있었다.

아야나는 아직도 미쓰코를 뿌린다. 예전 남자친구 안자이 데루히코에게 선물받은 향수를.

그리고 아야나는 그 옷을 입고 있다. 가슴이 V자 모양으로 파인 디자인의 원피스다. 가쓰노리가 서 있는 위치에서 젖가슴이 반이나 훤히 들여다보일 정도다.

"아, 하, 하, 하. 바~보~ 같아."라든가 "치 군, 변태."라든가 높고 날카로운 목소리로 말하는 모습이 보였다.

치 군은 운전석에 앉은 남자인 듯하다. 아야나의 오른손은 치 군의 넓적다리 안쪽에 놓여 있었다.

마성의 여자다.

가쓰노리는 그렇게 실감했다.

아야나와 치 군은 이미 남자와 여자의 관계로 보이는데 두 사람의 말투만으로도 짐작이 갔다. 두 사람은 조수석 창문을 엿보는 가쓰노리가 전혀 보이지 않을 뿐더러 기척조차 느끼지 못했다.

"그러니까 말이지. 그러니까. 이거 사 버렸어." 하고 아야나는 손에 들고 있는 가방을 눈앞에서 달랑달랑 흔들어댔다.

"이제 빈털터리가 되어버렸어. 나한테 어서 사 달라는 식으로 진열되어 있어서 어쩔 수 없이 사 버렸거든. 그래서 빈털터리가 되었다고. 치 군이 이 가방 사주지 않을래?"

치 군은 얼굴이 보이지는 않지만 값비싼 고급 양복을 입고 있었다. 안자이 데루히코와 같은 부류의 부자로 중소기업 사장의 아들 같은 분위기가 풍겼다. 하지만 평일 오전인데 왜 아야나 같은 여자를 조수석에 태우고 이런 장소에서 한가로이 시간을 보내는지는 알 수 없었다. 뒷좌석에 골프 잡지와 치요다 제과라고 쓰인 종이 가방이 놓여 있는 것으로 보아 치 군은 치요다 군의 애칭일 거라고 가쓰노리는 어렴풋이 생각했다.

"얼마 주고 샀는데?"

"어. 7만 8천 엔."

"정말이야? 여자 가방은 값이 엄청나구나."

"저기. 괜찮지? 괜찮지?"

괜찮지? 가방이 괜찮냐는 말인지 사줘도 괜찮냐는 말인지 모르겠지만 둘 다 의미하는 것처럼 들렸다.

"괜찮아. 사줄게." 하고 치 군은 떨떠름하게 대꾸했다.

"신난다!" 하고 아야나는 두 주먹을 번쩍 치켜 올렸다.

집어치워! 그만둬! 나중에 후회할 거야! 하고 가쓰노리는 커다랗게 소리를 질러 치 군에게 알려주고 싶었지만 불가능한 일이다.

손가락을 질끈 깨물며 옆에서 지켜보는 수밖에 없다.

"치 군이 정말 좋아. 얼굴은 아이돌처럼 잘생겼고 성격도 시원시원하고. 내 이상형이야." 하고 아야나는 넉살좋게 재잘거렸다.

아야나는 그런 마음에도 없는 말을 아무런 죄책감도 없이 술술 늘어놓는 여자다. 가쓰노리한테도 만나서 기쁘다며 그날도 천연덕스럽게 입을 놀렸다…….

조수석 쪽 창문에서 본 옆모습으로 판단하면 치 군은 말상이다. 코가 높은데도 안경이 흘러내려 코안경이 되어버렸다.

"부모님께 인사하러 갈 때는 화장을 조금 얌전하게 하는 편이 좋겠어." 하고 치 군이 말했다. 치 군은 진지하게 아야나와 결혼할 생각을 하는 듯하다. 이런 멍청한 소리를 지껄이는 여자에게 푹 빠진 걸 보면 치 군도 세상 물정에 꽤나 어두운가 보다.

알려주고 싶다. 전에 사귀던 남자는 식물인간 상태로 입원해 있다고. 다음에 눈독을 들인 남자는 범죄자가 되어 형벌을 받고 있다고.

너도 저주받을 거라고!

가쓰노리가 체포되었어도 아야나가 한 번도 면회를 오지 않았던 건 당연했다. 아야나는 '다음 상대를 찾아볼까!' 하는 식으로 궁리하고 있었을 것이다.

그렇게 생각하자 배알이 뒤틀리는 듯한 기분이 들었다.

"알았어. 그때는 너네 부모가 안심할 정도로 연기할 테니까."

"어머니는 직감이 예리해서 아야나의 본성을 한눈에 꿰뚫어볼지도 모르거든."

"본성이 어떤데? 아야나는 언제든 이런 모습의 아야나라고. 싫으면 관두든가."

아야나는 완전히 세상사에 닳고 닳았다고 가쓰노리는 생각한다. 그래도 아야나가 '너네 부모'라고 지껄일 줄은 몰랐다. 하다못해 '어머님'이나 '부모님'이라고 하지 않나. 더구나 아양을 떨었다가 토라졌다가 여자의 무기를 모조리 다 구사했다.

잠깐 동안 치 군은 입을 꾹 다물고 있다가 마음을 고쳐먹은 듯 아야나에게 물었다.

"아야나는 지금 나 말고 또 누구 사귀는 사람 있어? 학생이라든가."

"없어."

바로 대답했다.

"비슷한 또래는 아이처럼 보이거든."

"저기…… 그 향수 냄새 말이야. 너무 지독해. 어머니는 그런 부분에 굉장히 엄격하다고. 전에 사귀던 녀석한테 선물받았어?”

“이거, 미쓰코라는 향수야. 비싸대. 작은아버지가 외국에서 선물로 사오셨어. 하지만 아야나도 별로 좋아하지 않아. 치 군이 싫다면 안 뿌릴게.”

그렇게 말하더니 아야나는 가방에서 휴대용 향수병을 꺼내 창문 밖으로 내팽개쳤다. 미쓰코가 든 휴대용 향수병이 가쓰노리 옆으로 또르르 굴러왔다. 치 군은 다소 어이가 없어 하는 모습이었다.

“전에 사귀던 녀석은 있겠지?”

“어머. 아야나의 첫 남자친구는 치 군이야. 그러니까 책임감을 확실히 느끼라고.”

움츠러드는 기색도 없이 아야나는 뻔뻔스럽게 떠벌였다. 모든 여성이 이런 걸까? 가쓰노리는 화가 나는 걸 넘어, 기가 막혔다.

그리고 동시에 한심함이 밀려들었다. 자신이 이런 여자를 위해 속죄를 해야 하는 건가.

그러다 자동차 창문에 가까이 다가갈 뻔하자 부리나케 가쓰노리는 자신을 제지했다.

이보다 더 가까이 가면 목에 건 고리가 죄어들 게 뻔하다.

“슬슬 가 볼까. 아야나는 어디에서 내려주면 돼?”

“어. 시모 거리와 긴자 거리가 교차하는 부분에서 내려줘.”

“좋아.”

그러고 나서 아야나를 태운 자동차가 가쓰노리 앞으로 지나갔다.

가쓰노리는 더는 아야나 일행의 이야기를 들을 수 없다.

아야나의 머릿속에는 이미 가쓰노리가 체포된 순간부터 가쓰노리라는 존재가 깡그리 지워져 있었다. 그 부분은 짐작하고 있었다. 가쓰노리가 조사를 받고 판결이 내려지고 형벌을 받고 있는 동안 아야나는 날마다 재밌고 신나게 교태를 부리며 살아가고 있었다.

인생이란 그런 걸까?

온갖 고생을 다 겪어도 절대로 햇빛을 볼 수 없는 자와 그런 고생과 전혀 관련이 없는 자가 존재하는 걸까?

아니, 그럴 리가 없다. 아야나처럼 살아간다면 언젠가 반드시 그런 삶의 대가를 치르게 되리라. 그것도 최악의 형태로.

그렇게 믿지 않으면 마음을 달랠 길이 없다.

모처럼 아름다운 벚꽃을 본 다음인데 마치 모래를 씹은 듯한 기분을 맛보고 말았다.

다만 아야나가 하는 말을 듣고 알게 된 사실이 있다. 보이지 않는 자신의 앞에서는 사람들이 진실을 보여줄 때가 있다. 속속들이 드러내는 게 아니라 그 인간의 본질이 저절로 보이는 것이지만.

하지만 그다지 즐겁지 않다.

자동차가 떠난 뒤 자그마한 휴대용 향수병이 잔디 위에 나동그라져 있었다. 그 향수병을 가쓰노리는 자신도 모르게 줍는다. 코에 한번 가까이 대보았지만 냄새를 맡지는 않는다. 그대로 주머니 안에 집어넣었다.

사실은 일단 집으로 곧장 돌아갈 계획이었다. 하지만 도저히 그럴 기분이 아니었다. 공연히 속이 부글부글 끓어올랐다.

가쓰노리의 발이 호쓰케자카를 오르기 시작했다.

행락객과 마주치자 오른쪽으로 발길을 돌려서 교통 센터로 향했다.

교통 센터에는 들어가지 않고 며칠 전에 갔던 가라시마 공원에 들렀다.

분수 옆에 그 노숙자들이 있었다.

자신은 대화에 끼어들지 못하지만 그들의 이야기는 들을 수 있다.

다소 안심이 되었다.

바짝 다가가서야 알았다. 지난번보다 한 사람이 적다. 끊임없이 고개를 흔들던 남자가 안 보인다는 사실을 알아차렸다.

전에는 그렇게 목청을 높이며 경박하게 떠들어댔는데 오늘은 목소리를 낮춰서 수군거린다. 더구나 얼굴을 맞대고.

그런데 변함없이 두 사람은 컵에 소주를 마시고 있었다.

가쓰노리는 노숙자 두 사람의 등 뒤로 다가갔다.

"믿을 수가 없군. 어제까지만 해도 그렇게 팔팔했는데."

"그런데 웬일로 아이 이야기를 하더라고. 보고 싶지만 볼 수 없다. 피해가 될까 봐. 하지만 한 번은 꼭 제대로 용서를 빌어야 한다고 했어, 웬일로. 그치가 그런 말을 하다니. 이런 생각이 다 들더군. 어, 아무래도 예감이 들었던 걸까?"

누구의 이야기인가 했다.

머리숱이 적은 남자가 말했다.

"음, 나도 그런 생각을 조금 했네. 그치는 늘 고개를 까딱까
딱 흔들잖아. 그 버릇이 아이 이야기를 할 때는 싹 사라지더라
고. 그 순간 이런, 고개를 흔드는 버릇이 고쳐졌구나! 하고 생
각했거든."

아아, 지금 여기 없는 세 번째 남자 이야기구나, 하고 가쓰노
리는 생각했다. 그 남자는 도대체 어떻게 되었을까. 여기 없다
는 건…… 두 사람의 화제에 오른다는 건…… 갑자기 병이라
도 나서 어디론가 실려 간 걸까.

"몇 시쯤이었대?"

"어, 자네는 어젯밤에 술에 취해 곯아떨어져서 전혀 모르지.
끔찍했어. 아마도 새벽 2시 넘어서였을걸."

"그렇게 술을 많이 마시지는 않았어. 그저께 밤에 비가 와서
잠을 이루기가 힘들더라고. 그렇게 끔찍했나?"

"어. 하나바타 파출소가 발칵 뒤집혀졌지. 경찰들이 우르르
달려오고 나도 보러 갔지. 그때 불은 꺼져 있었어. 소방차도
출동했고. 구급차도 와 있었어. 그때는 이런 이제 틀렸군, 하고
다들 입을 모아 말했지."

"선로드 지하통로지."

"맞아, 맞아."

"거기는 눈에 잘 띄어서 위험할 거라고 생각했어. 지난번에
도 그렇게 조심하라고 일러뒀는데. 주먹을 치켜 올리고 강한

체하며 귀를 기울이지 않아서 그래."

"아마도 깊이 잠들었을 때 입고 있는 옷에 라이터 오일 같은 걸 붓고 불을 붙인 모양이네. 삽시간에 불덩어리가 되어 버렸지. 불꽃을 발견하고 신고한 사람이 한 말인데, 주위에 노숙자가 대여섯 명 정도 더 있었나 보더라고. 새끼 거미가 사방으로 흩어지듯 각자 전혀 다른 방향으로 허겁지겁 달려서 도망쳤다고 하더군."

"불덩어리라니…… 괴로웠겠네."

머리숱이 적은 남자가 눈살을 찌푸렸다. 가쓰노리는 온통 설마…… 하는 의문만 가득했다. 강한 체했지만 마음이 약해 보이는 남자였다. 그 남자가…….

"등도 머리도 반쯤 숯이 되었더군. 아예 꿈쩍도 안 하더라고."

머리숱이 적은 남자가 눈시울을 붉혔다.

"누가, 뭐가 재밌다고 그런 짓을 저질렀을까. 우리가 도대체 뭐 어쨌다고."

"경찰들이 말하던데 지난번에 시라카와 공원에서 노숙자 사냥을 저지른 무리와 동일범이 아닐까, 하더라고. 수법만 좀 더 잔인해졌다고 하더군. 여러 번 범죄를 저질러도 안 잡히겠지. 재미 붙였을 거네. 전에는 말이지, 기껏해야 돌을 집어던지거나 야구방망이로 마구 두들겨 패거나 했는데 이제는 기름을 끼얹고 불을 붙이다니. 우리를 아예 사람으로 생각하지 않나 보네."

그러더니 두 사람은 입을 꾹 다물고 묵묵히 소주를 들이켰다.

두 사람은 동시에 커다랗게 한숨을 내쉬었다. 친구를 잃은 쓸쓸함 때문이리라.

가쓰노리는 노숙자들 곁에서 떠나 선로드 신시가지 앞의 스크램블 교차점에 섰다.

점심시간 전이라 사람의 발길은 뜸하지만 신경을 쓰면서 보행자 신호가 파란불로 바뀔 때까지 시영 지하주차장으로 내려가는 엘리베이터 옆에서 기다렸다. 그곳이라면 느닷없이 사람이 다가올 걱정은 없다.

보행자 신호가 파란불로 바뀌고 지하통로로 들어가는 곳으로 향했다.

그곳은 분명 어젯밤에 노숙자 한 사람이 불에 타죽은 살해 현장이다.

그 지하통로는 선로드 신시가지로 들어가는 곳에서 산업문화회관 옆을 지나 한신백화점에서 교통 센터 지하상가까지 이어져 있다. 산업문화회관 옆 주변부터는 지하통로가 시영 지하주차장으로 가는 운전자의 출입구도 겸하고 있다.

지하통로는 에스컬레이터로 오르내린다. 밤에는 에스컬레이터가 정지되어 있었던 기억이 있다. 그 에스컬레이터 바로 앞에 셔터가 내려져 있다.

노숙자가 잠을 잔다면 그곳일 거라고 가쓰노리는 생각했다. 깊숙하고 밤이슬도 피할 수 있고 비바람의 영향도 받지 않는다. 자동 에스컬레이터였다. 인기척이 없다는 걸 확인하고 에스컬레이터를 탔다. 내려가는 걸 확인하고 가쓰노리는 성큼성큼 뛰어내려갔다.

다 내려가면 층계참이 있다. 그곳에 하일라이터 담배 한 갑과 뚜껑이 열려 있는 컵이 딸린 청주, 그리고 가라시마 공원 화단에 피어 있던 팬지가 둥근 고무줄에 묶인 꽃다발이 되어 모퉁이에 놓여 있었다.

아까 공원에서 이야기하던 두 사람 가운데 하나가 가져다 놓은 걸까.

이 사건의 피해자는 가쓰노리를 전혀 알지 못한다. 하지만 가쓰노리는 그나마 얼굴도 알고 있고 목소리도 들어보았다.

저절로 두 손이 모아졌다. 묵념을 드린 후 사건이 일어난 것으로 보이는 장소를 빙 둘러보았지만 그 주변 타일에는 불에 타서 눌린 흔적조차 발견되지 않았다. 꽃다발과 청주잔이 없었다면 그곳에서 사건이 일어난 것조차 알 수 없을 거라고 가쓰노리는 생각했다. 희미하게 기름 냄새가 맴돌았다.

너무나도 쓸쓸하고 가엾은 죽음이다. 가쓰노리에게 이미 가족은 없지만 이 남자는 마지막에 가족을 향한 마음을 친구에게 털어놓았다.

원통했을 것이다.

처지는 다르지만 둘 다 사회에서 튕겨져 나간 동지. 애도하지 않을 수 없다.

그러고 나서 올라가는 에스컬레이터를 탔다. 앞쪽에 가방을 든 할머니가 있어서 가쓰노리는 뛰어올라갈 수 없었다. 이곳은 계단이 따로 없기 때문에 올라가거나 내려갈 때 에스컬레이터를 이용해야 한다. 이런 사정이 아니라면 가쓰노리도 에스컬레이터를 이용할 일은 없었다. 할머니가 내리면 망설이지 않고 뛰어오를 생각이지만 말이다.

그런 불안감이 적중했다.

뒤쪽 지하통로에서 발소리가 여럿 울려 퍼졌다. 달려온다.

뒤를 돌아보고 가쓰노리는 그 정체를 알았다.

사복을 입은 중학생 예닐곱 명이었다. 친구들과 함께 교통센터부터 지하통로를 달려왔을까.

오지 마!

달려오지 마!

가쓰노리는 기도하는 수밖에 없었다. 아직 앞쪽 계단에 할머니가 서 있다. 지금 온다면 중간에 끼이는 상태가 된다. 마른침을 꿀꺽 삼켰다.

할머니 바로 아래까지 가쓰노리는 일단 올라갔다. 배니싱링이 목을 죄는 고통은 이제 지긋지긋하다.

기적이 일어났다. 중학생들의 발소리가 딱 멈췄다.

중학생들이 왜 멈췄는가 하면…….

녀석들은 벽 한구석에 바쳐진 꽃다발과 청주잔을 손가락으로 가리키며 배꼽을 쥐고 낄낄거리며 웃고 있었다.

중학생 일곱 명.

이 녀석들이다. 가쓰노리는 직감으로 알았다. 이 녀석들이 노숙자 사냥의 범인이다. 그래서 꽃다발과 청주잔의 의미 역시 알고 있다. 알고 있기 때문에 큰소리로 비웃고 있다.

그렇다, 녀석들은 아직 봄방학 중이다. 심심풀이로 노숙자 사냥이라는 놀이를 생각해 냈으리라. 어젯밤에 자신들이 한 짓을 확인하러 왔다.

범죄자는 반드시 현장에 돌아온다고 한다.

가쓰노리는 불쾌해졌다.

중학생 하나하나의 표정을 살펴보았다. 다들 평범하고 귀티 나는 얼굴을 하고 있었다. 흉악하고 난폭해 보이는 생김새인 아이는 하나도 없었다. 어디서든 볼 수 있는 아이들이다.

하지만 웃음소리만큼은 달랐다. 괴상한 새처럼 높고 날카로운 목소리로 웃어젖혔다. 주위에 사람이 없는 걸 핑계 삼아.

그 웃음소리가 그들의 피도 눈물도 없는 잔인함을 상징하는 기분이 들었다. 소년들은 인간의 피부 아래 악마를 감춰두고 있다.

등줄기가 서늘해짐과 더불어 가쓰노리는 에스컬레이터의 공포에서 해방되었다.

#8

　그 사건은 며칠 동안 가쓰노리의 마음속 내내 남아 있었다. 자신은 범인을 알고 있지만 아무한테도 알려줄 수 없다.

　그 중학생들은 같은 학교 친구일 것이다. 낮에는 평범한 중학생으로 지낸다. 그렇게까지 조직적으로 서로 밀접한 관계를 유지하며 노숙자 사냥을 한다는 건 그만큼 지능이 높기 때문일 것이다.

　그리고 가정에서는 '말귀를 잘 알아듣는 고분고분한 우등생'을 연기해오고 있지 않나, 생각했다. 그 증거로 각자 세련되고 고급스러운 옷을 차려입고 있다…….

　떠올리면 불쾌해지기 때문에 최대한 가쓰노리는 그 일을 생각하지 않으려고 애썼다. 한동안 바깥에 나가는 것도 자제할 정도였다.

오후에 구마모토 교도소 서부 관리 센터로 먹을거리를 가지러 가는 일 말고는 거의 자신의 방 안에서 틀어박혀 지냈다.

바깥에 나가면 세상에는 불쾌한 사건만 일어난다. 그렇게 생각할 수밖에 없었다. 집 안에서 오로지 시간이 흘러가기를 기다렸다. 지루하기는 하지만 가장 안전하고 죄인답게 살아가는 방법이 아닐까.

일기도 쓸 수 없고 새로운 정보를 얻는 수단도 없는 상태에서 시간을 때우기에 가장 좋은 방법은 잠자기이지만 수면 시간에는 한계가 있다. 더구나 가쓰노리의 육체는 그다지 수면이 필요하지 않을 만큼 젊다.

다만 엎드려 팔굽혀펴기와 다리를 굽혔다 폈다를 되풀이해서 육체를 피로하게 만들려고 했지만 혼자서 하는 운동은 한계가 있다.

운동이 지겨워지면 그 다음에는 자신의 사고 안에서만 벌이는 게임에 빠지는 수밖에 없다.

사고 안에서만 벌이는 게임.

단순한 것이다.

만약에 이 소실형에서 해방된다면 무엇을 할까? 하고 생각한다.

일하던 회사를 찾아가는 선택 항목은 없다. 먼저 보고 싶은 사람을 만나서 사정을 이야기하고 나서 구마모토를 떠날까. 그런 상상을 한다. 이 집을 처분하면 아무도 자신을 알지 못하는 곳으로 옮겨서 완전히 새로운 인생을 시작할까.

이력서에 상벌을 쓰는 칸이 있는데 소실형에 처해졌던 것도 써야 할까. 지나치게 정직하게 쓰면 아무래도 채용되지 못할 듯한 기분이 든다.

소실형을 받은 건 쓰지 않아도 괜찮을까. 그렇다면 이력서 위조가 되는 게 아닌가.

뭐, 좋다.

그 부분은 다음에 생각하기로 하자.

우선 소실형 형기를 마친 다음에 만나서 이야기하고 싶은 사람을 그려보자.

나카하라 아야나의 얼굴이 순간적으로 떠올랐지만 부랴부랴 지워버렸다. 두 번 다시 보고 싶지 않은 여자다.

책상 위로 눈길이 간다. 지난번에 아야나가 버렸던 향수가 놓여 있다. 이런 모순은…….

사촌과 작은아버지, 작은어머니 얼굴도 그려보았지만 굳이 이야기하고 싶은 대상은 아니다. 자유로운 몸이 되어 만나러 가도 폐만 끼칠 것 같은 기분도 든다.

중학교 시절부터 대학교 시절까지의 친구들 얼굴을 그려보았다. 아아, 그 녀석들이라면 시시한 농담도 거리낌 없이 지껄일 수 있을 것 같은 기분이 들지만 눈코 뜰 새 없이 바빠서 전혀 못 만났다. 대학교 친구는 도쿄에서 취직하고 그 뒤로는 소식이 영영 끊어져 버렸다.

그 녀석한테 전화해야겠다.

중학교 시절에 자주 놀러 다녔던 친구…… 이름이 뭐였더

라. 얼굴은 떠오르지만 이름이 기억나지 않는다. 가쓰노리는 새삼 놀랐다.

그렇다, 생각하면서 깨달았다.

자신은 다른 사람과 지낼 때 담백했구나, 하는 사실을.

그런데 요즘 소실형을 받고 나서 비로소 사람이 그립다는 느낌을 맛보았다.

얄궂은 일이다.

하지만 가쓰노리는 그래도 자신은 행운이 있지 않나, 생각했다. 좀 더 긴밀한 인간관계를 쌓는 데 무게중심을 둔 사람이라면 이런 상황에서 미쳐버릴 만큼 괴롭지 않을까.

자신이니까 이런 상황에서 어떻게든 견뎌낸다.

그것이 의미 없는 위로라는 사실을 금세 깨닫지만.

상당히 오랫동안 말을 하지 않았다. 태어나서 이렇게 오랫동안 소리를 내지 않았던 때는 없지 않을까. 그러고 나서 슬그머니 불안함을 느꼈다.

소실형 형기를 마쳤을 때 자신의 목소리를 잃어버리는 것은 아닐까. 목소리가 나온다고 해도 이상한 소리가 나오지 않을까.

어차피 지금의 가쓰노리에게는 아무래도 좋은 일이다.

이런 종잡을 수 없는 사고를 되풀이하다 보면 시간이 어떻게 지나고 있는지 혼란스러워진다. 꾸벅꾸벅 잠이 들었다가 깨어나도 한밤중이라서 새벽까지 긴 시간을 기다리고 얕은 잠을 계속 자다가 이미 정오가 지났다는 사실을 깨닫고 허둥거리는 상황이 이어졌다.

과연 이래서는 안 된다고 가쓰노리는 생각했다. 사고 그 자체도 둔화되어 간다.

그 시기는 밤의 길이도 상당히 짧아졌다. 이윽고 동쪽 하늘이 밝아지기 시작하는 새벽녘이다.

베란다에 나가 내려다보니 사람의 발길도, 차량의 흐름도 뚝 끊겼다.

바깥 공기를 쐬러 가보고 싶은 마음이 일렁였다. 이미 한 시간 전부터 깨어 있었다. 뜬눈으로 지새우며 가쓰노리는 어둠 속에서 무릎을 감싸 안고 있었다.

- 걷지 않았어.

엎드려 팔굽혀펴기와 다리를 굽혔다 폈다만으로는 아무래도 채워지지 않는 게 있다. 구마모토 교도소 서부 관리 센터까지는 날마다 발걸음을 옮기지만 거리는 그리 길지 않다.

비가 내렸다면 그만두었을지도 모른다. 그런데 베란다에 나간 가쓰노리의 뺨을 상쾌한 바람이 어루만졌다. 그 바람에 매혹되었다.

가쓰노리는 전날 사용한 플라스틱 용기를 들었다.

어쨌든 걷고 싶다.

어디까지라도 걸어가자.

서서히 밝아지고 있지만 해가 뜰 때까지는 30분 이상 기다려야 하지 않을까.

해가 뜨는 모습이 보고 싶다.

불현듯 그런 생각이 들었다. 그래서 생각해낸 곳이 구마모토 시 서부에 위치한 하나오카 산이다. 이 산은 구마모토 역 뒤편에 있다. 높이는 130미터밖에 되지 않아서 산이라기보다는 고개라고 할 수 있다. 하지만 구마모토 시 중심부를 한눈에 내려다볼 수 있고 거리도 부담이 되지 않는다. 산꼭대기에 다다르면 정확히 해가 뜨는 시간이 될 거라며 길을 나섰다.

돌아오는 길에 구마모토 교도소 서부 관리 센터에 들르면 된다.

가쓰노리는 아직 잠에서 깨어나지 않은 거리를 걷기 시작했다. 도진마치를 향해 성큼성큼 발걸음을 내딛었다. 누군가와 마주치지도 않을 것 같아서 속도를 높인다. 정면에 하나오카 산의 실루엣이 보였다. 하나오카 산꼭대기에는 부처의 사리탑이 보인다는 특징이 있다.

이 시간대에 거리를 걷는 일 자체가 신선했다. 풍경은 익숙한데도 전혀 다른 장소를 찾아온 듯한 착각에 빠지고 베란다에서 느꼈던 바람은 여전히 기분 좋은 감촉을 전해주고 있다.

그런 정적 속에서 별안간 배기가스를 내뿜는 엄청난 소리가 울려 퍼지고 차체가 낮은 새까만 스포츠카가 뒤쪽에서 난폭하게 달려왔다. 그 길은 대로가 아니다. 오래된 도매상이 집중된 뒷길이다. 도로 표지에 제한속도가 30킬로미터로 지정되어 있다. 그런 길을 시속 100킬로미터를 넘나드는 속도로 질주해왔다.

허겁지겁 가쓰노리는 전봇대 뒤로 도망쳤다.

순식간에 새까만 스포츠카가 저편으로 달려가고 두 번째 점멸 신호에서 뿌앙 하며 요란스럽게 타이어 닳는 소리를 내면서 신마치 방향으로 우회전해 갔다.

이 시간대는 교통량이 거의 제로에 가깝다. 그래서 대신 이런 위험이 도사리고 있다. 자동차의 모습이 하나도 보이지 않는 때를 기회로 삼아 모든 억압을 발산하려는 듯 생명을 아랑곳하지 않고 제멋대로 운전하는 폭주족이 버젓이 활개 치는 마의 시간이기도 하다. 스포츠카 디자인도 그렇고 운전하는 사람은 아직 세상 물정을 모르는 새파랗게 젊은 미숙아 같은 기분이 든다. 그리 멀지 않은 장래에 자신의 무모한 운전 기술로 뼈아픈 보복을 당하지 않을까 하고 가쓰노리는 상상했다.

가고시마 본선의 게바텐진 건널목을 건너 안코쿠지와 기타오카 자연공원 사이의 길을 지나 지옥의 고개 돌계단을 올라갔다.

상당히 가파른 비탈이라서 각오는 했지만 계단 폭이 좁다는 점이 조금 불안했다. 앞에서 사람이 내려오면 도무지 피할 방도가 없다.

하지만 이 시간에는 아직 사람이 없을 거라고 믿고 다리와 허리를 단련하러 뛰어올라갔다.

그러나 서른 계단도 못 가서 멈춰 섰다. 아무래도 운동량이 절대적으로 부족했는지 숨이 턱턱 막혔다. 두 다리가 지쳐서 올라가지 못하고 계단 옆에 쭉 뻗어 있는 철제 난간에 기대어 숨을 골랐다. 찻길을 선택하면 거리는 멀지만 기울기가 완만하다. 숨도 차지 않을 것이다.

하지만 이 지옥의 고개라면 도진마치에서 마주친 것 같은 폭주 자동차에 치일 위험은 분명 피할 수 있다.

누가 지었는지 지옥의 고개라는 이름은 절묘한 표현이라고 가쓰노리는 감탄했다.

부들부들 흔들리는 무릎을 어루만지며 지옥의 고개를 거의 다 올라간 지점에서 앞쪽에서 빠른 걸음으로 내려오는 노인이 가쓰노리 쪽으로 향했다. 서둘러 길옆으로 피했다. 노인은 가벼운 발걸음으로 그대로 속도를 줄이지 않고 지옥의 고개를 내려갔다.

몇 초 차이였다며 가쓰노리는 가슴을 쓸어내렸다.

"안녕하세요?"

"안녕하세요?"

앞에서 인사를 나누는 소리가 들렸다.

하나오카 산꼭대기까지가 아침 산책의 인기 코스인 듯하다. 안면이 있는 노인끼리 인사를 하는 것이리라. 아직 해가 뜨지도 않았는데 부지런하다고 가쓰노리는 생각했다.

그리고 산꼭대기까지 이어진 계단을 선택했다.

산꼭대기까지 다 올라가 돌계단 구석에 앉아 가쓰노리는 아래 세상을 쭉 내려다보았다.

눈 아래로 구마모토 역이 보였다. 그리고 구마모토 역 맞은편에서 건물들 사이를 따라 저편으로 흘러가는 시라카와 강의 흐름.

왼쪽의 작은 산 위에 구마모토 성이 우뚝 솟아 있다. 그 구마모토 성을 둘러싸듯 보이는 건물들. 그 위쪽 하늘로 새 떼가 날아간다.

그 안개 낀 구마모토 시가지 저편에 아소 산을 둘러싸고 있는 산들이 보인다. 그 능선이 밝아지고 한 점이 반짝이기 시작했다.

일출이었다.

점은 서서히 부풀어 올랐다. 이 정도 속도로 태양이 움직이는구나, 하고 깜짝 놀랄 만큼 빛이 넘실거렸다.

가쓰노리는 그 광경에 눈길을 빼앗겨 옴짝달싹도 하지 못했다.

단순히 해가 뜨는 걸 보려고 여기까지 올라왔지만…… 이 얼마나 엄숙한 광경인가. 이토록 경외감이 느껴지는 존재가 있다는 사실에 감동했다.

정신을 차리고 보니 눈물이 저절로 샘솟고 있었다. 그것도 하염없이 눈물이 흘러내리고 있었다. 이런 기분의 정체는 무엇일까…….

주위를 둘러보니 몇몇 사람들이 손바닥을 마주하고 넋을 잃은 채 태양을 바라보고 있다. 종교와 상관없이 엉겁결에 손바닥을 마주하게 하는 힘이 그곳에는 있다고 가쓰노리는 생각했다.

해가 다 떠오르고 사람들이 산꼭대기에서 내려가기 시작했다. 가쓰노리는 고되기는 했지만 산꼭대기까지 올라간 보람이 있었다는 마음에 뿌듯했다.

아울러 목이 마르다는 걸 느꼈다. 익숙하지 않은 계단 오르기의 결과이리라. 어딘가에서 물을 마실 수 있지 않을까……생각한다. 지옥의 고개 가까이에 음료수 자동판매기는 있었지만 가쓰노리는 물론 이용할 수 없다.

일단 자신의 집으로 돌아가면 목마름은 해결되겠지만 가쓰노리는 침도 나오지 않을 정도로 목이 바싹 말라붙어 있었다.

매달리는 듯한 기분으로 부처 사리탑 뒤쪽으로 돌아갔다. 기적이 존재했다.

산책하는 사람들을 배려한 수도가 설치되어 있었다. 위쪽으로 물을 뿜어내는 유형의 수도꼭지다.

그런데 앞에 쓰던 누군가가 꽉 잠그는 걸 잊었을까. 조금씩이지만 물이 계속 뿜어져 나왔다.

가쓰노리는 쏜살같이 달려가서 물을 꿀꺽꿀꺽 마셨다. 마시기 직전에 배니싱 링이 방해가 되지 않을까, 하는 두려움도 있었지만 다행히 목을 죄어오지는 않았다. 이렇게 맛있는 물을 마셔본 적이 없었던 것 같은 기분이 든다.

만족스럽게 물을 다 마시고 나서 입을 닦았다. 그대로 물이 뿜어져 나오는 건 곤란하다고 생각하고 수도꼭지를 잠그자 딱 멈췄다.

그리고 뒤를 돌아본 뒤에야 알았다.

목덜미에 수건을 걸친 노인이 눈이 휘둥그레져서 멍하니 서 있었다. 믿을 수 없는 걸 보았다는 눈빛으로.

노인의 눈에는 가쓰노리의 존재가 보이지 않기 때문에 눈앞에서 방금까지 뿜어져 나오던 물이 멈춘 게 기이한 현상으로 비춰졌을지도 모른다. 어쩌면 수도꼭지가 눈에 보이지 않는 힘으로 잠기는 모습까지 목격한 걸까?

하지만 그 덕분에 가쓰노리와 노인은 배니싱 링이 '목을 죄지 않는 거리'를 유지했던 게 아닐까?

가쓰노리는 부리나케 그 자리를 떴다.

하지만 다시 예상하지 못한 일이 일어났다.

땅바닥에 자갈이 깔려 있었다.

가쓰노리가 옆으로 후다닥 물러날 때 작은 돌멩이가 그 무게로 짝짝, 하고 소리를 냈다.

이번에도 목에 걸린 고리는 다행히도 죄어들지 않았다. 하지만 그 소리는 노인의 귀에도 똑똑히 가닿았을 것이다.

노인은 방향을 바꾸고 어깨를 치켜 올렸다.

"누구냐, 거기 있는 건."

가쓰노리는 대답을 할 상황이 아니다. 꼼짝도 하지 않고 몸을 움츠렸다.

"귀신이냐? 여우냐? 지금 나를 홀리려는 거냐?"

자신 이외에 누군가가 주위에 있다는 사실을 노인은 확실히 알아차렸다. 기척뿐이라면 기분 탓인가 생각하겠지만 자갈을 밟는 소리까지 귀로 듣고서는 착각이라고 여길 수 없을 테니까. 가쓰노리는 그 자리에서 옴짝달싹도 하지 않았다.

노인이 어서 저쪽으로 가 버리기를 바랐다.

그것만 빌었다.

노인은 몸을 굽혀서 땅바닥을 둘러보았다. 아직 자신의 지각이 옳다는 걸 확인하고 싶은 기색이다. 하지만 정체는 알지 못한 채로 있다.

"분명히 뭔가가 있어……."

그렇게 혼잣말을 내뱉으면서 땅바닥에서 눈을 옮겨 다시 한 번 천천히 주위를 둘러본다. 가쓰노리의 모습은 보이지 않는다.

하지만 눈길이 가쓰노리에게 향했을 때 노인은 눈앞의 무언가를 손으로 몰아내는 시늉을 했다.

구마모토 교도소 서부 관리 센터에서 배니싱 링의 성능을 설명했을 때 이 고리를 찬 죄수는 주위 사람 시야의 맹점에 들어가는 듯한 상태가 된다고 했다는 걸 떠올렸다. 그 말은 가쓰노리에게 눈길을 돌렸을 때 노인은 맹점이 확대된 상태였을까? 그래서 눈앞의 무언가를 손으로 몰아내는 시늉을 자신도 모르게 하는 걸까?

노인은 빙그르르 등을 돌렸다. 그 틈에 가쓰노리는 몇 걸음 이동해서 노인과 최대한 멀리 떨어졌다.

"이봐. 이쪽으로 잠깐만 와 봐."

노인은 그렇게 외친다. 그 목소리 저편에 반원으로 된 이회암이 있고 부처 사리탑에 자리 잡은 불상에 손바닥을 마주하고 있던 노부인이 이쪽으로 얼굴을 돌리고 네에, 하고 커다랗게 대답한다. 그 모습을 보고 노부인이 노인의 일행이라는 사실을 알았다.

"어서, 어서."

그렇게 노인이 손짓으로 부르니 노부인은 "네, 네." 하고 대꾸하면서 모자를 머리에 쓰고 비틀비틀 걸어왔다.

겨우겨우 걸어온 노인의 일행은 성질이 한없이 느긋해 보였다. 싱글벙글 웃으면서 "네, 네. 무슨 일인데요?" 물었다.

노인은 흥분이 가라앉지 않은 채 일행의 더딘 행동에 뺨을 새빨갛게 물들이며 수돗가를 손가락으로 가리켰다.

"할멈. 지금 저곳에 뭔가가 있어."

"아, 네. 그래요?"

"안 믿는군. 보이지 않지만 정체를 알 수 없는 게 저곳에 있어."

"네, 네. 당신이 그렇게 말씀하신다니 틀림없겠네요."

"그런 말투인 걸 보니, 안 믿는 거군."

"믿어요. 믿어요."

"두 번 말하잖아. 두 번 말할 때는 믿지 않는다는 거잖아."

노인은 얼굴을 붉히고 정색했다. 안전한 거리까지 떨어진 가쓰노리는 두 사람이 주고받는 말을 듣고 웃음이 터져 나오려는 걸 안간힘을 다해 참았다.

"뭐가 있는 거죠?"

그렇게 되묻자 그제야 노인은 만족한 듯했다. 팔짱을 끼고 입을 헤, 벌리고 대답했다.

"음. 모습은 안 보여. 어쩐지 요괴 같다는 생각이 들어. 지금은 기척이 사라져 버렸거든. 이게 다 할멈이 왔기 때문이라고."

"당신이 불러서 왔잖아요."

"예전부터 하나오카 산에는 여우가 있다고 했잖아."

"이제 여우는 없어요. 있다면 너구리겠죠."

노인의 얼굴에 화색이 돌았다.

"그런가, 너구리인가. 너구리가 홀리려고 했나."

"너구리라면 나쁜 짓은 안 해요. 장난을 쳤겠죠. 벌써 홀렸나 보네요."

묘하게 노인은 이해를 한 듯했다. 몇 번이나 고개를 끄덕였다.

노부인이 "원한다면 제 엉덩이를 보여줄까요? 꼬리가 있는지 어떤지." 하고 말했다. 그러자 "아니, 괜찮아." 하고 노인이 대답했다.

가쓰노리는 그 순간 불순한 마음이 들었는지도 모르겠다. 이런 의사전달 방법도 있구나, 생각했다. 말을 하지 않더라도.

저, 여기 있습니다!

그런 마음을 담아 발밑의 자갈을 힘껏 차려고 했다. 노부부 앞에서.

왼쪽 발을 떼려고 했다.

그때 목에 끼운 고리가 반응했다. 매우 빠르게 죄어들었다.

견디지 못하고 자신도 모르게 쓰러졌다.

시야가 새하얗게 바뀌고 있었다. 어딘가에서 누군가의 날카로운 비명이 들렸다.

손끝 하나 움직이지 못하고 있자 천천히 목의 고통이 누그러져 간다.

눈앞의 풍경이 제대로 돌아왔다.

노부부가 허둥지둥 도망치는 모습이 보였다.

가쓰노리가 쓰러지는 요란한 소리를 그 두 사람이 똑똑히 들은 듯했다.

거친 숨을 내뱉으며 실패했다는 생각에 가쓰노리는 가까스로 몸을 일으켰다.

#9

그러고 나서 가쓰노리는 올라왔을 때와 마찬가지로 부처 사리탑 정면 계단을 터벅터벅 내려갔다. 구마모토 교도소 서부 관리 센터로 발길을 옮기려고 했다.

자동차 길로 나가기 직전에 계단 옆 벤치에 앉아서 주변에 사람이 없다는 걸 확인하고 늦은 아침식사를 했다. 아침 분량 용기에 들어 있던 음식은 종이팩 우유와 진공 포장된 크루아상뿐이었다. 하지만 가쓰노리는 그걸로 충분했다. 바깥에서 먹는 아침은 재빠르게 간단히 먹을 수 있는 쪽이 고맙다. 더구나 우유가 들어 있다는 사실을 알았다면 산꼭대기에서 그렇게까지 소동을 일으키지 않고 끝났을 걸, 하고 쓴웃음을 지었다. 그 탓에 노부부를 깜짝 놀라게 하고 배니싱 링이 자신의 목을 죄는 결과를 불러오고 말았다.

아침을 먹는 데는 몇 분밖에 안 걸렸다. 식사를 마치고 찻길을 달려서 이번에는 구마모토 역 방향으로 이어지는 극락 고개로 발길을 옮겼다. 극락 고개는 올라갈 때 이용한 지옥의 고개와 쌍으로 된 이름을 가지고 있다. 구마모토 역 뒤편으로 이어지는 극락 고개는 지옥의 고개에 비해 길이 널찍한 데다 기울기가 완만하다. 하지만 일단 자동차가 지나가지 않는다. 소실형을 받는 죄수인 가쓰노리에게는 이상적인 길이라고 판단했다.

구마모토 역을 지나 구마모토 교도소 서부 관리 센터에 도착한 시각은 오전 8시 30분이 조금 지났을 무렵이었다.

용기 교환은 오후부터다. 용기에는 그날 저녁부터 다음 날 점심까지가 들어 있다. 그러니까 점심 이후가 교환 시간이다.

원래 이 정도로 이른 시각에 가쓰노리가 올 필요는 없다. 하지만 가쓰노리에게는 목적이 있었다.

구마모토 교도소 서부 관리 센터의 하루가 어떤지 궁금했다. 구마모토 교도소 서부 관리 센터 안으로 들어가지는 못하지만 빈터에서 기다릴 수는 있다. 공급기에서 먹을거리를 받으려고 자유롭게 빈터 안으로 발을 들여놓을 수 있기 때문이다.

구마모토 교도소 서부 관리 센터 건물에서 10여 미터 떨어진 곳에 앉았다.

주변에는 풀이 제멋대로 비죽비죽 나 있는 상태다. 자동차가 지나다니는 건물 주위에는 풀이 베어져 있고 작은 돌이 깔려 있을 뿐이다. 구마모토 교도소 서부 관리 센터 건물도 값싼

재료를 써서 지은 가건물이다. 선거 사무실처럼 목적한 기간이 끝나면 흔적도 없이 철수할 수 있는 구조다.

이 지역은 어차피 관청이 즐비하게 들어설 예정이라고 가쓰노리는 들었다. 그래서 실험 실시중인 소실형이 본격적으로 도입될 무렵에는 결국 구마모토 교도소 서부 관리 센터는 철거되고 또 다른 장소에 정식으로 지어질 것이다.

주차장에는 자동차가 두 대 주차되어 있을 뿐이다. 이 자동차의 소유주인 직원은 이미 구마모토 교도소 서부 관리 센터 안에서 근무하고 있을까.

외부에서 구마모토 교도소 서부 관리 센터 안의 모습은 볼 수가 없다. 자그마한 창문이 가쓰노리가 앉은 위치에서 네 개 보이지만 각각 격자 쇠창살이 쳐 있고 그 내부 유리는 철선이 들어간 올록볼록한 재질이라서 난반사될 뿐이다.

문이 활짝 열려도 들어가는 곳 안쪽에 문이 하나 더 있어서 사람이 들어갈 때는 하얀 벽만 보인다.

경차가 자갈을 튕기는 소리를 내며 빈터로 들어온다. 가쓰노리 앞을 쭉 돌아서 주차장에 세워져 있는 자동차 두 대 옆에 정지했다. 차 안에서 30대로 보이는 제복 차림의 교도관이 얄팍한 가방을 손에 들고 내렸다. 어깨가 결리는지 고개를 오른쪽으로 여러 번 구부리며 하품을 한다. 그대로 구마모토 교도소 서부 관리 센터 안으로 들어갔다.

이어서 자동차 석 대가 들어왔다. 모두 구마모토 교도소 서부 관리 센터 직원이 타고 온 듯하다. 그 사이에 걸어서 여성

두 사람이 출근했다. 한 사람은 본 기억이 났다. 가쓰노리가 구치소에서 구마모토 교도소 서부 관리 센터로 이송되었을 때 설명해 준 담당 교도관 가운데 한 사람이다. 하지만 제복이 아니라 사복 코트를 입고 있었다. 그리고 어깨에는 큼지막한 가방을 메고 있었다.

그 모습이라면 거리에서 마주쳐도 어떤 직업에 종사하는 여성인지 전혀 모를 것이다. 가쓰노리를 대했을 때의 직업적 분위기도 사라지고 없었다. 아마도 처음 봤다면 평범한 중년 여성으로 생각했을 것이다.

마지막으로 자동차 한 대가 들어오고 나서 구마모토 교도소 서부 관리 센터의 움직임은 멈췄다. 그리고 한동안 가쓰노리는 풀밭 위에 벌렁 누워 하늘을 쳐다보았다. 다행히 햇살은 뜨겁지 않고 기분 좋을 만큼 내리쬐었다.

문이 열리는 기척이 났다.

제복을 입은 직원이 둘 나온다. 두 사람은 주차장으로 향한다. 인사를 나누고 각자의 자동차로 흩어졌다. 한 남자가 타기 전에 선 채로 주위를 빙 둘러보았다. 그러고 나서 그 남자도 자신의 자동차에 탔다.

자동차 두 대가 구마모토 교도소 서부 관리 센터에서 멀어진다. 그리고 깨달았다. 지금 나간 두 사람은 밤샘 근무를 해서 구마모토 교도소 서부 관리 센터에 틀어박혀 있었다. 아까 출근한 동료들에게 업무 인계를 하고 집으로 돌아가는 듯하다.

가쓰노리는 슬그머니 신경 쓰이는 점이 있었다. 교도관 가운데 한 사람이 자동차에 탈 때 뭔가를 찾듯 주위를 빙 둘러보았다.

그 행동은 자신의 기척을 찾고 있었던 게 아닐까?

가쓰노리는 그런 기분이 들었다. 구마모토 교도소 서부 관리 센터 깊숙한 안쪽에 기기류가 있고 직원들이 그곳에 앉아 있었던 모습을 떠올린다. 가쓰노리에게 설명은 하지 않았지만 상식적으로 생각하면 그 기기류는 죄인들의 행동을 감시하는 모니터 기기였을 것이다.

그렇다면 당연히 가쓰노리 목에 끼운 배니싱 링은 가쓰노리의 소재를 계속 발신하고 있을 게 분명하다. 그리고 구마모토 교도소 서부 관리 센터 안의 모니터에 죄인 하나가 빈터 안으로 들어왔다는 걸 표시하고 있으리라.

죄인이 구마모토 교도소 서부 관리 센터 빈터 안으로 발을 들여놓는 행위가 금지되어 있지는 않다. 따라서 그 이상의 대처는 하지 않았는지도 모른다. 하지만 교도관의 처지에서는 가쓰노리가 구마모토 교도소 서부 관리 센터 빈터에 있다는 사실이 신경 쓰일 것이다. 그래서 자동차를 타기 전에 눈으로 확인할 수 없다는 사실을 알면서도 본능적으로 주위를 빙 둘러본 게 아닐까.

그렇다면 업무를 인계받은 구마모토 교도소 서부 관리 센터 안의 직원들도 여기에 가쓰노리가 있다는 사실을 알 것이다.

하지만 바깥의 동정을 살피려고 구마모토 교도소 서부 관리 센터에서 새삼스럽게 나온 사람은 없다.

배니싱 링을 찬 죄인이라 아무것도 할 수 없다. 갈 곳도 연고도 없이 죽은 이의 영혼이 떠도는 것과 마찬가지일까.

그리고 시간이 흘렀다. 햇살이 강하게 느껴졌기 때문에 가쓰노리는 구마모토 교도소 서부 관리 센터 건물 그늘로 자리를 옮겼다. 건물 내부의 움직임은 전혀 알 수 없고 사람의 드나듦도 없다.

이미 멍하니 시간을 보내는 데 익숙해진 듯 가쓰노리는 기다리는 것도 그다지 신경 쓰이지 않았다.

구마모토 교도소 서부 관리 센터 건물 벽에 등을 기대어 앉아 무릎을 감싼 채 시간을 보냈다.

날씨가 좋아서인지 슬그머니 졸음이 밀려와서 꾸벅거렸다. 정신이 번쩍 든 건 날갯짓 소리 때문이었다.

당황해서 고개를 쳐드니 공터에 까마귀 두 마리가 푸드덕 내려앉았다.

땅 위의 까마귀들은 천천히 주위를 걸어 다녔다. 딱히 목적은 아무것도 없어 보였다. 까마귀 두 마리가 흥미를 보인 건 거대한 냉장고 같은 겉모습의 공급기였다.

까마귀는 호기심이 강하고 머리가 좋은 새라고 가쓰노리는 들은 적이 있다. 새의 모습을 하고 있지만 고개를 기울이는 법이나 흥미를 나타내는 법은 마치 사람 같다.

까마귀 한 마리가 공급기 앞에 다가와서 주뼛주뼛하더니 공급기를 부리로 쿡쿡 쪼았다. 한 번 쿡쿡 쫀 뒤 조심성 때문인지 꽁지 빠지게 공급기에서 떨어지더니 아무런 일도 일어나지 않는다는 사실을 확인하고 다시 다가갔다. 이런 광경을 전에 어딘가에서 본 적이 있다고 가쓰노리는 생각한다. 그리고 떠올린다. 텔레비전 심야 프로그램으로 본 영화다. 〈2001 스페이스 오디세이〉라는 제목이 아니었을까.

그 영화 속에서 유인원이 땅 위에 고급 지성이 남긴 돌기둥 모양의 신비한 물체인 모노리스를 조심스레 만지고 지적 진화를 이룬다는 장면이 있었다. 유인원은 모노리스를 만지고 도구를 갖는 법을 익힌다.

공급기를 쿡쿡 쪼는 까마귀의 모습은 마치 그 영화의 한 장면 같았다. 땅 위에서 사람이 사라진다면 까마귀들이 다음 문명을 짊어질 것 같은 연상을 불러일으키는 광경이었다.

까마귀가 장난을 치고 있다는 걸 안다. 까마귀는 유희의 동물이기도 하다.

그러더니 까마귀는 이번에는 공급기가 위험하지 않다는 걸 알았는지 플라스틱 용기가 나오는 곳을 부리로 쿡쿡 쪼기 시작했다. 그 모습이 우스웠다. 한동안 쓸데없는 일을 한다고 생각하며 보고 있는데 기적이 일어났다!

달칵!

소리가 울려 퍼지고 나오는 곳에 플라스틱 용기가 떨어져 있었다.

정말이지 이건 안 된다고 생각한 가쓰노리가 일어서서 까마귀에게 가까이 다가갔다. 까마귀도 가쓰노리의 존재는 모르는 듯하다.

어떻게 해야 하나 생각했지만 본능적으로 몸이 먼저 움직였다.

배니싱 링은 작동하지 않았다. 놀랍게도 까마귀는 가쓰노리의 두 손 안에 들려 있었다.

아니, 좀 더 놀랐던 쪽은 까마귀 자신이리라. 플라스틱 용기를 꺼내는 데 열중하느라 가쓰노리의 기척을 눈치 채지 못한 듯하다. 까마귀는 공황 상태에 빠져 까악까악 하고 탁한 소리로 울부짖었다. 다른 까마귀 한 마리는 짝꿍의 갑작스러운 발작에 깜짝 놀라 하늘 높이 날아갔다.

까마귀를 들고 있는 손을 놓자 까마귀는 날개를 활짝 펼치고 몇 걸음 뒤로 물러난 다음 도망친 짝꿍의 뒤를 쫓아 하늘 높이 날아갔다.

뒤에서 사람의 기척이 들렸다.

구마모토 교도소 서부 관리 센터에서 교도관 둘이 나왔다. 까마귀가 너무 소란스럽게 울부짖는 소리가 나서 무슨 일인가 생각한 모양이다.

날아가는 까마귀 두 마리를 쳐다보며 말했다.

"굉장히 요란한 싸움을 벌였나 보군."

까마귀끼리 싸웠다고 생각한 듯하다. 가쓰노리는 본능적으로 몸을 움츠리고 숨을 죽였다. 들킬 염려도 없는데 말이다.

두 사람은 까마귀의 모습이 완전히 사라졌다는 걸 확인하고 다시 구마모토 교도소 서부 관리 센터 안으로 들어가 버렸다.

가쓰노리는 다시 건물 그늘에 앉았다.

방금 그 두 사람은 지금 소동이 단순히 까마귀 탓이라고 생각했을까? 자신이 여기에 있다는 건 상상하지 못한 걸까? 하고 가쓰노리는 생각했다.

몇 분 뒤에 자동차가 들어왔다. 왜건이다. 구마모토 교도소 서부 관리 센터 앞에서 정차하더니 운전사가 내려서 안으로 들어간다. 그러자 방금 전의 교도관 두 사람이 나와서 공급기 쪽으로 걸어간다.

그 자동차는 죄수용 식사 운반차라는 걸 가쓰노리는 알아차린다. 운전사는 왜건을 몰고 공급기 가까이에서 멈췄다.

교도관 한 사람이 열쇠 구멍에 열쇠를 밀어 넣자 공급기가 열렸다.

그제야 비로소 까마귀의 소행을 알아차린 듯하다.

"누군가 식사를 가져가지 않은 녀석이 있군."

"반환된 용기랑 재고를 맞춰 봐."

"괜찮아. 숫자는 맞아."

그런 말을 주고받았다. 그렇다면 먹을거리 용기는 죄인의 숫자와 딱 맞아떨어지는 게 아니라 여유분이 더 들어 있는 모양이다.

"왜 나오는 곳에 남아 있을까?"

"공급기가 오작동을 일으켰는지 몰라."

"유지 보수 회사에 연락을 하는 편이 좋지 않을까?"

"아아, 그렇게 하지."

그러니까 원인이 까마귀라는 발상은 전혀 못 하는 듯하다.

그 사이에도 운전사는 공급기 안에서 전날 회수된 용기를 카트에 쌓으며 묵묵히 작업을 이어나갔다. 그리고 차 안에서 오늘 식사가 들어 있는 카트를 정돈한다. 여섯 개 단위로 모두 여섯 번 수납했다. 즉, 현재 소실형 수형자가 서른여섯 명 존재한다는 사실을 가쓰노리는 알게 되었다. 아니, 공급기에는 약간의 여유분을 더 수납하는 듯하니 서른 명 전후일까.

소실형 수형자가 좀 더 많을 거라고 가쓰노리는 제멋대로 생각하고 있었다는 기분이 들었다. 그런데 서른 명 전후의 수형자를 관리하려고 저렇게 많은 수의 교도관을 투입한다는 건 효율성이 지나치게 떨어진다는 느낌도 든다. 죄수 한 사람 당 관리 비용을 터무니없이 비싸게 책정했다. 그렇게 생각하고 나서 "아아, 지금은 테스트 기간이라서 상관없나." 하고 깨달았다. 그래서 구마모토 교도소 서부 관리 센터도 가건물이고 빈터도 합동 청사 건설 예정지라서 언제든 철수할 수 있도록 길도 포장하지 않았다.

소실형이 공식화되어 많은 수의 수형자를 관리해야 하는 상황이 찾아오면 공인 시설을 별도로 건설해야 할지도 모른다고 생각했다.

공급기 보충작업을 마치고 운전사는 서류에 서명을 받고 부랴부랴 왜건에 올라타더니 빈터를 벗어났다.

교도관 두 사람도 다시 구마모토 교도소 서부 관리 센터 안으로 들어갔다. 또다시 고요함이 밀려온다.

멀리서 시영 전철이 달려가는 소음 외에 구마모토 역에서 발차를 알리는 멜로디, 그리고 이 거리에서 지저귀는 새소리가 들려온다. 하나오카 산에서 이 주변까지 새가 날아오는 모양이다.

본 기억이 있는 하얀 자동차가 빈터로 들어왔다. 가쓰노리가 구치소에서 구마모토 교도소 서부 관리 센터로 이송되었을 때 탔던 밴이다. 구마모토 교도소 서부 관리 센터 안에서 교도관 세 사람이 나온다. 제복을 입은 교도관을 따라 수갑을 찬 상태로 나온 남자는 가쓰노리보다 열두 살은 더 많아 보였다. 그 남자도 소실형을 선택한 듯하다.

자동차에서 내려 불안한 듯 주위를 두리번거리고 있었다. 아직 그 남자는 지금 시점에서 '소실형'의 실태가 무엇인지 이해하지 못하는 게 분명하다. 그 남자의 눈을 보면 알 수 있다. 징역형보다 형기가 짧아진다는 제안에 요령을 익히지도 못한 채 소실형을 받아들였다. 따라서 정체 모를 불안감으로 짓눌려진 듯했다. 그래서 그런 눈을 하고 있다.

남자는 눈을 심하게 깜빡거렸다.

그래.

소실형이 시작된 날의 가쓰노리 자신의 모습이기도 하다.

남자는 교도관에게 이끌려 구마모토 교도소 서부 관리 센터 안으로 들어간다. 남자를 데려온 하얀 밴은 잠시 뒤 돌아갔다. 지금 내부에서는 남자에게 소실형 적성 검사와 설명이 이루어지고 있다.

자신과 같은 설명을 듣고 있을까? 그렇다면 소실형의 집행까지 몇 시간이 걸릴까?

그리고 다시 하릴없이 시간이 흘러간다. 시간이 조금 이르지만 용기에서 '점심'을 꺼내 먹었다. 원래는 전자레인지에 데워서 먹어야 한다. 도리아 비슷한 요리를 숟가락으로 퍼 먹었는데 도리아와 맛이 딴판이었다. 용기에 들어 있던 채소 주스를 마셔 억지로 배를 채웠다.

이것으로 세 끼 다 해결했다.

공급기에 다가가 용기를 반환했다. 그리고 동시에 오늘 식사가 담긴 용기가 나오는 곳에서 달칵, 떨어졌다.

그 허무함에 가쓰노리는 엉겁결에 한숨을 내쉬었다.

같은 일의 되풀이.

새로운 용기를 들고 다시 아까 머물렀던 그늘로 돌아가 꾸벅꾸벅 졸면서 시간을 보냈다.

눈이 번쩍 뜨인 건 인기척 때문이었다.

구마모토 교도소 서부 관리 센터에서 사람들이 몇 명 나온다.

그 안에 자신과 같은 죄수복을 입은 남자의 모습도 보였다.

설명이 끝나면 남자의 소실형이 집행된다.

교도관이 소실형의 집행을 선고한다. 가쓰노리는 굳이 다가갈 마음도 없었고 남자의 이름도 형기도 구마모토 역에서 들려오는 열차의 주행음에 파묻혀 귀에 와 닿지 않았다.

다만 그 남자가 어떻게 자신의 형벌을 받아들이고 있는가는 모르지만 시선이 고정되지 않고 줄곧 벌벌 떠는 것처럼 보였다.

자신도 저랬을까?

그리고 소실형 수형자의 목에는 그 배니싱 링이 끼워 있었다. 가쓰노리는 처음 찰 때 느낀 서늘한 감촉을 떠올렸다.

이제 공급기 사용법을 설명한다. 그러고 나서 집행.

순서대로 일이 진행되어 간다.

그리고 소실형 집행이 시작되었다.

과연 그때는 가쓰노리도 벌떡 일어나서 그 모습을 지켜보았다.

교도관 한 사람이 소실형 수형자의 고리를 만졌다.

몇 초도 지나지 않아 수형자의 몸이 무지갯빛 색채에 휘감기더니 눈에 보이지 않게 되었다.

자신의 손과 몸은 가쓰노리 자신의 눈에는 보인다. 그래서 다른 사람의 눈에 자신의 모습이 어떤 식으로 보이지 않는가를 어렴풋이 짐작만 했다. 감각적으로 파악하지 못했다.

하지만 지금은 확실히 안다.

다른 사람의 눈에 자신은 저렇게 비치지 않는다.

죄인이 있는 장소는 아마도 저곳일 거라고 추측했다. 하지만 그 저편에는 엄연히 풍경이 존재하고 죄인으로 가로막힌 흔적은 손톱만큼도 없다.

풍경도 일그러져 있지 않고 자신이 듣기로는 '맹점에 들어간 듯한 상태'라고 했다.

역시 소실형은 투명형이다.

죄수끼리라고 해도 보이는 일은 없다. 그래서 아까 수형자가 어느 위치에 있는지도 이미 알 수 없다.

교도관들도 구마모토 교도소 서부 관리 센터 안으로 들어가려고 했다.

아무 일도 없었다는 듯이.

자신은 첫날, 저 순간부터 어떻게 행동했지?

공급기에서 먹을거리와 일용품을 받아 집으로 돌아갔다…….

공급기로 눈길이 갔다.

동시에 달칵, 하고 공급기가 작동했다. 용기를 내뱉었다.

방금 전에 소실형을 받은 죄수 역시 자신의 집으로 돌아가려고 곧바로 공급기에서 먹을거리와 일용품을 꺼내든 모양이다. 그 용기는…… 가쓰노리에게 보이지 않았다. 죄수가 손에들고 나서 용기 역시 맹점으로 들어간 것 같다.

물론 그 죄수도 여기에 가쓰노리가 존재한다는 사실은 모른다.

구마모토 교도소 서부 관리 센터에서 나가는 곳 주변에 주의를 기울였지만 죄수가 돌아가는 기척을 느낄 수는 없었다. 발소리도 들리지 않는다. 뭔가가 눈앞을 스쳐지나가는 기척도 느껴지지 않는다.

이미 죄수는 이곳을 나갔는지도 모른다고 생각했다. 그 사실을 감지할 수 없는 건 당연하리라.

그러자 가쓰노리는 여기에 온 이유를 비로소 이해했다.

새로운 죄수를 보고 싶었던 건 아니다.

어쩌면…… 소실형 형기를 만료한 죄수의 모습을 볼 수 있지 않을까, 바란 게 아닐까.

아무것도 없는 곳에서 나타나 형기가 끝났다는 사실을 교도관에게 듣고 축복을 받는다……. 그런 광경을 보고 싶었다.

그런 광경을 보는 것이 자신을 평온하게 만드는 유일한 길이 아닐까.

그러나 이제까지의 흐름으로 볼 때 이 날은 그런 바람을 이룰 수 없을 듯하다.

그리고 가쓰노리는 한 시간 정도 구마모토 교도소 서부 관리 센터 빈터에서 멀거니 시간을 보내고 난 뒤 허무한 기분에 허우적거리며 집으로 발걸음을 돌렸다.

#10

무더운 여름날도 지나가고 하루 종일 걸어도 기분이 좋았다.

소실형 형기도 반년이나 지났다. 배니싱 링의 숫자도 놀랄 만큼 줄어들고 있다.

1063 : 18.43

거울 속의 숫자를 본 순간 가쓰노리는 생각했다.

이제 곧.

소실형이 만료된다.

아직 먼 미래의 일 같은 기분이 들어서 일부러 배니싱 링의 숫자를 보는 걸 피해 왔다.

그래서 가쓰노리는 두 배는 더 기뻤다. 1,000시간도 안 남으면 배니싱 링의 숫자를 끊임없이 확인하게 될 거라고 가쓰노리는 생각한다.

그리고 이제까지 있었던 수형 기간의 일을 떠올리려고 했지만 거의 아무것도 생각나지 않았다.

특히 여름은 최악이었다. 지독한 무더위의 연속으로 아무런 의욕도 나지 않았다. 구마모토 교도소 서부 관리 센터에 음식을 가지러 가는 일 말고는 외출도 거의 하지 않고 오로지 뒹굴뒹굴 누워서 지냈다. 최악이었던 사건은 집 에어컨이 고장 난 일이다. 가쓰노리는 에어컨 수리를 하지 못한다. 어쩔 수 없이 창문을 열어젖히고 뜨거운 바람 속에서 시간을 보냈다. 구마모토 교도소 서부 관리 센터에 갈 때가 가장 지옥 같았다. 최대한 해가 지는 순간을 노리고 외출했지만 그래도 뜨거운 바람 속을 걷는 건 마찬가지였다. 집으로 돌아와서 샤워를 하는 게 유일한 피서였다.

일요일이나 휴일이 아닐 때는 교통 센터 옆 백화점에서 시원한 바람을 쐬기도 했지만 사람이 가까이 다가오는지 신경 쓰다 보니 안심하고 쉴 수가 없었다. 며칠은 구마모토 성이 훤히 보이는 계단참 가까이에 있는 휴게소 벤치에서 시간을 보내기도 했다. 하지만 평일에는 의지할 곳 없는 노인들의 집합소가 된다는 사실을 알았다. 그리고 노인들은 가쓰노리 옆으로 불쑥 나타난다. 노인들에게 가쓰노리의 모습은 보이지 않기 때문에 당연히 악의는 없다. 그렇지만 노인들이 벤치에 앉으려고 가쓰노리에게 다가가면 아주 가까운 거리라서 배니싱 링이 반응한다.

가쓰노리는 허둥지둥 자리를 비워주어야 했다.

몇 번인가 그런 낭패를 겪고 나니 정말이지 가쓰노리는 넌더리가 났다. 얼굴을 아는 노인들도 몇 무리 생겼다. 지하에서 차와 과자를 사 들고 와서 세월아네월아 하며 머문다. 며느리 불평이나 정치가 험담이 자꾸자꾸 한없이 이어진다.

그 노인들 옆에 있다 보면 예측하지 못하는 돌발행동이 많아서 위험하다. 느닷없이 일어나서 후다닥 뛰어간다. 가쓰노리의 존재는 알지 못한다. 오줌이 마려운 느낌이 들어서 화장실에 달려가는 것뿐이다.

그래서 무더위가 이어지는 나날에 가쓰노리는 몸이 서늘함을 원해도 그 백화점으로 발길을 옮기려고 하지 않았다.

그 무렵에는 자신이 무엇을 할 수 있고 무엇을 할 수 없는지를 충분히 학습했다.

다른 사람의 집에 들어가는 게 금지되어 있다는 건 알고 있다. 하지만 어떤 범위까지가 '다른 사람의 집'인지 선긋기가 명확하지 않은 상태였다. 하지만 서늘한 곳을 찾아서 백화점 안으로 발길을 옮겼을 때부터 자신이 생각하는 것보다 그 제한은 느슨하지 않나 생각했다.

가쓰노리에게 백화점은 금지되어 있을지도 모르는 불분명한 장소였다. 하지만 중년 여성이 들어갈 때 순간적으로 그 뒤를 쫓아 백화점에 발을 들여놓았다.

결과적으로 목에 찬 고리는 죄어들지 않았다.

배니싱 링은 백화점을 공공장소라고 판정했다. 가쓰노리는 그 사실이 기쁘기 짝이 없었다. 하지만 사람이 모여드는 장소인 만큼 타인의 눈에 보이지 않는 가쓰노리는 그에 따른 위험 부담을 안게 된다. 그 법칙을 하나 학습했으니 됐다.

그리고 그 후에는 백화점 안으로 발을 들여놓은 적이 없다. 실험 삼아 복합 영화상영관에는 들어간 적이 있다. 가쓰노리는 영화관에서 영화를 보는 유형이 아니다. 텔레비전을 보거나 어쩌다 생각나서 DVD를 빌려오는 정도였다.

그때는 아침에 문을 막 연 복합 영화상영관에 들어갔다. 산책을 하다가 들렀는데 그대로 열려 있는 문을 지나 영화관 안으로 들어갔다.

복합 영화상영관에는 사람이 드문드문 있었다. 입장권을 받는 곳 옆을 지나간 것은 나중에 알아차렸다. 그때 관객이 없었기 때문에 여직원이 몇 분 동안 자리를 비운 듯하다. 배니싱 링이 목을 죄지 않은 것은 그 때문인지 어떤지는 잘 모른다. 잘 모르겠지만 어쨌든 가쓰노리는 영화관 안으로 들어갔다.

들어가는 곳에 여성이 서 있는 경우 그곳을 스쳐지나가면 어떻게 될까? 그때는 배니싱 링이 수축할까?

만약에 수축한다면 배니싱 링이 작동하는 가장 큰 원인은 배니싱 링을 찬 사람의 의식이란 셈이 된다. 모르고 들어가는 곳을 지나간 경우에는 작동하지 않으니까.

요컨대 죄의식을 행동 속에서 느낀다면 그 죄의식을 배니싱 링이 재빨리 간파하는 게 아닐까?

그 정도로 단순한 구조는 아닐 것이다. 죄수가 100명 있다면 죄의 단계가 100종류나 있지 않을까, 하고 가쓰노리는 생각했다. 자신이 이렇게 죄의식을 느낄 때에도 전혀 죄악감을 느끼지 않는 죄수도 있지 않을까? 그런 죄수는 배니싱 링의 고문을 받지 않을까?

그럴 리가 없다. 그런 식으로 감성이 어긋난 죄수야말로 배니싱 링의 힘으로 교정해야 하지 않을까?

가쓰노리는 그런 의문을 품으면서 문이 열려 있는 영화관 가운데 가장 가까운 곳을 선택해서 들어가 보았다.

좌석에는 아무도 앉아 있지 않았다. 이미 에어컨을 틀어 놓았는지 온몸의 땀이 순식간에 쏙 들어가는 상쾌함이 느껴졌다. 가쓰노리는 바로 이동이 가능하도록 마지막 줄 오른쪽 끝자리에 앉았다.

이렇게 영화관에서 영화를 보는 건 참으로 오랜만이다. 하지만…… 관객이 아무도 들어오지 않았다. 이럴 때는 영화를 상영하지 않는 게 아닐까, 하는 생각도 들었다. 그렇다면 시원하게 앉아 있는 것으로 됐다.

영화관 안이 캄캄해졌다.

영화 상영이 시작된다. 예고편이다. 범죄 영화다. 오랜만에 커다란 화면으로 보는 영화의 음향에 가쓰노리는 화들짝 놀랐다. 이 정도로 박력이 있을 줄은……. 범죄자가 인질을 잡아 도망친다. 그들을 뒤쫓는 평범한 시민으로 보이는 주인공. 자동차 추격 장면이 이어지고 건물에서 건물로 뛰어 다니며 총격전을 벌인다.

가쓰노리는 기분이 묘했다.

자신도 범죄자다.

범죄자가 범죄 영화의 예고편을 보고 있다……. 괜찮은 걸까?

그때 가쓰노리 말고 아무도 없는 영화관 안으로 처음으로 관객이 들어왔다. 웬일인지 가쓰노리는 오히려 안심이 되었다. 관객은 중년 여성 둘이었다. 좌석이 지정되어 있는 듯 어두운 영화관 안에서 바닥 표시를 확인하며 천천히 자신들의 자리를 찾았다. 그 뒤로 또 노인이 한 사람 들어왔다.

아무도 관객이 없으면 크게 손해라고 생각했기 때문에 가쓰노리는 안심했다.

그러고 보니 여기서 어떤 영화가 상영되는지 확인하지 않았다는 사실을 그때 깨달았다.

솔직히 어떤 영화라도 상관없다.

중년 여성 둘은 한가운데 자리에, 노인은 그 대각선 뒤쪽 자리에 앉았다. 두 군데 다 가쓰노리가 있는 위치에서 멀리 떨어져 있다는 사실에 안도했다.

타인이 갑작스럽게 다가와서 빚어지는 공포의 목 죄기 걱정은 적어도 없어 보인다고 예상했다.

이제 최소한 두 시간 정도는 소실형을 잊을 수 있다.

그렇게 생각했다. 귀중한 오락이다.

하지만 그리 호락호락하지는 않았다.

예고편이 끝나고 본편이 막 상영되려는 순간이었다.

황무지를 레저용 자동차가 엄청난 속도로 달려갔다. 그 영상에 겹쳐져서 제목이 나왔을 때였다.

　제목의 글자도 만족스럽게 읽을 여유가 없었다. 눈앞에서 별이 막 날아다녔다. 산소가 부족한 듯 입을 커다랗게 벌렸다.

　배니싱 링이 별안간 작동했다. 극심한 고통에 좌석에서 굴러떨어졌다. 그 위치에서 나가는 곳까지는 십 몇 미터나 된다. 엄청난 고통으로 도저히 나가는 곳까지 다다르지 못할 것 같았다.

　목이 죄어들면서도 그때 가쓰노리가 어렴풋하게 의식했던 건 그곳을 나가야 한다는 절박한 마음뿐이었다.

　벽에 기대면서 어떻게든 두 발로 일어섰다. 그리고 좌석 옆 계단을 구르듯 내려갔다. 다리도 꼬이고 마지막 네댓 계단은 굴러떨어졌다.

　그래도 배니싱 링은 인정사정 봐주지 않았다. 주기적으로 쭉쭉 조여온다. 생명에 별다른 지장이 없도록 일정 시간 쥔 뒤에 순간적으로 느슨해진다는 사실은 그때 알았지만 고통에 시달리는 몸인지라 딴생각을 할 틈조차 없었다.

　안간힘을 다해 두 손과 두 발을 움직여서 바닥 위를 기어갔다.

　의식이 선명해지고 나서 간신히 로비까지 나갔다는 사실을 알았다. 그때까지 자신이 어떻게 고통에서 벗어났는가를 떠올리려고 해도 안개 속에서 벌어진 일 같기만 했다. 그러고 나서 가쓰노리는 포스터가 붙어 있지 않은 벽 가장자리에 털썩 주저앉아 숨을 고르게 쉴 때까지 참을성 있게 기다렸다.

영화 예고편까지는 너그럽게 봐주었다……고 가쓰노리는 생각한다. 잠시라도 소실형을 받고 있다는 사실을 잊고 있어서는 안 된다고 배니싱 링은 주장한다. 그래서 본편 제목이 비치는 순간 처벌을 시작했다.

역시 배니싱 링은 가쓰노리의 의식을 꿰뚫어보는 걸까? 구마모토 교도소 서부 관리 센터의 관리만으로는 그 정도로 정확한 순간에 배니싱 링을 작동하지는 못할 텐데.

그런 인과관계를 당시 가쓰노리는 알 턱이 없었다. 단 한 가지, 소실형을 받을 때는 영화를 보는 행위가 금지된다. 뜻밖이지도, 대수롭지도 않았다. 가쓰노리는 그 진실과 법칙을 학습했을 뿐이다.

이제 그 실험도 되풀이하지 않는다.

그래서 그때까지를 되돌아보면 목이 죄는 고통과 도저히 어찌할 길 없는 쓸쓸함만이 떠오른다.

낮 동안만 반짝 더운 계절이 되자 가쓰노리는 땅거미가 내려앉을 때 외출하고 싶다는 생각을 했다.

밤바람이 정말로 기분 좋게 느껴진다.

시영 전철길이 뜸하게 느껴지는 시간대였다. 이미 밤 10시가 넘었을 것이다.

열어놓은 베란다 유리문 사이로 선선한 바람이 불어온다. 그 가을 분위기에 매혹되어 가쓰노리는 베란다로 나갔다.

실내에서는 더위를 느끼지 않지만 아직 낮 동안은 반짝 더위가 깃들어 있었다. 그래서 베란다에 나왔을 때 상쾌함은 한

층 더했다.

멀리서 벌레 우는 소리가 희미하게 들린다. 유혹하듯 바람이 뺨을 어루만졌다.

쳐다보니 한 치도 이지러지지 않은 동그란 달이 밤하늘에 떠 있었다. 그 주위에는 구름 한 점 없었다. 머리 위의 보름달은 기품 있게 빛나고 있었다.

이제 가을이라고 불러야 하나, 하고 가쓰노리는 생각한다. 동시에 이런 건물 틈바구니에서 밝은 달을 감상하는 게 아깝다는 마음이 들었다.

순간적으로 집을 나섰다.

초로쿠바시 옆 산책로에서 보름달을 감상해야겠다.

전철길을 건너서 3호선 아래의 지하통로를 빠져나갔다. 이 시간대에는 누구 하나 지나가지 않는다는 사실을 잘 알고 있었다. 다 큰 어른이라도 한밤중에 혼자서 폐쇄 공간 이미지가 있는 지하통로는 걷고 싶어 하지 않는다. 분명 위쪽의 횡단보도를 선택할 것이다. 낯선 인물과 지하통로에서 스쳐지나가고 싶지 않을 터이니.

지하통로를 빠져나가자 산책로가 나왔다. 왼쪽에 초로쿠바시가 보인다. 그리고 눈앞을 일급수인 시라카와 강이 흘러간다. 쳐다보니 보름달이 비친다.

이런 풍경도 그런대로 멋있구나, 하며 가쓰노리는 흐뭇해했다.

벤치를 보자 사람의 그림자가 하나 홀로 외롭게 앉아 있다.

어쩌면…… 하는 가쓰노리의 예감이 딱 들어맞았다.

노숙자 아라토였다.

우두커니 보름달을 바라보고 있었다. 쓸쓸한 표정으로.

그 마음속에 왔다 갔다 하는 게 무엇인지는 모른다. 어깨를 축 늘어뜨리고 고개를 기울이고.

아라토가 살고 있는 곳은 초로쿠바시의 다리 밑이다. 그곳에서는 달을 쳐다볼 수 없다. 그래서 보름달을 보려고 이 벤치까지 나온 거라고 생각했다.

아라토는 벤치 왼쪽 끄트머리에 앉아 있었다. 가쓰노리는 그 등 뒤를 돌아 벤치 오른쪽 끝에 살그머니 앉았다. 물론 아라토는 알아차리지 못했다.

그밖에는 아무도 없다. 두 사람뿐이다. 그런데 아라토는 외톨이다. 친한 노숙자도 없는 듯하다.

중학교 동급생이 지금 왜 이런 처지에 놓였을까, 물어보고 싶은 마음도 든다. 하지만 가쓰노리는 물리적으로 그런 질문을 할 수 없다.

아라토가 잠자코 달을 바라보며 딱 한 번 커다랗게 한숨을 내쉬었다.

그 한숨은 어떤 의미일까.

살아가는 데 아무런 희망도 없는 한숨일까?

상황은 다르지만 사회에서 튕겨져 나온 두 사람이 나란히 앉아 이렇게 달을 쳐다보고 있다. 그런 광경이 정말이지 얄궂다고 가쓰노리는 생각했다.

아라토에게 가족은 있을까? 일자리를 찾으려는 노력은 왜 포기했을까? 만약에 지금 자신에게 말하는 능력이 주어진다면 그것을 묻고 싶다. 가쓰노리는 그렇게 생각한다.

30분 정도 아라토는 달을 쳐다보았다. 그리고 천천히 일어섰다. 마음이 가라앉은 듯하다.

콧노래를 부르고 있었다. 그대로 콘크리트 둑 틈에서 강 쪽으로 사라졌다. 가쓰노리는 둑에서 아라토의 모습을 찾았다. 아라토는 콘크리트 둑의 좁은 길을 걷고 있다. 똑바로 걸어가면 초로쿠바시 아래에 도착한다. 초로쿠바시의 불빛을 받아 아라토의 그림자가 길게 뻗어 있다.

그러고 보니 오늘은 아라토가 전혀 혼잣말을 중얼거리지 않는다. 전에 만났을 때는 세상을 향해 그렇게 저주를 퍼부어 댔는데. 날마다 심리상태가 변하나, 생각했다.

그런데 갑자기 아라토가 멈춰섰다.

그리고 오른쪽 주먹을 하늘에 쭉 뻗으면서 외쳤다, 커다란 소리로.

"빌어먹을!"

그리고 다시 총총걸음으로 자신의 잠자리로 향하기 시작했다.

방금 그 수컷의 포효로 조금은 발산이 되었을까? 아니, 혼잣말을 중얼거리지 않는 대신 그만큼 쌓아둔 게 있었나?

가쓰노리는 벤치로 돌아가고 나서 10분 정도 계속 무심히 달을 바라보았다. 그리고 지하통로로 돌아간다.

지하통로는 불이 켜 있지만 어스레하다. 저편에서 몇 사람의 그림자가 다가오는 모습이 보인다. 소곤거리며 이야기하지만 벽으로 막혀 있어서 소리가 메아리쳐 가쓰노리의 귀에도 와 닿았다.

　"몇 명이 사는데?"

　"혼자야. 다리 밑이야."

　"혼자라면 괜찮겠군. 반격은 못하겠네. 몇 살쯤 됐는데?"

　"음. 햇볕에 타 얼굴이 새까매서 나이는 모르겠어. 상당히 나이를 먹었을지도 모르고 젊을지도 모르고."

　"늙은이가 좋아. 저항하지 못하잖아. 젊어서 기운이 세면 어쩌지."

　"젊고 기운이 센데 노숙자 따위가 될 리 없지."

　대화를 듣고 무슨 이야기를 하는지 알아차렸다.

　그들은 아라토 이야기를 하고 있다.

　그림자를 세어본다. 하나, 둘…… 일곱.

　일곱 명.

　그리고 그 목소리가 예상 외로 날카롭고 높다는 사실을 깨닫는다. 변성기 소년들이다.

　부리나케 가쓰노리는 지하통로에서 산책길로 돌아간다.

　메아리치는 소년들의 목소리가 쫓아온다. 천박하고 잔혹해 보이는 웃음소리와 함께.

　"돌을 집어던져. 몇 번 맞으면 상대는 겁을 집어먹겠지."

　그 대화에 드륵드륵, 잡음이 끼어든다. 일곱 명 가운데 하

나가 야구방망이를 갖고 있었고 그걸 질질 끌고 다니는 소리
였다.

일곱 명이 지하통로 불빛 아래까지 왔다.

본 기억이 있다. 이 일곱 명은…….

신시가지 지하통로에서 봄에 노숙자가 불에 타서 죽은 사건
이 벌어졌다. 그 사건 현장에서 본 중학생들이었다. 노숙자 사
냥을 저지른 녀석들은 이 일곱 명의 중학생 무리가 틀림없다
고 가쓰노리는 확신했다.

그 일곱 명이 또다시 이런 곳에 나타났다.

누군가가 초로쿠바시 밑에서 자고 일어나는 아라토의 정보
를 이들에게 전해주었을까. 그래서 노숙자 사냥을 하러 여기
에 일곱 명이 한꺼번에 나타났다…….

지금부터 아라토가 자는 곳을 덮칠 계획인가?

"라이터 오일은?" 하고 모자를 쓴 가장 키가 큰 소년이 물
었다.

"편의점에서 안 팔더라."

오른쪽 끝에 있는 소년이 말했다.

"뭐야. 그럼 못하잖아."

키가 큰 소년이 오른쪽 끝에 있는 소년의 무릎을 걸어차는
시늉을 했다. 서둘러 변명한다.

"하는 수 없이 겨울에 쓰던 팬히터 안에 남아 있는 등유를
물총 안에 넣어 왔어. 결국 마찬가지잖아?"

"겨울에 쓰던 등유라? 여름을 넘겼잖아. 물이 되어 버린 거

아냐?"

"등유가 물이 되는 일은 없어."

그렇다. 틀림없다.

지금부터 이 소년들은 아라토를 표적으로 삼아 노숙자 사냥을 시작하려고 한다.

"하지만 만약에 잡히면 우리는 교도소에 가야 하는 거 아냐?"

"왜 이렇게 소심한 소리를 지껄여? 세상을 위해 하는 거잖아. 더러운 패거리가 싹 사라지면 도시는 깨끗해지잖아? 전에도 괜찮았지. 경찰도 수사를 건성으로 하잖아. 너, 빠지고 싶은 거냐? 빠져도 좋아! 하지만 내일부터는 모른다."

어떻게 하면 좋을까.

가쓰노리는 자신의 가슴이 두방망이질 치는 것을 느꼈다.

중학생들이 다가온다.

#11

가쓰노리는 어떻게 하는 길이 최선인지, 사고가 산산이 흩어져서 정리가 되지 않는 상태였다. 당장 떠오른 생각은 고함을 마구 쳐서 사람을 부른다는 단순한 방법이지만 지금의 자신에게는 불가능하다는 사실을 안다.

적어도 가쓰노리는 아라토가 위험해지는 상황을 못 본 체넘길 수는 없다. 하지만 가장 좋은 방법이 무엇인지 지치도록 생각하는 사이에도 중학생 일곱 명은 광기에 가득 차서 커다란 소리로 웃어젖히며 아라토의 잠자리로 향한다.

만일 커다랗게 소리를 지르는 게 가능하다고 해도 그 방법이 효과적이지는 않다는 걸 깨닫는다. 주위에는 가쓰노리 말고는 사람의 기척이 없다. 흉악한 짐승이 되어 버린 아이들 집단만 있다.

일단 가쓰노리는 내달렸다.

초로쿠바시에서 시라카와 강을 따라 산책로가 뻗은 둑 저편에 다리 밑으로 이어지는 좁은 길이 있고 그곳에 계단이 놓여 있었다. 반사적으로 가쓰노리는 그 계단으로 뛰어내려갔다. 가쓰노리에게 다른 선택 방도는 없었다. 중학생들이 아라토를 덮친다면 그곳으로 침입하는 수밖에 다른 길은 없다. 콘크리트 벽에 손을 대면서 초로쿠바시 교각을 향해 걸어간다. 발밑이 새까매서 세심하게 주의를 기울여 나아가야 한다. 그 앞쪽의 다리 옆에는 골판지가 펼쳐 있는 아라토의 잠자리다. 멀리서 바라본 기억이 되살아난다. 골판지가 촘촘히 깔려 있는 파란 비닐 시트 집.

지금은 불빛도 보이지 않는다. 벌써 자고 있는 걸까?

목에 찬 고리 때문에 말을 걸 수가 없다. 어떻게 알려주면 좋을까?

망설이면서 다리 밑으로 내려간다. 강기슭에 무성하게 보이는 건 키가 큰 풀들일까? 또렷이 보이지는 않지만 바람 탓에 바삭바삭 소란스러웠다. 마치 가쓰노리 자신의 마음을 나타내는 듯했다. 그러니까 이 부분 아래는 분명 강 표면이다.

머리 위 다리에서 달리는 장거리 트럭이 내뿜는 헤드라이트 빛줄기는 바로 아래인 다리 밑을 비추지 않는다. 건조한 소음을 내뱉으면서 저편으로 멀어져가는 게 느껴졌다.

다리 밑으로 들어갔지만 캄캄했다. 어디에 아라토가 있는지 짐작조차 가지 않는다.

손으로 더듬으며 나아가는데 손에 짚이는 게 있었다.

비닐 시트의 감촉이다. 그 가운데에 아라토가 있을 것이다. 자신도 모르게 비닐 시트를 움켜잡고 푸드득푸드득 시끄럽게 소리를 냈다.

"뭐야! 뭐냐고!"

잠이 덜 깬 남자의 목소리가 비닐 시트 안에서 난다. 아라토가 있다.

"도망쳐! 이곳을 어서 떠나!"

그렇게 외치고 싶었다. 입을 벌리고 소리를 치려는 순간 배니싱 링이 간파한 듯 반응하기 시작했다.

결국 소리를 지르지는 못했다. 의사를 전달하는 행위는 금지되어 있다. 아까 어쩔 수 없이 비닐시트에 손이 닿아 버린 건 허용되었다. 하지만 위험하다는 걸 알리려고 비닐 시트를 잡는 행위는 허용되지 않는 모양이다. 배니싱 링이 반응하려는 낌새를 가쓰노리가 알아차렸다.

비닐 시트 안에서 불이 켜졌다.

그래! 하고 가쓰노리는 가슴이 쿵쾅거렸다. 경계를 하고 있다. 그렇게 하면 적어도 악동들이 겁을 집어먹을 가능성이 커진다.

부스럭부스럭 소리가 나고 안에서 불쑥 아라토가 고개를 내민다. 새까만 얼굴 가운데 하얀 치아만 붕 떠 보였다.

가쓰노리는 어떻게든 알릴 방법이 없을까 죽을힘을 다해 생각했다. 한시라도 빨리 도망쳐야 한다. 습격당한단 말이다. 하지만 그런 마음을 배니싱 링이 읽어 들였는지 지금은 가쓰노리가 아라토에게 다가가려고만 해도 배니싱 링이 죄어드는 느낌이 든다. 그 괴로움을 모른다면 무리를 해서라도 고함을 쳤겠지만 가쓰노리에게는 공포를 두려워하는 이성이 어느 정도 남아 있었다. 거기까지는 용기가 나지 않았다. 진땀이 배어나오는 손을 꽉 움켜쥐는 게 고작이었다.

아라토는 잠시 바깥의 동정을 살폈다. 달라진 기색을 하나도 느끼지 못한 듯하다. 자꾸만 고개를 갸우뚱거렸다.

"뭐야, 바람이잖아!" 하고 나직이 말했다.

아냐! 바람이 아냐. 정신 차려.

하지만 가쓰노리의 소망도 무색하게 아라토는 커다랗게 하품을 하고 고개를 두세 번 흔들더니 비닐 시트 안으로 모습을 감추었다.

몇 초 뒤에 불빛까지 꺼진다. 다시 아라토는 잠이 든 모양이다.

최악이다! 하고 가쓰노리는 마음속으로 중얼거린다.

바람 소리와 뒤섞여 중학생들이 다가오는 기척이 느껴졌다. 그 패거리는 이미 둑에서 콘크리트의 좁은 길로 내려오려는 것 같다. 가쓰노리는 안다. 과연 모두 잠자코 있지만 그들이 들고 있는 손전등으로 그 위치를 알 수 있다.

여기까지 다가와서 비닐 시트 집에 등유를 끼얹고 아라토를 불덩어리로 만들려는 계획이리라. 묵묵히 걸어오기는 하지만 때때로 우히히, 하는 짐승 같은 웃음을 감추지 못하고 있었다.

선악의 구별은커녕 정기와 광기의 영역조차 명확하지 않은 패거리 같다.

가쓰노리가 중학생들의 손에서 아라토를 지킬 수단은 그 순간 달리 떠오르지 않았다. 패거리에게 다가가지는 못하지만 패거리가 가쓰노리에게 가까이 다가올 수는 있다.

손전등을 쥔 패거리는 한 줄로 서서 콘크리트의 좁은 길을 종종걸음으로 다가온다.

가쓰노리는 중학생이 든 손전등 쪽으로 등을 향하고 좁은 길을 덮듯이 가로누웠다.

좁은 길의 폭은 1미터도 안 된다. 가쓰노리의 발은 공중에 떠 있는 상태였다.

저벅 저벅 저벅 저벅.

중학생들의 발소리가 가까이 다가오고 가쓰노리는 눈을 질끈 감았다.

가장 가까운 거리에 왔다고 느꼈을 때 배니싱 링이 가쓰노리의 목을 급속도로 죄어왔다. 반사적으로 가쓰노리는 몸을 움츠렸다.

가쓰노리가 등에 뭔가가 닿는 걸 느끼는 것과 동시였다.

"아앗." 하고 날카로운 비명 같은 소리가 울려 퍼지고 누군가가 콘크리트 비탈로 굴러떨어져 간다. 이어서 "아아악." 하고 울부짖는 소리가 들리고 다음 소년이 뚝 떨어졌다. 물소리가 두 번 이어졌다.

뒤를 따라오던 나머지 소년 다섯 명도 그제야 간신히 괴이

한 일이 생겼다는 걸 알아차린 듯하다.

"멈춰. 멈춰. 멈춰." 하고 외쳤지만 다음 소년도 기세를 억누르지 못했는지 아니면 뒤에 오는 소년이 밀었는지 가쓰노리의 배니싱 링을 발로 탁 차고 그대로 공중으로 날아갔다.

세찬 물소리가 나는 것을 가쓰노리는 들었다.

따라오던 소년들도 뭔가 심상치 않다는 사실을 깨달은 듯하다. 멈춰섰다. 세 사람이나 잇달아 눈앞에서 시라카와 강으로 떨어졌으니까. 더구나 요란한 물소리를 내며.

맨 앞에 선 소년이 손전등을 쥐고 있었지만 이미 물속으로 빠져 버린 모양이다. 주위는 다시 어두컴컴해졌다.

가쓰노리가 생각한 건 떨어진 소년들이 어떻게 되었는가였다.

물의 양이 많았을까?

흐름이 빨랐을까?

멈춰선 소년 가운데 하나가 "우와왓!" 하고 비명을 지르며 쏜살같이 달려간다. 논리적으로 생각해도 도무지 이해하기 어려운 현상이 눈앞에서 일어났으니 그 공포에서 한시라도 빨리 달아나고 싶었으리라. 친구를 도와주려고도 하지 않고 도주한다.

그것이 신호가 되었을까, 남은 몇 명도 허겁지겁 도망친다.

"야아, 구해줘!"

강 속에서 목소리가 들린다. 가쓰노리가 몸을 일으키는 순간 강 속에서 철퍽철퍽 물소리가 마구 났다.

"야아, 도망가지 마. 못 올라가겠어."

"아무도 없냐."

가쓰노리 몸에 걸려서 떨어진 세 사람이다. 가쓰노리는 휴, 하고 가슴을 쓸어내렸다. 강은 그다지 깊지 않았다. 세 사람 모두 생명에는 지장이 없는 듯했다. 강 속을 걸어 다니고 있지만 콘크리트 교각을 기어오르지 못하고 있다.

"살려주세요! 누가 좀 구해주세요!"

처량한 목소리로 외쳤다.

아라토의 비닐 시트 잠자리에서 다시 불빛이 켜졌다.

"누구야? 뭐하고 있는 거냐?"

아라토가 나타났다. 손전등을 손에 쥐고 있어서 아라토의 모습은 실루엣밖에 보이지 않는다.

"죄송합니다. 부탁합니다. 살려주세요."

중학생 가운데 하나가 아라토에게 애원했다.

손전등이 강 표면으로 향하고 비로소 가쓰노리도 떨어진 중학생 셋의 몰골을 찬찬히 내려다볼 수 있었다.

세 사람은 마치 하수도에서 기어나온 시궁쥐 같았다. 머리부터 떨어졌는지 머리털까지 흠뻑 젖어서 셋 다 입을 헤 벌리고 한심하게 당장이라도 울음을 터트릴 것 같은 표정을 짓고 있었다. 두 손을 유령처럼 축 늘어뜨리고.

그곳에는 아까 보았던 잔혹한 표정은 티끌만큼도 없었다. 있는 것은 유치한 어린아이가 도움을 구걸하는 얼굴이었다.

"뭐냐, 너희들? 그런 곳에서 뭐하고 있냐."

아라토는 신나서 어쩔 줄 모르는 목소리로 세 사람을 불렀다. 자신이 습격당할 뻔한 건 까맣게 모르고 있다. 지나치게 촐랑거리는 아라토의 모습에 가쓰노리는 한숨이 터져 나올 것 같았다.

중학생들은 말을 걸어온 사람이 앞으로 습격하려고 했던 노숙자라는 사실을 알아차렸는지 할 말을 잃어버린 듯했다.

죄의식이 조금은 남아 있었던 모양이다.

"춥냐? 가만히 있으면 아무것도 모르잖냐."

세 사람은 아라토의 물음에 대꾸하지 않는다. 아니, 입도 뻥긋 할 수 없다.

"너희들 떨어졌냐."

가까스로 하나가 "네." 하고 모기만 한 목소리로 대답하는 소리가 들린다.

"천벌을 받았나 보군."

아라토는 쭈그리고 앉아 강을 내려다보며 그렇게 말했다. 불빛에 비춰진 세 사람은 겸연쩍은 표정으로 입술을 질끈 깨문다. 그 가운데 하나는 흠칫 놀란 듯 눈을 부라렸다.

등유를 넣은 물총을 준비한 아이다. 이미 소년의 손 안에는 그 물총이 없었다.

아라토가 말을 잇는다.

"이런 야심한 밤에 놀러 다니니까 천벌을 받은 거지. 너희들 정도의 나이 때는 잠을 푹 자야 한다고. 공부도 해야 하고. 한밤중에 이런 곳에 온 게 잘못이지."

한 아이가 "죄송합니다. 죄송합니다." 하고 되풀이해서 사과한다.

"어째서 이런 곳에 떨어졌지?"

아라토도 중학생들의 생명에 이상이 없다는 걸 알고 즐거워보이는 모습이었다.

왜 떨어졌냐고 물어도 소년들 자신도 왜인지 알 수 없다. 가쓰노리의 몸에 걸리고 정신을 차려 확실히 강에 떨어져 있었다.

어떻게 설명해야 할지 몰라 세 사람은 머뭇거리고 있었다. 아무리 그래도 노숙자를 습격하려고 했다고는 입이 찢어진다고 해도 말하지 못할 테고.

간신히 소년 하나가 입술을 뗐다.

"요괴에요. 요괴한테 홀렸어요."

과연, 하고 가쓰노리는 생각한다. 설명할 수 없는 사건과 맞닥뜨렸기 때문에 그렇게 이야기하는 수밖에 없을 듯하다. 그런 이유라고 설명하면 중학생들 자신도 이해할 수 있을까? 가쓰노리의 모습은 소년들 눈에는 보이지 않으니까.

"요괴라니…… 귀신을 말하는 건가."

"그렇습니다. 요괴가 발을 걸었다고 생각합니다."

"그런가. 요괴라면 어쩔 수 없군. 너희들이 착한 아이였다면 귀신도 나쁜 짓을 하지 않았을 텐데, 그치?"

세 사람은 입도 뻥끗 못한다.

"부탁합니다. 살려주세요."

한 소년이 우는 소리를 했다.

아라토는 팔짱을 끼고 고개를 갸웃거렸다. 그러고 나서 "잠깐 기다려." 하고 자신의 비닐 시트 집으로 걸어갔다. 되돌아온 아라토의 손에는 밧줄이 들려 있었다. 불빛에 비춰서 알았는데 검정과 노랑 줄무늬 밧줄이었다. '사유지'나 '출입금지'인 땅 주변에 빙 둘러 쳐 놓는 밧줄인데 아라토가 가져다 놓은 것 같다.

"이 밑으로 와라." 하고 손짓을 했다.

"한 사람씩 끌어올릴 테니까 가벼운 녀석부터 허리에 이 밧줄을 꽉 묶어라."

그렇게 말하고 밧줄의 한쪽을 강 속으로 휙 던진다.

"죄송합니다. 부탁합니다." 하고 가장 몸집이 작은 아이가 외쳤다.

"좋아, 끌어당긴다." 하고 아라토가 손전등을 내려놓고 밧줄을 끌어당기기 시작했다. 기껏해야 3미터 정도의 높이에 50킬로그램 정도의 무게이지만 아라토의 영양실조인 가느다란 팔로는 힘에 부쳐 보였다. 앓는 소리를 내뱉으며 밧줄을 끌어당기는 아라토는 안간힘을 쓰는 모습이었다. 가쓰노리도 달려가서 함께 밧줄을 끌어당기고 싶은 충동에 사로잡혔지만 배니싱 링이 반응하려는 걸 느끼고 마음속으로 성원을 보내는 수밖에 없었다. 가쓰노리는 나쁜 쪽은 중학생들이고 그래서 천벌을 받았다고 생각하지만 책임을 느끼고 있었다.

처음 한 아이가 겨우 끌어올려졌다. 그 아이는 콘크리트 위에 두 손과 두 무릎을 대고 몹시 지친 기색을 하고 있었다. 그러나 아라토가 커다란 소리로 꾸짖는다.

"뭐냐. 구조를 받은 쪽이 그렇게 기진맥진하면 어떡하냐. 이번에는 둘이서 끌어올리자."

다음 밧줄을 강에 늘어뜨린다. 바로 밑에는 먹이를 구하는 잉어처럼 두 아이가 두 손을 쭉 내밀고 있었다.

중학생의 힘이라고 해도 두 사람이 끌어당기니 한결 편한 듯했다. 처음 한 아이 때보다 빠른 시간에 결판이 났다.

세 번째가 우두머리 격인 가장 몸집이 큰 아이다. 그 소년이 다른 아이들을 부추겼다.

그 소년을 끌어올리려고 아라토와 두 아이가 힘을 합쳐 밧줄을 잡아당기는 모습은 마치 줄다리기 시합 같았다. 이제 아라토는 앓는 소리를 내지 않고 "영차 영차." 하고 구령을 붙였다.

하지만 마지막 그 소년에게 또 한 번의 천벌이 내려졌다. 그때까지 잘 쓰던 밧줄은 비바람을 내내 맞아 꽤 닳아 있었나 보다.

조금만 더 잡아당기면 되는 순간에 "앗." 하고 아라토를 비롯해 끌어올리던 세 사람이 뒤쪽으로 벌러덩 넘어졌다. 그와 동시에 철퍼덕, 하고 거센 물소리가 울려 퍼진다.

닳고 닳은 밧줄이 뚝 끊어져 버렸다.

다음에 두 번째 밧줄을 내려뜨리고 칭칭 감아 끌어올렸다. 세 사람은 털썩 주저앉아 쌕쌕거리며 숨을 몰아쉬기만 했다.

겨우 안정을 찾은 중학생 셋은 이번에는 번갈아서 엄청 커다랗게 재채기를 연거푸 했다.

아라토가 세 사람을 쫓아 버리려는 듯 오른쪽 손등을 흔들며 "자, 어서 빨랑빨랑 집으로 돌아가라. 감기 걸리겠다. 아니, 벌써 걸렸는지도 모르겠구나. 밤에 놀러 다니기만 하면 나 같은 노숙자가 된다. 자, 돌아가라. 돌아가."

대낮에 혼잣말을 중얼거리면서 거리를 떠도는 아라토 가즈요시가 하는 말이라고는 도저히 생각되지 않는다.

그러자 역시 세 학생은 나름 어린 나이이기 때문일까? 나란히 아라토에게 고개를 꾸벅 숙였다.

"정말로 고맙습니다."

"이제 한밤중에 이렇게 위험한 장소를 서성거리면 안 돼."

"네. 두 번 다시 안 오겠습니다."

좋아! 하고 아라토는 팔짱을 꼈다. 세 사람은 몇 번이나 아라토를 되돌아보고 고개를 숙이며 사라져간다. 더구나 아까 가쓰노리가 아라토를 구하려고 좁은 길에 가로누워 있었던 곳에 이르자 이상하다는 듯 자신이 발에 걸렸던 것의 정체를 확인하려고 했다.

하지만 아무것도 발견될 리가 없다.

이상하다는 듯 고개를 갸웃갸웃하면서 사라져갔다.

이제 적어도 아라토가 그 악동 패거리의 잔혹한 표적이 되는 일은 없을 것이다. 분별 있는 체하며 아라토는 팔짱을 낀 채 다리를 쫙 벌리고 세 사람을 배웅했다. 또 미끄러져 떨어지는 일이 없도록 끝까지 지켜보는 모습으로.

어쩌면 그 중학생들은 노숙자 사냥도 그만두지 않을까? 그렇다면 자신과 아라토의 행동은 쓸데없는 짓은 아니었다고 생각한다.

하지만 다른 노숙자 사냥 사건의 죄는 씻어지지 않는다. 그렇지만 그런 판단을 하는 사람은 가쓰노리가 아니라는 점은 확실하다.

중학생들의 모습이 사라지자 아라토는 다리 밑의 잠자리로 돌아가려고 발길을 돌렸다.

가쓰노리도 책임을 다했다는 생각으로 자신의 집으로 돌아가려고 그 자리를 떠났다.

그때였다.

"누구냐, 거기 있는 건?"

아라토의 목소리가 들렸다. 뒤를 돌아보자 아라토가 가쓰노리 쪽을 노려보고 있었다.

보이는 걸까?

아니, 보이지는 않는다. 그 증거로 끊임없이 가쓰노리의 위치를 확인하려고 고개를 갸우뚱갸우뚱한다. 보인다면 초점도 맞출 것이다.

인기척만을 느낀 것이다.

그때 가쓰노리는 아라토가 자신의 존재를 인정해 주었다는 기쁨과 금기를 깬 데 따른 배니싱 링의 제재가 가해지지 않을까 하는 공포가 뒤섞인 복잡한 심경이었다.

그래서 순간적으로 취한 행동은 자신의 움직임을 멈추는 것

뿐이었다.

아라토는 몸을 조금 낮추고 손전등을 가쓰노리 쪽으로 향하면서 다가왔다.

그림자가 드리워져 있다!

자신의 발밑을 보고 가쓰노리는 그렇게 생각한다. 자신의 모습은 보이지 않아도 그림자만큼은 감출 길이 없다. 그림자가 다른 사람의 눈에도 보이는 게 아닐까?

하지만 의외의 사실을 알았다.

그림자도 아라토의 눈에는 보이지 않는다. 자꾸만 자신의 눈을 비비고 있다. 투덜투덜 "흐릿하게 보이는데." 하고 중얼거렸다.

그것도 배니싱 링에서 내뿜는 전파 탓인 듯하다. 거기까지 고려된 게 분명하다. 한낮의 태양 아래에서도 그림자는 생기니까.

주위 사람은 배니싱 링 때문에 자신을 인지할 수 없게 된다. 그리고 자신의 존재를 연상시키는 사상의 범위가 확대되면 시력 그 자체에도 일시적인 간섭 현상이 일어나는 듯하다.

아라토는 그런 까닭에 고개를 갸웃거렸다. 그러고 나서 혼잣말을 중얼거린다.

"확실히 쓰윽, 하고 발을 끄는 듯한 소리가 들렸는데. 전에도 들었던 것 같고. 아까 비닐 시트를 흔들 때도 그랬어. 뭔가 있지!"

그리고 귀를 기울이고 주위의 반응을 확인하려고 빙 둘러본다.

"너는…… 귀신이냐? 아까 아이들이 말하던 요괴냐?"

또렷한 목소리로 그렇게 말을 걸어 왔다.

그때 손전등이 위쪽에서 비춰졌다. 누가 비췄는지 다리 조명으로 똑똑히 알 수 있었다.

젊은 경찰 둘이었다.

"지금 저곳에서 흠뻑 젖은 중학생들을 보호하고 있는데, 다리 밑에 있는 당신을 덮치려다가 시라카와 강으로 떨어졌다고 했어. 뭐 좀 물어봐도 되겠나?"

아라토는 의아하다는 듯 쳐다보더니 커다란 소리로 되물었다.

"나를 덮쳤다고? 무슨 소리를 하는 거지? 그 아이들은 내가 구해줬는데."

의미를 제대로 파악하지 못한 듯 아라토는 주먹을 머리 위에서 흔든다. 종잡을 수 없는 말로…….

귀신은 빨리빨리 사라져야겠다며, 가쓰노리는 콘크리트의 좁은 길을 빠져나갔다.

#12

실은 이때 가쓰노리에게 엄청난 일이 벌어졌지만 그 사실을
깨달은 건 며칠이 지나고 나서였다.

그 사이에 가쓰노리의 생각을 지배한 건 그때 노숙자 아라
토가 어떻게 가쓰노리의 기척을 느꼈는가였다. 만약에 그 뒤
에 경찰이 나타나지 않았다면 아라토는 가쓰노리의 존재를 알
아차리지 않았을까? 그 일을 계기로 가쓰노리는 아라토와 의
사소통을 꾀하는 방법을 찾아내지 않았을까, 하는 가능성까지
상상을 펼쳐 나갔다.

그렇게 생각하고 그 뒤에 두 번 정도 초로쿠바시 다리 밑의
비닐 시트 집을 찾아가 보았지만 아라토는 없었다. 다음 날 밤
과 또 다른 날 낮에.

오랫동안 조사를 받았을까? 하고 그날 밤에 생각했다. 그리

고 어쩌면 낮에는 여기저기 떠돌아다니는 중인지도 모른다.

하지만 그때는 그렇게까지 집착하지 않았다.

소실형 만료까지 앞으로 한 달 정도밖에 남지 않았기 때문이다. 그 기간을 무사히 복역한다면 노파처럼 자유로운 생활을 만끽할 수 있을 거라는 희망이 샘솟기 시작했다.

희망이 없었다면 가쓰노리는 여전히 아라토를 계속 찾아갔을 것이다.

며칠이 흘렀다.

이미 세상은 10월을 맞이하고 있다.

틀림없이 그랬다.

그날 아침, 잠에서 깬 가쓰노리는 얼굴을 씻은 뒤 거울 속의 배니싱 링을 뚫어져라 바라보았다. 며칠 동안 확인하고 싶은 걸 꾹 참았기 때문이다.

가쓰노리가 예상하기에 배니싱 링에 표시된 숫자는 800시간을 밑돌 게 분명했다.

거울에 얼굴을 가까이 대고 고개를 든다.

소스라치게 놀랐다.

자신의 눈을 의심했다.

배니싱 링 액정의 붉은 디지털 문자.

1044 : 37.18

이런 어처구니없는 일이?

일주일도 전에 1063이라는 숫자를 본 기억이 있었다. 그렇다면 숫자는 오래전에 틀림없이 1,000시간을 밑돌았을 것이다.

지난번에 확인했을 때보다도 열 몇 시간밖에 지나지 않았다니 뭔가 잘못된 게 분명하다.

몇 번이나 확인하려고 눈을 거울에 가까이 댔다.

틀림없다.

넋이 나간 상태로 가쓰노리는 배니싱 링에 표시된 숫자를 줄곧 응시했다.

이상하다.

가쓰노리는 새로운 사실을 그때 깨달았다.

그 진실은 공포를 동반했다.

배니싱 링의 숫자가 전혀 변화하지 않는다.

1044 : 37.18

원래대로라면 1초마다 초 숫자가 줄어들어야 한다. 1,044시간 37분 18초에서 1,044시간 37분 17초로.

시각 표시는 정지한 상태로 있다.

무슨 이유로?

숫자가 줄어들어야 하는데 그대로 있다.

자신의 귀에 심장이 세차게 고동치는 소리가 들려온다.

배니싱 링이 망가졌다.

아니, 표시 부분만 멈춰 버렸다. 다른 기능은 정상적으로 작동하고 있다고 가쓰노리는 타일렀다.

시험 삼아 "이런 멍청한!" 하고 소리쳐 보려고 했다.

가쓰노리는 자신을 괴롭히는 배니싱 링의 기능이 정상으로 작동하고 있다는 사실을 깨달았다. 목소리를 내려고 하는 순간에 배니싱 링이 죄어들기 시작하는 낌새를 느꼈다.

소리를 치려다 부랴부랴 그만둔다. 목구멍에서 한심하게도 바람 소리만 새어나왔다.

왜 이런 일이 일어났을까, 죽을힘을 다해 생각했다.

결함이 있는 배니싱 링이었을까?

소실형을 실험 실시한다면 가장 먼저 점검해야 할 건 배니싱 링의 기능이 아닐까.

아니, 얼마 전까지만 해도 소실형 형기의 나머지 기간이 정상으로 표시되었다.

그렇다면 왜?

아무리 생각해도 답이 나오지 않는다.

아침을 먹을 의욕조차 잃었다. 세면대 앞에서 가쓰노리는 영혼이 빠져나간 듯 쭈그리고 앉았다.

어쩌면 그때가 아니었을까?

간신히 가능성 하나에 다다랐다.

아라토를 노숙자 사냥에서 구해줬을 때다. 중학생들이 아라토의 잠자리를 덮치려고 했을 때 자신은 무엇을 했던가. 가쓰노리는 자신의 몸으로 가로막아 중학생들을 시라카와 강에 떨어뜨렸다.

그때다.

콘크리트 좁은 길에 가로누워 길을 막았다. 그리고 중학생 셋이 가쓰노리의 몸에 발이 걸려 강으로 풍덩 빠져 버렸다.

두 번째 아이까지는 가쓰노리의 등에 다리가 걸렸다. 하지만 세 번째 아이는…….

가쓰노리의 목에 발이 닿은 감촉이 있었다. 그렇다. 배니싱 링이다.

만일 배니싱 링에 이상이 일어났다면 그때밖에 없다. 배니싱 링이 발에 차인 충격으로…….

그렇다. 그날 아침에 배니싱 링에 표시된 숫자를 확인했다.

그때는 1,063시간이 남았다고 숫자 표시가 되어 있었다. 표시가 정지된 시간은 1,044시간. 19시간 뒤가 된다. 시간을 따져보면 거의 일치한다.

이것이 무엇을 나타내는가 생각하기 시작하자 나쁜 상상이 떠오른다.

소실형 형기가 끝나도 배니싱 링이 벗겨지지 않는다. 영원히 소실형에서 벗어날 방도가 없게 된다.

그것은 최초의 악몽과도 비슷한 연상이다.

아니, 그런 이상 사태도 가정하고 있다는 생각이 든다. 그렇다면 가쓰노리가 바라는 것은 배니싱 링의 시간 표시 기능에만 문제가 일어났을 가능성이다. 시간 표시 기능이 어느 순간 정상 시간을 나타낼 수도 있지 않나.

또는 마지막까지 표시 기능에 변화는 없지만 소실형 집행 만료와 함께 배니싱 링이 자동으로 가쓰노리의 목에서 떨어져 나간다…… 는 것이다.

가쓰노리에게 가장 좋은 상황을 상상한다. 하지만 그렇게 될 보증은 하나도 없고 가장 가능성이 낮다는 생각이 들었다.

애써 여태까지 소실형 형기를 견뎌내고 있었는데.

소실형이 만료되는 날을 따져 보았다.

소실형이 시작된 날은 벚꽃이 만발한 3월 31일이었다. 그때부터 5,300시간 동안 소실형에 복역한다면 11월 5일이 형의 만료일이 된다.

이미 10월에 접어든 것은 알고 있다. 앞으로 30일. 아무리 시간을 잘못 따졌다고 해도 35일이 지나면 틀림없이 형기가 만료될 것이다.

그때까지는 이 일은 생각하지 않기로 하자. 끙끙 괴로워해도 지금 자신이 할 수 있는 일은 아무것도 없기 때문이다.

그래, 자신을 타이르기로 했다.

그런 결론에 다다른 것은 태양이 상당히 높이 뜨고 나서였다.

딱 하나, 가쓰노리는 자기 나름의 규칙을 정했다.

이대로는 시간과 날짜의 흐름을 알 수 없다. 자기 나름의 방법을 생각해 내야 한다. 그래서 떠올린 게 이 방법이었다.

가쓰노리가 자신의 방에서 구마모토 교도소 서부 관리 센터로 이동하는 사이에 뉴스카이 호텔 앞 산책길을 지나간다. 그곳에도 시라카와 강을 건너는 다이헤이 다리가 놓여 있는데 그 다리 끝에서 자갈밭으로 내려갈 수 있는 계단이 있다. 여름에는 잡초가 무성한데 가을이 되어도 시들 기색은 전혀 안 보였다. 그런데 여름풀이 그만큼 우거져 있기 때문에 그 계단을 이용해서 내려가려는 사람의 모습은 거의 본 적이 없다.

계단을 내려간다.

가쓰노리는 화들짝 놀랐다.

다이헤이 다리 밑에 사람이 있었다.

생각해 보면 당연하겠지만 예상하지 못했다. 이쪽 다리 밑은 포장이 되어 있지 않고 그대로 자갈밭으로 남아 있다. 그 다리 밑 한쪽에 빈 깡통이나 의류가 들어 있는 비닐봉지가 나동그라져 있었다. 그리고 기둥에 걸쳐 있는 널빤지 하나에 기대앉은 중년 남자의 모습이 보였다. 그렇다. 마치 좌선을 하는 스님이 명상에 잠겨 있는 것처럼 보인다.

이 남자는 아라토 같이 비닐 시트로 만든 집은 이용하지 않았다. 대신 자신의 둘레에 옷을 채운 비닐봉지를 쌓아 올려 요새를 세웠다. 그곳에서 밤바람은 피할 수 있을 듯하다.

그리고 신기한 점은 새것이나 다름없는 오토바이가 그 가까이에 놓여 있었다. 책상다리를 하고 있는 남자 옆에 헬멧이 놓여 있는 것으로 미루어 노숙자로 보이는 남자의 소유물일까?

하지만 어떻게 이런 위치에서 위쪽 길로 오토바이를 내놓을까, 방법은 알 수 없지만.

계단 밑에서 잠시 꼼짝도 않고 서 있었던 가쓰노리는 시라카와 강변 가까이에 딱 한 그루 동그마니 서 있는 거대한 버드나무에 눈길을 멈추었다.

그곳까지는 여름풀 사이를 사람 하나가 간신히 지나갈 수 있도록 헤쳐 만든 길이 이어져 있었다. 그곳을 가쓰노리는 걸어갔다. 사람 키만큼 커다란 풀을 두 손으로 헤쳐 가면서.

그 버드나무는 거대하지 않았다. 가까이 다가가 보니 몇 그루로 이루어진 버드나무 군락이었다. 버드나무에 둘러싸인 공간은 신기하게도 잡초가 한 포기도 자라지 않았다.

장마 때는 강물이 불어나 버드나무 군락이 물에 잠긴다.

하지만 확실히 버드나무 군락은 오랜 세월 동안 시련을 견뎌내며 이곳에 계속 존재하고 있다. 무엇보다도 그 점을 가쓰노리는 신뢰할 수 있었다.

여기로 하자.

그렇게 마음을 정하고 가쓰노리는 버드나무 밑동의 진흙을 깨끗이 정리하고 자갈밭에서 주운 주먹만 한 돌을 하나 올려놓았다.

내일도 같은 장소에 돌을 하나 올려놓을 예정이다. 그리고 그 다음 날도.

시라카와 강에 물이 불어날 가능성은 생각하지 않는다. 그런 계절까지 이 의식을 계속할 필요는 없기 때문이다.

그리고 돌 서른다섯 개가 이 자갈밭에 줄지어 서 있다면 자신의 소실형이 만료될 거라고 스스로 다독였다.

텔레비전도 라디오도 신문도 없는 환경으로 세상의 정보를 강제로 차단당하고 스스로 메모 하나 쓰는 것도 허용되지 않는다면.

유일한 즐거움은 자신이 자유를 되찾는 날이 오는 것밖에 없다.

그날을 정확히 알고 싶다는 바람은 이상한 게 아니다.

돌을 주워 버드나무 아래에 놓는 건 배니싱 링도 허용해 주는 행위인 듯하다. 세로로 일곱 개. 그것이 일주일이다. 그렇게 다섯 줄이 나란히 놓이면 아무리 계산이 잘못되었다고 해도 소실형 형기는 끝날 것이다.

훗, 하고 불길한 예감이 스쳐지나갔다.

만일 돌 서른다섯 개가 나란히 놓여도 배니싱 링의 속박이 풀리지 않는다면 어떻게 될까?

온몸의 피부에 소름이 돋는 듯한 느낌에 사로잡혔다.

서둘러 그 상상을 지워 버렸다. 바람이 불었다. 가쓰노리 주위에 있는 여름풀 무더기가 바스락바스락 시끄럽게 소리를 냈다. 그것이 마치 가쓰노리에게는 자신의 불안을 구체화한 광경으로 보여 견딜 수가 없었다.

그러고 나서 가쓰노리는 날마다 자갈밭으로 가는 것을 오후의 첫 번째 일과로 집어넣었다.

요코코야초의 집을 나서서 초로쿠바시 옆 산책로로 향한다. 그곳에서 산책로를 걸어 다이헤이 다리 옆 횡단보도를 건넌다. 그리고 다이헤이 다리 곁에 있는 계단을 내려가 그날의 돌을 하나 가지런히 놓는다.

그리고 구마모토 역 가까이에 있는 구마모토 교도소 서부 관리 센터에 그날 먹을 음식을 받으러 간다.

돌은 하나씩 늘어간다. 돌 일곱 개가 2열이 되고 3열이 되었다. 아무리 세차게 비가 내리더라도 그 의식을 가쓰노리는 그만둔 적이 없었다. 비가 온 다음 날 으스스한 기운이 가쓰노리를 덮쳤다.

열이 났다.

구마모토 교도소 서부 관리 센터에서 가장 처음에 받은 하얀 플라스틱 용기 안에는 작은 상자이지만 체온계와 가정상비약 종류도 들어 있었다. 그 사실을 떠올리고 가쓰노리는 삐걱삐걱 소리를 낼 것 같은 몸으로 바닥을 엉금엉금 기어서 체온계를 입에 물었다.

덧붙이자면 그때 체온은 38.5도였다. 해열제를 항문에 집어넣고 온몸이 부들부들 떨리는 오한과 한기에 시달리면서도 비틀비틀 다이헤이 다리 밑의 자갈밭으로 향했다.

이제 그것은 가쓰노리의 집념이었다. 신사에 소원을 빌려고 날마다 참배하고 그렇게 백일을 왔다 갔다 하는 의식과 가까웠다.

정말이지 열이 펄펄 끓던 날은 구마모토 교도소 서부 관리 센터까지 발길을 옮길 수가 없었다.

자갈밭에서 돌아와 방에서 이불을 둘둘 말고 덜덜덜덜 이가 부딪치는 소리를 냈다. 아무도 모르게 그대로 숨을 거둘 가능성도 있다는 생각이 몇 번이나 머릿속을 맴돌았다.

아무리 실험 실시 중이라고 해도 이런 상황 역시 당연히 예측하고 있다고 생각한다. 배니싱 링이 전파를 발신하고 있기 때문에 늘 소재까지 파악하고 있다고 기억한다. 그렇다면 자신이 이렇듯 옴짝달싹도 못하고 방에 틀어박혀 있는 상황도 알 수 있을 것이다.

공급기는 가까이 다가가면 배니싱 링이 반응해서 먹을거리와 일용품을 내놓는다고 했다. 아마도 모든 배니싱 링의 파장이 각기 다르지 않을까? 그리고 어떤 파장의 배니싱 링을 찬 죄수가 나타났느냐도 알지 않을까?

아무리 일손이 부족하다고 해도 상황을 확인하는 정도는 교도관의 의무가 아닌가?

그것들은 모두 가쓰노리 나름의 해석이다. 그래서 현실에서는 가쓰노리의 집에 아무도 찾아오지 않았다.

그런 흐름 속에서 가쓰노리는 불쾌한 상상을 또 하나 하게 되었다.

자신의 안부를 확인하러 아무도 나타나지 않는 이유는 단하나.

배니싱 링이 소재를 나타내는 전파를 발신하지 않기 때문이다.

소실형 형기가 얼마 남았는지 표시하는 기능이 고장 났을 때 그와 더불어 배니싱 링의 다른 기능도 망가졌기 때문이라고 상상했다.

허둥지둥 자신을 달랬다.

공급기 앞에 섰을 때 이제까지와 마찬가지로 음식이 나오지 않았나. 그것이야말로 배니싱 링의 다른 기능은 정상으로 작동한다는 증거다. 고장 난 곳은 남은 형기를 표시하는 부분뿐이다.

그런 날은 망상과 악몽이 되풀이되었다.

중학생 일곱 명이 자신을 덮치는 꿈을 꾸었다. 다들 검은 실루엣이고 몽둥이로 패려고 하거나 돌을 던지거나 한다. 꿈속에서는 가쓰노리의 모습이 중학생들에게 보이는 모양이다.

다른 꿈에서는 자갈밭에 나란히 놓은 돌을 나카하라 아야나와 다이헤이 다리 아래에 있던 노숙자, 이 두 사람이 차례로 시라카와 강으로 집어던진다. 그러지 말라고 가쓰노리가 애원하지만 두 사람은 실실 웃으면서 돌을 계속 강물 속으로 내던진다.

돌을 다섯 줄로 나란히 놓고 마지막 한 개를 놓는 날이 왔지만 가쓰노리의 불안은 꼭대기까지 치솟았다. 돌 서른다섯 개를 나란히 놓겠다고 정했지만 그것은 최대한의 숫자를 상상하는 편이 좋겠다고 생각해서 그랬다. 소실형 형기의 만료는 그보다 빠를 수는 있어도 서른다섯 개 이상은 될 리가 없다고 생각했다.

하지만 5열의 일곱 번째 돌을 올려놓아야 한다.

그때부터 배니싱 링의 숫자를 몇 번이나 확인했던가. 하지만 비정하게도 숫자는 1044 : 37.18인 상태에서 움직이지 않았다. 여러 번 확인했던 이유는 어느 순간에 기능이 원래대로 돌아오지 않을까, 하는 지푸라기라도 잡는 심정에서였다.

바람은 배니싱 링에 가닿지 않았다.

마지막 돌을 나란히 놓고 가쓰노리는 크게 한숨을 내쉬었다. 그때는 공급기에서 일주일 전에 나온 수수하고 두터운 코트도 입고 있었다. 낮에도 햇살이 비추지 않으면 추울 정도다.

돌의 감촉도 차가웠다.

코트가 나왔을 때는 '일주일 정도만 사용할 텐데 아깝다.' 하고 생각했지만 지금은 사무치게 고마웠다.

강 표면에서 전해져 오는 바람은 현실의 기온보다도 뼛속까지 시릴 정도로 차가웠다. 코트는 몸에 걸치고 있지만 '희망'은 공중에 매달린 채 벗겨진 상태이니까.

실낱같은 바람은 잃지 않았다. 그 바람이 무너진다면 자신은 당장 죽어 버리지 않을까, 하는 예감이 있기 때문이다.

토끼도 그렇지 않나, 하고 가쓰노리는 생각한다. 토끼는 고독하면 쓸쓸함으로 죽음에 이른다고 한다.

틀림없이 자신도 그렇지 않을까.

그대로 무거운 발걸음으로 구마모토 교도소 서부 관리 센터로 향했다.

소실형이 시작될 무렵에는 사람이 오가는 장소를 걸을 때 신경을 바싹 세우고 세심하게 주의했다. 하지만 지금의 가쓰노리에게 그런 긴장감은 사라졌다. 거지반 자포자기하는 심정도 있고 오랫동안 소실형을 받아 익숙함도 생겼기 때문이다.

구마모토 교도소 서부 관리 센터에 도착한 가쓰노리는 곧장 공급기로 향했다. 전날 식사를 마친 빈 플라스틱 용기를 반환하는 곳에 떨어뜨렸다. 그리고 공급기 앞으로 갔다.

그곳에서 소스라치게 놀랐다.

공급기가 반응하지 않는다. 오늘 분량의 음식을 내놓지 않는다.

왜일까? 최악의 상상이 다시 넘실거린다. 자신의 소실형 형기는 만료됐다. 하지만 배니싱 링은 기능의 장애를 일으켜 목에서 빠지지 않는다.

최악의 기능 장애다. 음식 공급을 받는 신호를 보내는 기능은 복역 기간이 끝난 배니싱 링에서는 발산되지 않는다.

이 정도로 기분 나쁜 농담은 들어본 적이 없다.

어떻게 하면 좋을까?

가쓰노리는 공황 상태에 빠지고 있었다.

소실형 형기는 틀림없이 만료되었다. 배니싱 링을 풀어줘. 어떻게든 해줘.

그 순간 가쓰노리는 아무 방법도 생각나지 않았다. 배니싱 링은 기능 장애를 일으켰다. 그렇다면 자신의 호소도 가닿지 못하는 걸까?

구마모토 교도소 서부 관리 센터로 달려갔다.

— 아사미 가쓰노리의 소실형 복역 기간은 틀림없이 만료되었습니다. 배니싱 링을 풀어주십시오.

그렇게 말하려고.

하지만 얄궂게도 배니싱 링은 일부 기능만 남아 있었다.

구마모토 교도소 서부 관리 센터로 들어가는 문 앞에서 가쓰노리는 무릎을 꿇고 몸부림을 쳤다.

배니싱 링이 비정하게 가쓰노리의 목을 꼭꼭 조여왔다.

#13

배니싱 링의 불합리한 징벌은 아사미 가쓰노리가 구마모토 교도소 서부 관리 센터로 들어가는 문 앞에서 굴러떨어지는 것과 더불어 극적으로 끝났다.

가쓰노리는 소리칠 수 있다면 소리치고 싶었다.

소실형 형기가 끝났다! 내 목에 끼운 고리를 풀어줘라!

하지만 물론 소리는 지를 수가 없었다.

교도관이 나타나 주차된 자동차 쪽으로 걸어간다. 그때까지 구마모토 교도소 서부 관리 센터 안에 들어가지 못한 가쓰노리에게 두 번 다시 오지 않을 기회다. 그 뒤를 쫓아간다. 어떻게든 알려야 한다. 소실형 형기가 끝나도 배니싱 링의 장치 고장으로 목에 찬 속박에서 벗어나지 못하고 있는 죄수가 존재한다는 사실을. 이대로 가다가는 굶어 죽는다. 아무한테도 존재를 알리지 못하고 허무하게 죽어 버린다.

공급기에서 먹을거리가 나오지 않는다는 건 소실형 형기가 만료되었다는 뜻일까?

말을 하지는 못하지만 교도관을 잡기만 해도 목적은 달성될 것이다. 그래서 뛰어간다. 하지만…….

그대로 가쓰노리는 그 자리에서 웅크렸다.

그런 사정을 전혀 모르는 교도관은 콧노래를 부르며 차에 올라탔다.

부리나케 가쓰노리는 자동차 곁에서 떨어진다.

그리고 자동차는 배기가스를 남기고 전철길 쪽으로 사라진다. 가쓰노리가 할 수 있는 건 그 모습을 배웅하는 것뿐이다.

– 내가…… 여기에 있는데…….

죄인의 형기는 여기서 모두 관리하고 있을 터이다. 복역 기간이 지났는데 출두하지 않는, 또는 소재가 불분명한 소실형을 받는 죄인이 존재한다면 구마모토 교도소 서부 관리 센터에서는 당연히 엄청난 소동이 일어나야 하지 않나?

처음에 담당 교도관이 설명했을 때 말하지 않았나? 죄인의 위치까지 구마모토 교도소 서부 관리 센터에서 파악할 수 있다고. 그렇다면 형기가 만료된 죄수가 구마모토 교도소 서부 관리 센터의 빈터에서 헤매고 있는 것도 분명 알고 있을 것이다.

아니다!

어쩌면 배니싱 링의 기능에 이상이 일어났을 때 위치를 알려주는 기능도 동시에 고장을 일으킨 게 아닐까?

그렇다면 구마모토 교도소 서부 관리 센터에서 가쓰노리의 상황은 전혀 파악할 수 없다.

비참하기 짝이 없었다.

배니싱 링의 속박은 풀리지 않은 채 다른 기능만 효력이 없어지다니.

그것은 그대로 죽음을 기다리라고 선언하는 것과 마찬가지다.

구마모토 교도소 서부 관리 센터 내부에서는 가쓰노리가 실종되었다는 정보로 술렁이는 기색이 전혀 보이지 않는다. 평소처럼 담담하게 시간만 흘러가고 있다.

뭔가 방법이 있을 것이다, 하고 가쓰노리는 스스로 타일렀다.

생각해!

생각해!

초조함이 자신의 지혜를 무디게 한다. 전혀 생각이 떠오르지 않는다.

떠오른 방법은 발밑에 떨어져 있는 작은 돌을 주워 창문에 집어던지는 정도였다.

잘될 리가 없다. 작은 돌을 주울 수는 있었다. 하지만 돌을 던지려는 자세를 취하기만 했는데도 목에 끼운 고리가 죄어들기 시작했다. 목에 압박감이 느껴졌을 때 작은 돌을 손에서 놓을 수밖에 없었다.

냉정한 시기라면 금세 알았을 것이다. 마음을 전하려는 행위를 하기만 해도 이제까지 배니싱 링은 가학 기능을 발휘하지 않았나.

성공할 방법이 없다.

잠시 풍경이 정지된 시간을 보낸 뒤 깊은 절망과 적막에 휩싸여 가쓰노리는 구마모토 교도소 서부 관리 센터를 떠났다.

그때 가쓰노리는 멍하니 넋 놓고 이리저리 떠도는 듯한 발걸음을 하고 있었다. 그렇게 신경 써 왔던 다른 통행인도 의식에서 멀어졌다. 다행히도 이런 때 가쓰노리에게 지나치게 가까이 다가온 사람은 없었다.

무의식 가운데 가쓰노리가 도착한 곳은 집이었다. 계단을 올라가서 자신의 집에 비틀비틀 도착했다.

문이 살짝 열려 있었다.

그럴 리가 없다. 구마모토 교도소 서부 관리 센터로 갈 때 자신의 손으로 단단히 문을 잠갔던 기억이 있다.

외출 중에 누군가 집에 들어왔을까?

문의 손잡이를 밀자 예상대로 아무런 막힘도 없이 열렸다.

틀림없다. 집을 비웠을 때 누군가 마음대로 안으로 들어왔다. 그런 낌새를 가쓰노리는 느꼈다.

집 안을 빙 둘러본다.

어질러진 흔적은 없다. 하지만 미묘하게 뭔가가 달라진 기분이 든다.

그 이유를 알았다. 식탁 위에 A5 크기의 종이가 놓여 있었다.

'형기 종료 통지서'였다.

구마모토 교도소 소장의 서명이 되어 있다. 그 통지서에 따르면 아사미 가쓰노리는 11월 5일로 형기를 다했다고 되어 있다. 그래서 형기가 종료되었다는 사실을 통지한다는 무미건조하고 간결한 공문서였다.

종이는 두 장이 겹쳐져 있었다. 그 밑에 있는 종이에는 좀 더 구체적인 지시가 쓰여 있었다.

이미 가쓰노리의 목에서 배니싱 링이 자동적으로 떨어져 나갔다는 걸 전제로 그 문서는 작성되어 있다.

배니싱 링이 떨어져 나갔어도 사회 복귀 지원을 위해 반드시 구마모토 교도소 서부 관리 센터로 출두해서 담당관의 지도를 받아야 한다는 지시였다.

소실형을 받는 기간이 지났는데도 가쓰노리가 나타나지 않아서 거주지로 등록된 이 집에 문서를 남겨 연락을 꾀한 듯하다.

요컨대 소실형 수형 기간이 끝났는데도 배니싱 링이 떨어져 나가지 않은 경우는 예상하지 못한 듯하다. 그 증거로 그런 상황에 대처하는 법은 전혀 쓰여 있지 않다.

얼떨결에 가쓰노리는 그 문서 두 장을 꽉 움켜쥐었다. 분노가 치밀어 올랐다.

이 얼마나 엉망진창인 '관공서 일처리'인가.

한 가지 아이디어가 떠올랐다.

이 문서 두 장을 구마모토 교도소 서부 관리 센터로 들어가는 문 앞에 놓는다. 그렇게 하면 상황을 조금은 추측하지 않을까.

무리였다. 그런 의사를 지닌 문서를 손에 쥔 순간 목에 끼운 고리는 즉각 반응을 보일 것이다. 구마모토 교도소 서부 관리 센터는커녕 집밖에도 문서를 갖고 나가지 못할 것이다.

바람이 있다면 다시 구마모토 교도소 서부 관리 센터에서 찾아오는 것이다. 문서 두 장이 꾸깃꾸깃해진 모습을 보고 어떻게 해석해 주는가 바라는 수밖에 없다.

하지만 다시 찾아올지는 알 수 없다. 얼마 뒤가 될까, 하고 가쓰노리는 생각한다.

그것은 어쩌면 자신이 굶어 죽은 뒤가 될지도 모른다.

자신의 집 안에 있는데 발밑에 거대한 암흑의 구멍이 입을 딱 벌리고 있는 듯한 기분이 들었다. 그것은 절망이라는 이름의 구멍이다.

사고가 요동쳤다. 머릿속이 한계를 넘었는지도 모른다. 육체가 사고를 거부했는지도 모른다. 무릎부터 무너져 자신을 바닥에 내동댕이치도록 내버려 두었다.

아무것도 생각하고 싶지 않았다.

하지만 자리에 눕자 분명 정지했을 사고인데도 절망만이 슬금슬금 기어올라 다가온다. 그 사고를 떨쳐버릴 수가 없다.

이 상태에서 며칠 정도 더 살아갈 수 있을까. "요즘 세상에는 굶어 죽는 사람 따위 없다."라고 어느 만담가가 했던 이야기를 가쓰노리는 떠올렸다. 하지만 지금의 자신은 '요즘 세상에' 있을 수 없는 죽음을 맞이하려고 한다.

사람은 아무것도 입에 대지 않고 도대체 얼마나 오래 살 수 있을까. 한 달? 아니, 좀 더 오래 살 가능성은 있다. 몸에 살이 좀 쪘다면 생존 기간은 더 길어지겠지만 가쓰노리는 마른 편이다. 소실형 수형 기간에 접어들고 나서 그런 경향이 좀 더 강해졌다.

물은 집에 있는 수돗물로 어떻게든 마실 수 있다. 목마름이라도 극복한다면 생명을 상당 기간 연장할 수 있다. 아마도 몇 개월은…….

그 몇 개월이 무슨 의미인가, 하는 생각도 아울러 소용돌이친다. 아무런 희망도 없지 않나?

절망과 동시에 가쓰노리에게 자기 보존 본능도 싹텄다.

뭔가 먹을거리가 있을 터이다. 그런 가능성도 여러모로 생각했다.

예전에 구마모토 교도소 서부 관리 센터 빈터에서 온종일 머물렀을 때 까마귀가 공급기에서 먹을거리 용기를 꺼냈던 일을 떠올렸다.

그날처럼 기다리고 있으면 까마귀가 먹을거리를 또 꺼내지 않을까?

하지만 그런 가능성은 극히 낮다고 생각한다. 버드나무 아래에 이따금 미꾸라지가 꼬이는 경우와 같다. 또는 논밭 일을 하는 농부 앞에 토끼가 뛰어오다 그루터기에 걸려 넘어지는 경우와 같다. 그것을 믿는다고 해도 성과를 기대하기는 어렵다.

어쨌든 쓸데없이 운동량을 늘려서는 안 된다. 그리고 어떤 기적이 일어날 확률에 매달리는 수밖에 없다.

그리고 가쓰노리는 잠이 들었다.

아무런 해결도 하지 못했지만 괴로움의 무게를 느끼기보다는 잠 속에 빠져드는 쪽이 편하기 때문이다.

잠에서 깨어난 건 배가 고파서였다. 바깥은 아직 환하다. 몇 시간밖에 잠을 자지 않았다는 사실을 깨달았다.

아직 며칠 동안 굶은 건 아니다. 겨우 몇 시간, 아무것도 입에 대지 않았을 뿐이다. 자신의 육체가 그 정도로 참을성이 없나 생각하니 한심했다.

일단 물을 마셨다.

최대한 머리를 텅 비우고 몸을 움직이지 않는다.

하루가 지났다.

단식 하루째라고 다독였다. 그날 할 일은 정했다. 다이헤이 다리 옆 자갈밭으로 가기로 했다.

자신이 앞으로 며칠이나 살아갈 수 있을지 예측이 되지 않는다. 그저 강박관념과 비슷한 충동이 있었다.

아무튼 버드나무 아래에 작은 돌을 놓으러 가자. 하루에 하나씩. 그것이 얼마나 자신이 살았나, 하는 증거가 되기 때문이다. 그것이 자신에게 남은 유일한 일이라고 타일렀다. 허무하지만 달리 할 수 있는 일은 아무것도 없다.

발걸음이 살짝 휘청거렸지만 상관하지 않고 바깥으로 나갔다. 딱 하루 동안 식사를 하지 않았을 뿐인데 이런 꼴이라니, 하며 자신에게 욕설을 퍼붓는다. 이렇게 또 하루, 그리고 또 하루 지날 때마다 어떻게 될지 불안했다. 언젠가 연료가 다 떨어진 자동차처럼 일어날 기운도 없는 날이 올까. 그리고 그 다음에는 손가락도 까딱하지 못하고 누운 채 날이 가고 촛불이 꺼지듯 생명이 다하는 순간을 맞이할까, 하고 연상했다.

마치 병석에서 막 일어난 듯 붕붕 뜬 느낌의 발걸음으로 다이헤이 다리로 향했다.

고메야마치에서 뉴스카이 호텔 옆으로 나와서 횡단보도를 건넌다. 다이헤이 다리 옆에 와서 소스라치게 놀랐다.

그렇게 우거졌던 자갈밭의 여름풀이 모조리 말끔하게 싹 베어져 있었다.

버드나무 군락은 그대로다.

누가 그랬는지는 알 수 없다. 국토교통성에서 그랬을까? 자갈밭에 자라난 잡초는 눈을 뗀 단 하루 사이에 몽땅 사라졌다. 불도저 자국을 땅에 남기고.

이런 일이…….

가쓰노리는 뒤엉키는 발로 계단을 내려가 버드나무를 향해 곧장 걸어갔다.

지금은 헤치고 나아가야 할, 키가 큰 잡초도 없고 곤충류도 없다.

버드나무 군락 아래에 도착해서 버드나무 줄기 하나에 두 손을 대고 땅바닥을 내려다보았다.

있다. 안도했다. 작은 돌은 가쓰노리가 놓아둔 상태로 그대로 남아 있다.

자갈밭을 정비 작업한 사람들은 쭉 늘어놓은 돌무더기를 알아차리지 못했을까? 그렇지 않으면 돌이 규칙적으로 쭉 놓인 걸 보고 어떤 뜻이 있다고 느끼고 건드리지 않으려고 조심했을까? 이유는 알 수 없지만 가쓰노리는 버드나무 한 그루에 기대어 가슴을 쓸어내렸다.

그리고 강기슭에서 돌 하나를 집어 땅 위에 올려놓았다. 그 공간만큼은 정비 작업이 아예 생략되었기 때문에 쭉 늘어놓은 돌 사이에서 잡초 싹이 모습을 힐끔 보였다. 처음에 돌을 올려놓기 시작했을 때는 가쓰노리 나름으로 땅바닥을 깔끔하게 다 듬어 놓았다. 잡초 한 포기까지 뽑아내고. 그런데 11월 중순에 파란 싹이 모습을 드러내다니. 그리고 돌 사이에서 지렁이 두 마리가 나타나 꿈틀거렸다. 한숨을 내쉬었다.

돌을 올려놓으면서 가쓰노리는 의무감에서 해방된 기분이 들었다. 하지만 동시에 바람이 불어오면서 표현할 길 없는 허무함도 맛보았다.

— 도대체 나는 무엇을 하고 있나.

그런 초조함이 잠깐 동안이기는 하지만 머릿속을 꿰뚫고 지나갔다. 둑을 향해 걸어가면서 쓸쓸함을 절절히 느낀다.

아무도 자신의 존재를 알지 못한다. 내가 여기에 있다는 사실도 모르고. 아니, 내가 일찍이 존재하고 있다는 사실도 잊어버렸다.

산책로까지 올라갔을 때였다. 다이헤이 다리에 무슨 일인지 사람들이 모여 있었다. 몇 사람이 땅바닥을 내려다보고 있다. 다리 중앙 근처다.

그러나 그곳에는 아무것도 눈에 띄지 않았다.

사이렌을 울리면서 경찰차가 다리 저편에서 달려오는 모습이 보였다.

그 경찰차가 사람들이 모여 있는 곳에서 멈춰섰다. 휴대전화를 들고 손을 흔드는 사람이 경찰에 신고한 남자인 듯하다. 끊임없이 자신 옆 인도를 손가락으로 가리키며 외치고 있었다.

띄엄띄엄 들리는 말은 "여기 눈에는 안 보이는데 뭔가가 있어요."라는 것이다.

설마…….

가쓰노리가 벌떡 일어났다. 소실형을 받게 된 첫날 가쓰노리는 죄수 한 사람의 말로를 목격했다. 그때는 부패하고 머리가 사라진 주검이었기 때문에 모습이 보였다. 하지만 지금 그들이 둘러싸고 있는 건…….

구경꾼들에게 쓰러진 소실형 죄수는 보이지 않는다. 가쓰노리한테도. 아직 목에 배니싱 링을 찬 상태가 틀림없다.

분명 다리를 지나가는 누군가가 보이지 않는 '뭔가'의 존재를 알아차렸으리라. 그리고 경찰에 신고했다.

구마모토 교도소 서부 관리 센터에서 교도관이 설명한 바로는 강 저편으로 가서는 안 된다고 했다. 그것을 알면서도 건너가려고 했을까?

아니면 자살일까?

저렇게 구경꾼에게 둘러싸여 있다면 이미 목숨이 끊어졌다고 생각하는 쪽이 옳을까.

자살인지 아닌지는 가쓰노리의 상상일 뿐이다. 왜 자살해야 하나. 소실형을 받는 죄수는 다들 중죄가 아니라 형기가 짧은 사람들만 있지 않나.

경찰 두 사람이 보이지 않는 '뭔가'를 만지면서 얼굴을 마주 보고 있었다. 그리고 뉴스카이 호텔 옆을 구급차가 달려온다.

구급대원들은 차 안에서 들것을 내리고 보이지 않는 '뭔가' 를 들어 올려 거기에 태웠다.

사라져가는 구급차를 배웅하면서 문득 가쓰노리는 몇 가지 가능성을 동시에 상상했다.

배니싱 링의 고장은 자신한테만 일어난 게 아니지 않을까. 노숙자를 습격하는 중학생과 접촉해서 배니싱 링이 고장을 일 으켰다고 생각했지만 원인은 다른 곳에 있고 자신 말고 다른 죄수의 배니싱 링도 고장이 났을지도 모른다. 그리고 가쓰노 리보다 빨리 소실형 형기가 만료된 죄인은 자신보다도 오랫동 안 굶주림에 시달렸다…….

어쩌면 앞날을 비관해서 목이 죄어와도 절대로 구조를 바라 지 못하는 위치까지 달려가서 자살했는지도 모른다.

모두 추측일 뿐이다.

그리고 며칠 동안은 후들거리는 다리로 돌을 쭉 늘어놓는 행동만을 하러 외출했다.

쇠약해지면서 예상은 했지만 공포감은 반대로 마비되어 갔 다. 하지만 쓸쓸함만은 더해갔다.

누군가와 이야기하고 싶다. 자신의 눈을 바라보며 말을 건네

주기를 바란다. 웃고 싶다. 깜짝 놀라고 싶다. 누구라도 좋다.

그날 돌을 올려놓은 뒤 고독해서인지 그런 욕구가 격렬하게 끓어올랐다.

누군가 얼굴을 아는 사람과 만나고 싶다.

누구라도 좋다. 예전에 근무했던 히시야마 상점의 옛 동료라도 좋다. 나카하라 아야나라도 좋다. 만나면 자신이 아사미 가쓰노리라는 걸 확인할 수 있다. 누군가와 만나고 싶다. 만날 수 없다면 자신은 소멸한 것과 마찬가지가 아닌가.

그리고 가쓰노리가 생각해 낸 건 한심하게도 구마모토 교도소 서부 관리 센터로 가 보는 일이었다.

그것밖에 생각나지 않았다.

더불어—어쩌면 배니싱 링을 해제하는 새로운 정보를 알 수 있을지도 모른다—그날처럼 까마귀가 공급기에서 먹을거리를 꺼내줄지도 모른다고 생각했다.

그렇게 다독였다. 가쓰노리에게 편리한 해석일 뿐이다. 무엇이든 좋다. 어떤 사소한 일이라도 좋으니까, 가쓰노리가 지금 원하는 건 자그마한 희망이었다.

최근 몇 개월 동안 이미 걷느라 익숙해진 길이었다.

그 끝에 가쓰노리가 본 것은 믿을 수 없는 광경이었다.

시영 전철길 인도에서 가까이 다가갔다. 다리가 굳어져서 옴짝달싹도 할 수 없었다.

지금 자신의 눈에 비취지는 이해할 수 없는 상황이 몇 초 동안 이어지고 가쓰노리는 그 자리에서 꼼짝 않고 서 있었다.

구마모토 교도소 서부 관리 센터가 사라져 버렸다.

장소는 틀림없다. 하지만 그곳에는 구마모토 교도소 서부 관리 센터 건물이 없다. 공급기도 없다. 들어가는 곳 표시도 없다.

넓디넓은 빈터가 펼쳐져 있을 뿐이다. 자동차가 한 대도 세워져 있지 않다.

– 이런…… 어처구니없는.

확실히 구마모토 교도소 서부 관리 센터는 금방이라도 해체되어 버릴 것 같은 가건물이었다.

왜 구마모토 교도소 서부 관리 센터가 사라졌을까, 도무지 알 수가 없다. 흔적도 없이 사라졌기 때문이다. 벽보 하나 남아 있지 않고. 이 땅은 전부터 빈터였다고 해도 전혀 이상하지 않을 정도였다.

멍한 상태의 가쓰노리가 이유 따위 짐작할 리 없다. 마치 여우에 홀린 듯했다.

하지만 이 사실만은 알았다.

이제 가쓰노리는 모든 희망을 빼앗겼다.

그 사실을 깨달은 가쓰노리의 몸이 부들부들 흔들리고 그 자리에 털썩 주저앉았다.

이건…… 나쁜 꿈이야…….

아니, 엄연한 현실이었다.

#14

왜 구마모토 교도소 서부 관리 센터가 사라졌을까……?

여전히 가쓰노리는 도저히 이해가 가지 않았다. 마치 처음부터 그곳에 구마모토 교도소 서부 관리 센터 따위 존재하지 않았던 것 같다.

자신의 집으로 기어가듯 돌아가 이리저리 궁리하지만 머릿속에서는 의문부호가 행진할 뿐이다.

혹시…….

소실형으로 예상하지 못했던 다양한 사고가 너무 많이 일어난 걸까?

그래서 소실형 프로젝트가 중단되었다…….

어디까지나 그런 상황은 가쓰노리의 추측이다.

하지만 아무리 이리저리 상상을 해 봐도 이 점만은 확실하다는 결론에 다다른다.

자신은 버림받았다.

어쩌면 소실형 자체가 '없었던' 게 되었는지도 모르겠다. 그래서 소실형 실험 대상은 자신과 같이 기댈 곳 없는 사람만 선택한 게 아닐까.

그런 무책임한 일을 국가가 할까? 아니, 현실이 그렇다.

훗날 고독한 죽음을 맞이한다.

그런 것이다.

공포와 절망 속에서 드러누운 가쓰노리는 그런 생각을 한다. 몸부림칠 기운도 남아 있지 않았다.

앞으로 며칠이나 더 살 수 있을까?

그런 생각을 멀거니 한다.

아니, 지금조차 이미 살아 있다고 하기 어렵다. 죽은 것이나 다름없다.

아무도 자신의 존재를 모르고 아무도 자신을 떠올리지 않는다. 그렇다면 죽은 게 아닌가?

말하자면 앞으로 며칠 더 사나, 당장 죽으나 마찬가지 아닌가?

한없이 쓸쓸하다.

절대 고독이다…….

헤아릴 수 없을 만큼 여러 번 허무한 한숨을 내쉴 때였다.

가쓰노리에게 기적이 일어났다.

― 당신은 누구예요?

가쓰노리의 귓가에 여성의 목소리가 울려 퍼졌다.

믿을 수 없었다. 확실히 들렸다.

가쓰노리는 감고 있던 눈꺼풀을 떴다.

자신의 방이다.

그리고 지금 들은 목소리를 되새겼다. 확실히 여성의 목소리였다.

하지만 방에 있는 사람은 자신뿐이다.

환청을 들은 걸까?

뱃속이 텅 비어 있어서? 죽을 때가 가까이 왔다는 증거?

그리고 다시 기적이 되풀이되었다.

또다시 목소리가 들려왔다.

— 당신은 누구예요?

같은 목소리, 같은 말, 환청 따위가 아니다.

— 어디 있어요?

그렇게 이어졌다. 머릿속으로 울려 퍼졌다.

가쓰노리는 목소리를 낼 수 없다. 그 대신에 대답을 상상했다.

— 저는 아사미 가쓰노리. 저희 집에 있습니다.

그렇게 마음속으로 외쳤다.

— 아사미…… 가쓰노리……. 가쓰노리 씨라고 하나요?

— 네. 당신은 누구입니까. 정말로 존재하고 있습니까?

— 저요? 저는…… 나쓰미…… 나쓰미예요. 다카쓰카 나쓰미예요. 저요…… 머리가 이상해진 걸까요. 왜 마음속에서 당신

의 목소리가 들리는 거죠?

가쓰노리는 후들거리는 몸을 억지로 일으켜 세웠다. 자신도 모르게 주위를 빙 둘러본다. 다카쓰카 나쓰미라는 여성의 모습을 찾으려고 했다.

물론 그 존재를 느낄 수는 없다. 목소리는 또렷이 들리는데.

— 아사미 씨…… 아사미 가쓰노리 씨…… 자신의 집이라니…… 어디인가요? 구마모토인가요?

— 그래요. 요코코야초. 알고 있습니까?

— 들어본 적이 있어요. 정확한 장소는 모르지만요.

— 나쓰미 씨. 당신도…… 구마모토? 시내? 어디에 있습니까?

— 저……. 저도 물론 구마모토죠……. 하지만…… 이곳은…… 어디일까요? 잘…… 모르겠어요.

— 제 근처에 있습니까? 그러니까 목소리가 들리는 거겠죠?

— 아…… 잘 안 들려요. 희미하게…….

나쓰미라는 여성의 목소리가 띄엄띄엄 들린다. 희미해져 간다……. 좀 더 이야기하고 싶다. 이것이 환청이라도 상관없다. 어째서 점점 듣기 힘들어지는 걸까.

— 여보세요. 나쓰미 씨. 여보세요.

가쓰노리는 마음속으로 마치 전화 통화를 하는 상대를 부르듯 간절하게 빌었다. 죽을힘을 다했다. 벌떡 일어섰다. 몸의 방향을 바꾸어 보았다. 엉겁결에 두 손을 귀에 갖다 대었다.

창문을 연다. 베란다로 나간다. 저녁의 어둠이 바깥을 뒤덮고 있다. 밖에서 여성의 목소리가 들린 게 아닐까 판단했다.

귀에 닿는 소리는 거리를 달리는 자동차 소음뿐이다.

– 나쓰미 씨! 나쓰미 씨!

죽을힘을 다해 마음속으로 빌었다.

소리가 난다. 여성의 목소리다. 하지만 잘 알아듣지 못할 정도로 자그마한 목소리. 그 소리가 점점 더 작아진다.

– 확실히 이야기했어. 나쓰미 씨와 이야기했어.

가쓰노리는 흥분이 가라앉지 않았다. 이제 아무도 자신을 알지 못할 거라고 믿었다. 역시 이것은 기적이다. 망상인지도 모른다. 그런 정신병이 있다고 들어본 적이 있다. 그래도 상관없다. 자신의 이름을 불러주었기 때문이다. 이름도 알고 있다. 다카쓰카 나쓰미라고 한다.

집 안으로 들어와 털썩 주저앉았지만 다른 사람과 의사소통을 나누었다는 기쁨으로 심장이 마구 쿵쾅거렸다.

자신도 모르게 등을 쭉 폈다.

정처 없는 기쁨은 가쓰노리에게 가득 차고도 남았다.

자신은 고독하지 않다. 마음이 통하는 상대가 나타났다. 그것만으로 좋다. 나이도, 얼굴도 모른다. 그래도 상관없다.

이름만큼은 확실히 마음에 새겨두었다.

다카쓰카 나쓰미.

그리고 문득 깨닫는다. 채소를 뜻하는 나(菜)에, 도시를 뜻하는 쓰(都)에, 아름다움을 뜻하는 미(美). 어째서 듣기만 했는데 그 글자가 떠오르는 걸까. 어쩌면 그것은 목소리가 아니었는지도 모른다. 자신도 목소리를 내지 않았다. 목소리가 들렸다고 생각했지만 사실은 여성의 사고 자체가 들렸던 게 아닐까?

그래서 여성의 이름이 어떤 글자를 쓰는지까지 금세 알았던 게 아닐까?

하지만 동시에 의문도 샘솟는다.

다른 사람의 생각을 꿰뚫어보는 건가? 그리고 자신의 생각만이 특정한 상대에게 전해지는 걸까?

있을 수 없는 일이라고만 생각된다.

이런 현상을 이렇게 말하는 것일까?

텔레파시.

텔레파시는 소설 속이나 텔레비전이나 영화의 초능력 이야기 속에서만 나오는 게 아닌가?

그런 생각을 하면서 가쓰노리는 다카쓰카 나쓰미의 이름을 자꾸만 불렀다.

대답이…… 없다.

역시 환청이었을까? 하는 생각과 다시 한 번 목소리를 듣고 싶다는 바람을 교차시키면서 부른다.

환청 따위가 아니라 그 목소리가 정말로 나쓰미라고 확인할 수 있는 방법은 없을까, 하는 생각도 아울러 했다.

이후에 나쓰미의 목소리는 와 닿지 않았지만 가쓰노리에게 극적인 변화가 생겼다.

아직 이대로 죽을 수는 없다.

희망의 빛이 내비쳤다.

나쓰미라는 여성이 도대체 어떤 사람인지, 아직 자신은 모른다. 어린 여성인지, 비슷한 또래인지, 학생인지, 직장인인지, 주부인지.

알고 있는 건 여성이라는 사실뿐이다. 하지만 나이도 직업도 아무래도 좋다. 가장 중요한 점은 자신과 대화했다는 것이다. 자신의 기분이 만족스럽지는 않지만 전해졌다는 것이다.

이제 고독하지 않다.

그것만으로도 가쓰노리를 들뜨게 하기에 충분했다.

후들거리는 몸으로 가쓰노리는 안절부절못했다. 어쨌든 뭔가를 해야 한다는 충동을 억누를 수가 없었다.

가쓰노리는 벽에 기대어 가까스로 문을 열고 밖으로 나갔다. 누군가와 만나고 싶었다. 이야기를 할 수 없어도 좋다. 나쓰미와 이야기를 했다는 설렘을 도저히 어찌할 길이 없었다.

그리고 그렇게까지 나른했던 원인을 깨달았다.

공복감.

그때까지는 자신을 죽음으로 내몰도록 유혹하는 이정표로만 공복감을 받아들였다. 그러나 어렴풋하지만 한 줄기 빛이라고 할 수 있는 희망이 보이고 나서 내버려두었던 그 감각이 되살아났다. 그 감각의 정체가 무엇인가도.

뭔가를 먹고 싶다. 그것은 말 그대로 삶을 향한 집착이다.

어디를 목표로 삼지는 않았다. 하지만 그 순간 가쓰노리는 달리 떠오르는 곳이 없었다.

초로쿠바시 밑에서 지내는 아라토 가즈요시의 얼굴이 보고 싶어졌다.

마음속으로 어렴풋한 소망을 담아 계속 부른다.

– 나쓰미 씨. 나쓰미 씨.

그리고 후들거리는 다리로 자동차가 오지 않는 걸 확인하고 전철길을 건넌다. 스스로 이 얼마나 대담한 행동인가 깜짝 놀라면서.

그리고 망설이지도 않고 지하도를 지나간다. 다행히 다른 통행인의 모습은 보이지 않는다. 뱃속이 텅 비어 뒤엉키는 움직임을 보이는 자신의 다리를 감싸면서 두 손으로 벽을 짚고 단숨에 지하도를 빠져나갔다.

계단에서 초로쿠바시로 이어지는 좁은 콘크리트길로 내려갔다. 그 시간에 아라토가 있을지 없을지는 알 수 없었다.

그런데 정말로 아라토가 있었다.

파란 비닐 시트 잠자리 옆에 'coleman'이라고 영문자가 뒤에 쓰여 있는 접이식 의자에 막 앉으려는 참이었다.

저녁 해가 지려는 시각이다. 다행히도 아라토는 방금 전에 돌아온 모양이다. 팔꿈치 걸이가 있는 접이식 의자 옆에 비닐봉지가 몇 장 놓여 있다.

앉아 있는 아라토는 우두커니 시라카와 강의 흐름을 바라보고 있었다. 어딘가에서 주워온 듯한 구식 카세트라디오에서 음악이 흘러나오고 있다. 건전지를 넣는 카세트라디오인 듯하다.

가쓰노리는 발이 미끄러지지 않도록 왼손으로 벽돌로 된 벽을 짚으면서 천천히 다리 밑까지 내려갔다. 그곳에는 강에서 밀어올린 무대 같은 공간이 마련되어 있었다.

아라토는 시라카와 강의 흐름을 바라보는 게 아닌 듯했다. 입을 칠칠치 못하게 헤 벌리고 눈을 가늘게 뜬 채 고개를 왼쪽 어깨에 기울이고 있었다.

앉자마자 꾸벅꾸벅 졸기 시작한 모양이다.

아라토의 표정에 넋을 빼앗긴 탓일까. 가쓰노리의 발밑에서 뭔가가 데굴데굴 굴러가는 소리가 울려 퍼졌다.

큰일났다! 하고 가쓰노리는 생각한다.

발포주 빈 깡통을 발로 차 버리고 말았다. 반사적으로 두 손을 배니싱 링에 대었다. 다행히도 배니싱 링은 아무런 반응도 보이지 않는다.

이번에는 가쓰노리가 작정하고 빈 깡통을 발로 찬 경우가 아니라고 판단해 주었다는 데 감사했다.

아라토는 마른하늘에 날벼락이 치는 정도의 음향을 들은 듯했다.

의자에서 30센티미터나 풀썩 튀어 올랐다. 엉거주춤한 자세 그대로 뒷걸음질 치더니 눈을 부라리며 주위를 쭉 둘러본다.

"뭐, 뭐냐. 뭐냐. 뭐냐."

아라토가 세차게 고개를 흔든다. 오른손만 쭉 뻗어 녹슨 골프채를 잡았다.

솔직히 가쓰노리는 그때 "여기 있어." 하고 소리치고 싶었다. 자신의 존재를 알아주면 얼마나 기쁠까. 실제로 목구멍까지 소리가 차올랐다. 하지만 소리를 낼 수 없었다.

재빨리 배니싱 링이 쭉쭉 죄어들기 때문이다.

아라토는 골프채를 오른손에 쥔 채 사방으로 쭉 뻗어 휘두른다.

"있지. 거기 있지."

몇 십 센티미터 앞까지 골프채가 날아들었지만 가쓰노리가 아라토 곁에서 부리나케 떨어졌기 때문에 다행히도 닿지는 않았다. 이대로 아라토가 다가온다면 가쓰노리는 도망갈 길이 없어서 시라카와 강에 떨어지는 수밖에 없다.

그런데 그곳에서 아라토가 움직임을 멈췄다. 그리고 고개를 갸웃거리더니 말을 건네 왔다.

"당신은…… 혹시 얼마 전에 나를 도와주었던…… 귀신?"

그렇게 말하고 꼼짝 않고 낌새를 맡으려고 한다. 가쓰노리의 존재는 모르는 듯했다. 하지만 그래도 포기하지 않는다.

"지난번에 내가 중학생들에게 습격을 당할 뻔했다고 경찰이 알려줬어. 그때 중학생들이 말했어. 뭔가 요괴 같은 게 공격을 했다고. 그 귀신, 당신이지? 물론 모습은 내 눈에 보이지 않지만. 고마워, 나를 구해줘서."

한동안 아라토는 고개를 갸웃갸웃한 채 잠자코 있었다. 아무래도 '귀신'의 반응을 기다리는 듯하다.

가쓰노리도 솔직히 자신의 존재를 알리고 싶다. 하지만 알릴 수가 없었다. 부탁이니까 더 이상은 가까이 다가오지 말아달라고 바랄 뿐이다. 가쓰노리는 바로 옆으로 비켜났다.

그때 신발이 콘크리트를 스치는 소리가 났다. 저절로 그랬기에 가능했다.

"오옷." 아라토의 눈이 휘둥그레졌다.

"있군. 귀신 님. 역시 그곳에 있어."

아라토는 환하게 웃더니 발길을 돌렸다. 조금 전까지 앉아 있던 접이식 의자 있는 곳으로 가더니 그 옆에 놓여 있던 비닐 봉지를 들어올렸다. 그 안을 뒤적거린다.

꺼낸 것은 편의점 도시락과 발포주였다. 그리고 아라토는 공손하게 가쓰노리 눈앞에 바쳤다.

비닐봉지에서 또 다른 도시락과 유리 용기에 들어 있는 소주를 꺼내 놓고 가쓰노리 앞에 책상다리를 하고 앉았다.

그리고 두 손을 모았다.

"귀신 님. 늘 저를 보살펴 주셔서 고맙습니다. 덕분에 굶지 않고 한가롭게 지내고 있습니다. 가능하다면 좀 더 행운이 저에게 찾아오도록 부탁합니다."

그렇게 읊조리더니 박수를 두 번 탁탁 쳤다.

눈앞의 플라스틱 용기를 보았다. 밥, 자반연어, 달걀말이, 튀김 등이 들어 있다. 가쓰노리는 군침이 가득 고이는 걸 느꼈다.

"유통기한이 지난 도시락을 받아왔지만 귀신 님이라면 괜찮겠죠." 하고 아라토가 미안한 듯 덧붙였다.

"배탈이 나지도 않을 테고."

편의점에서는 유통기한이 지난 도시락 종류를 아낌없이 폐기처분한다고 가쓰노리는 들은 적이 있다.

　아라토는 그런 편의점에서 폐기용 도시락을 받아오는 연줄이 있는 듯하다. 소주와 발포주는 빈병 등을 모아서 마련한 돈으로 제대로 산 제품 같다. 남은 도시락이라서 넉넉히 받아온 걸까.

　"어서 드세요."

　그래, 아라토가 말하는 것과 동시에 가쓰노리는 눈앞에 놓인 도시락으로 손을 뻗었다.

　목에 끼운 고리도 죄어들지 않는다. 먹을 수 있다!

　가쓰노리는 손을 부들부들 떨면서 편의점 도시락을 열었다. 나무젓가락을 쓸 여유조차 없었다. 먼저 오른손이 달걀말이로 향했다.

　입에 덥석 집어넣었다.

　바싹 말라붙어 있던 입안에서 봇물 터지듯 침이 흘러넘쳤다.

　맛있다.

　이렇게 달걀말이가 맛있다고 생각한 적이 있을까. 그리고 튀김을 집는다.

　차가운 튀김이다. 하지만 상관없다. 생선튀김이었다. 여러 번 씹을 여유도 없이 삼켰다.

　목구멍에 걸렸다.

　서둘러 발포주 깡통을 열고 마셨다.

　지금…… 인간이 먹는 음식을 먹고 인간이 마시는 술을 마신다. 그렇게 느끼면서.

발포주도 맛있었다. 주위에 신경 쓸 여유는 전혀 없었다.

가까스로 제정신이 들었다. 그 시점에서 비로소 가쓰노리는 나무젓가락을 쪼갰다.

자반연어를 입에 넣고 볼이 미어터지도록 밥을 먹었다. 삼키려고 다시 발포주를 마신다.

채소절임, 파슬리, 밥알 알갱이 하나 남기지 않고 편의점 도시락을 싹싹 먹어치우고 커다랗게 트림을 한 뒤 빈 용기를 내려놓았다. 아직 배가 잔뜩 부를 정도는 아니지만 적어도 배고픈 느낌은 가셨다.

코앞에서 아라토가 눈이 휘둥그레져서 가쓰노리를 뚫어져라 바라보고 있었다. 아라토는 왼손에 도시락을 들고 오른손에 젓가락을 쥔 상태로 몸이 굳어 있었다.

보이는 걸까?

그것이 가쓰노리가 품은 의문이다.

아니, 보이지 않는다. 아라토의 눈길은 아까부터 줄곧 빈 도시락통에만 쏠려 있다.

아라토에게 구원을 받았다…….

그 마음만으로 아라토를 향해 가쓰노리는 자연스레 두 손을 모았다.

"역시, 있군. 귀신…….'

아라토의 눈가에 경련이 일어나고 있었다.

이 정도 행운은 빈다고 해서 좀처럼 찾아오는 게 아니라고 가쓰노리는 생각한다.

아라토가 바친 도시락을 무사히 다 먹을 수 있었다는 사실이 가쓰노리는 신기했다. 도시락을 손에 들고 입에 댈 때까지 목에 끼운 고리를 신경 쓰지 않았다고 하면 거짓말이지만 그것보다도 먹고 싶다는 욕구가 앞섰다.

그래서 먹을 수 있었던 걸까?

아니, 그렇지는 않다고 생각한다.

아라토가 가쓰노리에게 허락한 음식이었기에 먹을 수 있었던 게 아닐까?

저절로 눈물이 흘러내렸다.

왜 눈물이 흘러내렸는가는 말로 표현하기 어렵다. 아라토를 향한 감사이기도 하고 이렇게 맛있는 음식을 다시 먹을 수 있었다는 감동이기도 하고 또 삶을 이어나갈 수 있다는 마음이기도 했다.

적어도 지금의 가쓰노리에게는 소망이 있다. 살아가는 보람이 있다.

살아 있으면 나쓰미와 다시 마음이 이어지지 않을까 하는 자그마한 소망이다.

#15

한동안 가쓰노리는 행복감에 젖어 있었다. 평범한 사회생활을 하던 때의 가쓰노리라면 그것을 결코 행복이라고 느끼지 못했으리라. 유통기한이 지난 도시락으로 배를 두둑이 채운다. 모르는 누군가와 의사소통을 나눈다.

지금의 가쓰노리에게는 기쁘기 그지없는 일이었다.

극한의 상황에 놓여 있다. 더구나 내일을 알 수 없는 생명이다. 절박하고 기력도 잃어가는 가쓰노리에게 더할 나위 없이 소중한 사건이 줄줄이 이어졌다.

가쓰노리 처지에서는 기적이란 영역에 들어갈 것이다. 오직 한 줄기 빛이라도 가쓰노리에게는 커다란 감동이 되었다.

하지만 나쓰미의 목소리는 그 후로는 들리지 않는다. 다시 한 번 이야기하고 싶었다.

왜 목소리가 들렸을까? 가쓰노리는 여러 가지 가능성을 추측해 보았다. 초능력의 일종일까?

알고 있는 건 다카쓰카 나쓰미라는 이름과 구마모토에 살고 있는 것 같다는 점뿐이다. 나쓰미는 자신이 어디에 있는지 확실히 말하지 않았다.

왜 확실히 알려주지 않았을까? 나쓰미는 "잘…… 모르겠어요."라는 표현으로 답하지 않았나? 자신이 어디에 있는지 "잘…… 모르겠어요." 하는 답이 있을까?

그 점을 생각하니 어쩌면 나쓰미의 목소리는 존재하지 않는, 가쓰노리의 강한 소망이 만들어낸 망상일지도 모르겠다.

물론 그런 생각은 황급히 지워 버린다.

들리지 않는 이유를 여러모로 상상해 본다.

지난번에는 굶주림에 시달리는 상황이 극한에 달했기 때문이 아니었을까? 그래서 정상인 정신 상태와 다른 현상을 끌어당길 수 있었는지도 모른다.

다시 한 번 나쓰미라는 여성과 이야기하고 싶다. 가쓰노리에게 그것은 자연스러운 욕구였다.

그 후 모습이 없는 목소리는 캄캄 무소식이다.

다양한 방법을 시도해 보았다. 나쓰미의 목소리를 처음에 들었을 때와 같은 환경, 같은 자세, 같은 조건으로 목소리를 수신하려고 했다.

하지만 이루어지지 않았다.

다시 이틀 동안 식사를 하지 않은 상태가 이어졌다. 배고픔이 극한에 다다르면 나쓰미의 목소리가 자신에게 와 닿지 않을까 생각했기 때문이다.

그때의 심리 상태를 떠올리려고 했다.

거의 무기력한 상태였지 않나. 멍하니 생각한 건 자신의 '죽음' 정도였다. 같은 심리 상태가 되도록 노력했지만 나쓰미의 목소리를 느낄 수는 없었다.

그래…… 하고 떠올렸다. 처음부터 확실하게 들렸던 건 아니다. 희미하게, 아주 희미하게 느끼고, 그리고 서서히 목소리라고 또렷이 알아들을 수 있게 되었다. 그리고 그 시점을 경계로 목소리가 다시 작아져 갔다…….

기상 조건과 관련이 있을까…… 하고 멀거니 생각했다.

이제 나쓰미의 목소리가 들리는 일은 없었다.

자신이 지나치게 집착해서 목소리가 와 닿는 걸 가로막고 있는 건 아닐까 하는 생각에 이르렀다. 나쓰미를 생각하지 않으면 목소리가 들려올 수도 있지 않을까?

또다시 배고픈 느낌이 한계에 다다르려고 했다. 이때는 가쓰노리도 살아가는 데 집착이 생겨났다. 다시 아라토가 있는 곳으로 가 볼까. 아라토에게 식사를 나누어 받자.

이 순간 가쓰노리에게 아라토의 존재는 살아가는 데 필요한 가느다란 실 한 오라기였다.

그날 다시 초로쿠바시 아래에 있는 아라토를 찾아갔다. 하지만 아라토는 자리를 비우고 없었다. 잠시 다리 밑 콘크리트 위에서 차가운 바람을 맞으며 앉아서 기다렸지만 돌아올 기미가 없어서 가쓰노리는 포기하는 수밖에 없었다.

그곳에서 가쓰노리는 떠올렸다. 그러고 보니 다이헤이 다리의 버드나무 달력에 전날부터 돌을 올려놓지 않았다는 사실을.

전날은 나쓰미의 목소리를 다시 들을 수 있을까, 하는 데 온통 정신을 빼앗겨 다이헤이 다리로 발길을 옮기지 못했다. 그렇지만 돌을 쌓는 행위는 자신이 소실형을 받아 싹 잊혀져버린 뒤 유일하게 할 수 있는 기록이다.

빼놓을 수 없다.

돌을 올려놓는 일과를 마치고 나서 돌아오려고 생각했다. 거리로는 200미터 정도밖에 되지 않는다.

주위에 신경을 쓰면서 가쓰노리는 비틀비틀 걸어갔다. 가는 길에 뱃속이 텅 비어서 그런지 장내 공기가 이동하느라 그런지 꾸르르 하는 한심스러운 소리가 났다.

다이헤이 다리까지 오자 아이들이 다리 위에서 왁자지껄 떠드는 모습이 보였다. 각자 강 표면을 손가락으로 가리켰다. 몇 명이 펄쩍펄쩍 뛰면서 고함을 질렀다.

아니, 고함이 아니라 비명에 가까웠다.

그때 가쓰노리는 자갈밭으로 내려가고 있었다. 맞은편 강기슭에 작업복을 입은 남자 두 사람이 보인다. 뭔가를 쫓고 있다. 하얀 새다.

그 새는 갈매기였다. 강어귀 가까이에서 거슬러 올라오는 갈매기가 신기할 것은 없다. 초로쿠바시 하늘을 갈매기 무리가 날아다니는 모습을 몇 번이나 본 적이 있다. 하지만 이 갈매기는 날지 않는다. 동그라미를 그리듯 강가를 쩔뚝쩔뚝 돌아다닌다. 어떤 장애를 안고 있는 듯 보인다.

남자 두 사람은 그 갈매기를 보호하려는 듯했다.

시청 직원일까?

갈매기는 움직임이 둔하지만 그래도 자신을 잡으려고 하는 인간의 움직임보다는 한결 날쌨다. 남자들이 다가가자 한 걸음 앞선 곳에서 재빨리 도망쳐 버린다. 남자들이 양쪽에서 몰아서 잡으려고 하는데도.

날지는 못하는 듯하다. 한쪽 날개만은 겨우 어정쩡하게 펼칠 수 있는 듯하지만 다른 한쪽 날개는 전혀 움직이지 못했다.

결국 그 갈매기는 쫓겨 다니다가 시라카와 강 속으로 뛰어들고 말았다. 동시에 다리 위에서 아이들의 한숨 섞인 안타까운 술렁임이 일어났다. 아이들은 장애를 입어 날지 못하는 갈매기의 운명을 마른침을 삼키며 지켜보고 있다.

갈매기는 두 남자에게 벗어나려고 죽을힘을 다해 여울로 도망쳤다. 남자 하나가 강으로 발을 집어넣자 갈매기는 온몸을 부르르 세차게 흔들며 깊은 곳으로 도망쳤다. 그러고 나서 강 표면을 뛰어오르듯 이쪽 물가로 향하기 시작했다.

갈매기는 곧장 가쓰노리가 있는 곳으로 다가왔다. 그때 가쓰노리는 알았다.

갈매기의 온몸에 뭔가가 휘감겨 있다는 사실을.

그곳에서 방향을 바꿔 갈매기는 그대로 다이헤이 다리 밑으로 움직였다. 기슭으로 올라가 꼼짝도 하지 않는다.

미지의 적에게 가까스로 도망쳤다고 안심한 걸까?

가쓰노리는 살금살금 기척을 안 내고 몸을 움츠린 채 갈매기에게 다가갔다. 구마모토 교도소 서부 관리 센터 공급기 앞에서 까마귀를 잡으려고 했을 때를 떠올렸다.

상처 입은 이 갈매기는 이대로 두면 오랫동안 살 수 없다.

자신이라면 갈매기를 구해낼 수 있다. 가쓰노리는 그렇게 믿었다. 그리고 행동으로 옮겼다.

다음 순간 어이없을 정도로 쉽게 갈매기는 가쓰노리의 품안으로 들어왔다. 곧이어 갈매기가 얼마나 끔찍한 상황에 놓였는지 똑똑히 확인했다.

온몸에 낚싯줄이 칭칭 감겨 있었다. 어떻게 이런 상황에 놓여 있는지 알 수 없다. 낚싯대에 몸이 부딪혀 낚싯줄이 감겼는지 끊어진 낚싯바늘이 부리에 꽂혀 있었다.

가쓰노리는 먼저 부리에 꽂힌 낚싯바늘을 떼어내고 왼손으로 갈매기를 감싸 안은 채 정성스레 몸에 감긴 낚싯줄을 풀어갔다. 반쯤 뒤엉켜 휘감긴 낚싯줄을 서두르지 않고 꼼꼼히 풀어가면서.

그런데 10분도 채 걸리지 않았다. 맞은편 기슭에 있던 두 남자가 다리를 건너 이쪽 자갈밭으로 내려온 순간 때마침 갈매기는 자유의 몸이 되었다.

갈매기를 내려놓으니 금세 날개를 펼치고 피곤한 기색도 보이지 않고 날아올랐다.

구해줬다…….

가쓰노리는 만족감에 푹 젖어들었다.

갈매기가 날갯짓하며 날아오르는 모습을 보았을까. 머리 위 다이헤이 다리에 있는 아이들이 내지르는 환호성이 들렸다.

뒤를 돌아보자 남자 둘이 믿을 수 없다는 표정으로 입을 딱 벌리고 날아가는 갈매기를 꼼짝 않고 선 채로 배웅하고 있었다.

이미 갈매기의 모습은 시야에서 사라져 버리고 다리 위에 있던 아이들은 싹 흩어졌다.

남자 둘은 묵묵히 아무 일도 없었다는 듯 자리를 떴다.

자갈밭에 홀로 남은 가쓰노리는 오랜만에 뿌듯함을 만끽했다. 자신이 갈매기의 생명을 구했다는 생각 때문이다.

그리고 갈매기를 손바닥 안에 놓았을 때의 느낌이 문득 되살아났다.

이 갈매기는 마치 가쓰노리 자신 같다고 느꼈다. 낚싯줄에 칭칭 감긴 대신에 자신의 목에는 배니싱 링이 있다. 이 상태로 지내다가는 죽음을 맞이할 뿐이다. 그런 부분까지 닮았다.

낚싯줄을 푸는 작업에 들어간 건 아이들이 갈매기에게 보내는 소리에 정신이 번쩍 들었기 때문이다.

그렇다. 갈매기는 아이들의 성원을 받았다. 하지만 자신은……. 아무에게도 알리지 못하고 남몰래 죽음을 맞이해야 한다. 그런 생각이 들었다.

왜 자신이 이 자갈밭에 왔는지 떠올렸다. 천천히 무거운 발걸음으로 버드나무 밑동을 향했다. 손바닥 크기의 돌을 찾는다. 강가에 적당한 크기의 돌이 있다.

그 돌을 들었을 때 뱃속에서 꾸르륵, 하고 낮은 소리가 났다. 배고픔도 극한에 이른 듯했다.

가쓰노리는 그 순간 돌이 있었던 장소에서 꿈틀거리는 모습을 보았다. 지렁이다. 그러고 보니 전에도 올려놓은 돌 사이에서 지렁이를 보았다.

그때 가쓰노리는 살아야겠다! 하는 본능에서 비롯된 연상을 했다. 왼손에는 낚싯바늘과 낚시찌까지 붙어 있는 낚싯줄이 감겨져 있는 상태다. 가쓰노리가 구해준 갈매기가 두고 간 선물이다.

해 보자. 이런 우연은 좀처럼 딱 들어맞지 않는다고.

가쓰노리는 손에 든 돌을 올려놓고 무엇에 홀린 듯 왼손에 감은 낚싯줄을 풀었다. 이 낚싯줄은 선행을 한 자신에게 신이 준 선물이라고 다독이면서.

버드나무 가지를 하나 꺾는다. 목에 찬 고리가 죄어들 것 같은 불안감은 있지만 다행히 반응을 보이지 않았다. 나뭇가지에서 잎사귀를 떼어내자 40센티미터 정도의 낚싯대가 되었다. 낚싯대치고는 지나치게 잘 휘어져서 감각이 무디고 다소 미덥지 못하지만 달리 좋은 방법은 떠오르지 않았다.

그 나뭇가지 맨 끝에 낚싯줄을 이었다. 부랴부랴 지렁이를 다시 찾는다. 아직 지렁이가 도망가지 않고 그곳에 머물러 있었다.

지렁이를 잡아 찢어서 낚싯바늘에 끼운다.

가쓰노리는 자신이 마지막에 했던 낚시를 떠올리려고 했다. 초등학생 무렵이다. 친구들 셋과 다니오자키마치의 실개천에서 대나무 장대로 붕어를 잡은 적이 있다. 자신의 대나무 장대가 아니라 친구의 것이었다. 낚시가 특기인 그 아이는 대나무 장대에 특수한 이음새를 만들었다. 미끼는 그 아이가 만들어 온 떡밥이었다. 떡밥이 떨어지면 지렁이를 찾아서 미끼로 썼다. 그런 걸 어렴풋이 기억하는 정도다.

그래서 나뭇가지 맨 끝에 낚싯줄을 이었지만 그것은 가쓰노리만의 방식일 뿐 지렁이를 미끼로 끼울 때 어느 정도 길이로 해야 하는지조차 몰랐다.

애초에 이 강에서 물고기가 잡히는지 어떤지도 모른다.

미끼를 끼우고 강 표면에 낚싯줄을 드리운다. 최대한 깊어 보이는 장소를 노릴 작정이다. 낚시찌가 흘러가기 시작한다.

그 낚시찌가 두 번 강물 속으로 가라앉았다. 가쓰노리는 재빨리 버드나무 가지에 힘을 주었다.

맨 끝에 매달려 있는 걸 보고 두 눈을 의심했다.

새우다. 왜 이런 강에? 하고 생각했지만 새우가 틀림없다. 민물새우를 잡았다…… 하고 간신히 이해했다. 가쓰노리의 손이 앞으로 쓱 움직였다. 새우 머리를 꺾고 떨리는 손으로 껍질을 벗겨 새우 몸통을 입안에 집어넣었다. 비린내는 나지 않았다. 탱탱한 몸통을 씹자 달콤한 맛이 입안으로 훅 퍼졌다. 아주 맛있어서 가쓰노리는 엉겁결에 폴짝 뛰어 올랐다. 기적 같은 음식 확보에 몸이 제멋대로 들썩거렸다.

초심자의 행운이 아닐까? 모든 희망과 인연이 끊어진 상태를 체험한 가쓰노리의 패배자 사고가 스쳐지나갔다. 그러나 기적은 그것으로 그치지 않았다.

또 미끼를 끼웠다. 두근거리는 가슴으로 다시 가쓰노리는 낚싯대를 흔들었다.

강 표면에 드리워진 낚시찌가 안정되어 천천히 흘러간다. 낚시찌가 가쓰노리 앞에 왔을 때 돌연 물속으로 폭 가라앉았다.

낚싯대를 올리려고 하자 버드나무 가지로 된 낚싯대가 커다랗게 휘었다.

안 돼. 이대로는 들어 올릴 수가 없어.

가쓰노리는 반사적으로 낚싯대를 끌어당겨 낚싯줄을 붙잡았다. 낚시를 할 때는 어긋난 방법인지도 모르지만 낚싯줄이 끊어지면 깡그리 사라져 버리고 만다.

반응이 있었다. 낚싯줄을 잡아당기자 핑, 하고 낚싯줄이 팽팽해진다. 가쓰노리가 가장 먼저 한 생각은 강바닥에 가라앉은 산업폐기물이 걸려든 게 아닐까였다.

그 정도로 묵직하게 느껴졌다. 훗, 하고 반응이 사라지고 그리고 다시 두 손에 툭, 하는 느낌이 들었다.

그것이 확신이 되었다. 확실히 걸려들었다.

가쓰노리는 죽을힘을 다해 낚싯줄을 잡아당겼다. 그리고 발언저리까지 끌어당겼다. 그 힘의 정체를 알고 소스라치게 놀랐다.

사십 센티미터나 되는 커다란 메기였다. 용케도 낚싯줄이 끊어지지 않았다고 감탄했다. 커다란 메기를 버드나무 가지와 함께 두 손으로 안고 서둘러 넣어갈 곳을 찾는다. 편의점 비닐 봉지가 떨어져 있는 걸 발견하고 메기를 집어넣었다. 그리고 낚싯바늘을 뺐다. 순서가 반대로 되었지만 낚시와 관련해서는 초심자라서 어쩔 수가 없다. 벌벌 떨면서 메기 목구멍 안으로 손가락을 넣어 낚싯바늘을 빼려고 했지만 좀처럼 잘되지 않았다. 간신히 낚싯바늘을 뺐을 때는 메기가 피투성이가 되어 버렸다.

정말이지 민물새우를 잡아 올렸을 때처럼 메기를 그대로 덥석 물어뜯을 기분은 나지 않았다. 하지만 메기를 먹어야 자신이 굶어죽지 않을 수 있다고 생각한다. 어떻게 요리할까는 그때의 가쓰노리에게 상상 밖의 일이었다. 그저 메기의 사체를 바라보면서 자신이 다른 생물의 생명을 뺏어야 살아갈 수 있다는 걸 뼈저리게 느꼈다.

가쓰노리는 일찍이 그런 생각을 하면서 음식을 먹은 기억이 없다.

이 낚시는 기적이 아니었다고 실감했다. 세 번째로 낚싯줄을 드리우자 다음에 걸린 물고기는 칠팔 센티미터 정도의 피라미였다. 메기 같은 기괴함은 없다.

이 낚싯줄로 먹을거리를 확보할 수 있다.

처음으로 식재료를 확보하는 길이 보인 듯한 느낌이 들었다. 아라토의 도움에만 기대지 않아도 된다.

낚시 초보인 자신이 이만큼 잡은 게 신기했다.

그러고 보면…… 하는 생각에 이르렀다.

최근 반년 동안 시라카와 강 산책로를 지나서 구마모토 교도소 서부 관리 센터까지 몇 번이나 갔을까. 그렇지 않더라도 시간이 남아돌아 시라카와 강 근처를 헤맨 적이 수없이 많이 있다. 하지만 생각해 보니 그동안 여기서 낚시꾼의 모습을 본 적이 한 번도 없다.

왜 그럴까? 일급수가 흐르는 강인데. 도시 중심부를 흐르는 강이기 때문일까? 갈매기가 날아들 정도로 강어귀와 가까워서 수질이 오염되어 있을 게 분명하다는 선입관 때문일까? 물고기를 잡아 올린다고 해도 불결한 어획물은 입에 댈 기분이 들지 않는 걸까?

그렇다면 그걸로 괜찮다. 그래서 가쓰노리 같은 낚시 초보의 낚싯바늘에 걸려 들어주는 얼간이 물고기가 되어 버린 환경이 만들어진 것이다. 그렇다면 고마운 일이다, 하고 가쓰노리는 생각했다.

이 이상 잡아 올려도 도저히 한 번에 다 먹을 수 없기에 가쓰노리는 버드나무 가지에서 낚싯줄을 떼어내어 정성스레 옮겨 감았다. 낚싯줄을 떨어져 있던 빈 치약 상자에 칭칭 감았다. 이제 다음번에도 물고기를 잡을 수 있다…….

메기와 피라미가 들어 있는 편의점 비닐봉지를 들자 묵직한 느낌이 들었다. 떠나기 전에 그 버드나무 아래에 돌을 두 개 올려놓는 걸 잊지 않았다. 돌은 이미 산길에 놓인 이정표가 되는 돌탑처럼 몇 층이나 쌓이기 시작했다. 결국 피라미드 모양이 될 때까지 작은 돌이 쌓이게 될까?

집으로 돌아가 개수대에 물고기를 내려놓고 가쓰노리는 잠시 털썩 주저앉았다.

예상보다 훨씬 더 체력을 소모한 듯하다. 10분 정도 그대로 있다가 간신히 기력을 짜내어 일어났다.

메기와 피라미를 수돗물로 꼼꼼히 씻었다.

그때 퍼뜩 깨달았다. 물고기 내장을 빼내려고 해도, 자르려고 해도 집에는 과도와 부엌칼을 비롯해 칼 종류가 하나도 없다.

어떻게 하면 좋을까. 이대로 덥석 베어 무는 수밖에 없을까?

눈앞에 플라스틱 젓가락이 한 쌍 놓여 있는 걸 발견한다. 구마모토 교도소 서부 관리 센터에서 받은 플라스틱 용기에 들어 있던 것이다. 딱 한 번 젓가락을 넣는 걸 깜빡하고 용기를 반환한 적이 있는 모양이다.

궁하면 통한다는 것인가. 가쓰노리는 젓가락을 쥐고 메기 배를 푹 찔렀다. 할 수 있다. 얼떨결에 그렇게 말할 뻔했다. 그대로 천천히 힘을 주어 배를 갈랐다. 그리고 손가락으로 내장을 세심하게 도려냈다.

그 이상의 가공은 플라스틱 젓가락으로 불가능해 보였다. 피라미도 마찬가지로 손질을 끝낸 뒤 두 마리를 전자레인지에 넣고 생선구이를 했다.

젓가락과 함께 작은 팩에 들어 있던 소금과 후추, 간장이 남아 있는 것도 마음 든든했다. 이 조미료들도 구마모토 교도소 서부 관리 센터에서 받아서 사용하지 않고 남은 것이다.

전자레인지 스위치가 멈추고 머리와 꼬리가 붙어 있는 기괴한 구이가 완성되었다.

하얀 살에 소금과 후추를 툭툭 뿌리고 가쓰노리는 접시를 들고 그 자리에 웅크리고 앉아 게걸스럽게 먹어치웠다. 아무래도 메기는 독특한 냄새가 났지만 그리 거슬리지는 않았다. 날것을 덥석 베어 물지 않았던 이유는 민물고기는 기생충이 있지 않을까, 하는 걱정이 앞섰기 때문이라고 새삼 생각한다.

하지만 그렇게 굶주린 상태인데도 메기 반쪽만으로 가쓰노리는 몹시 배가 불렀다. 반찬으로 삼으면 다르겠지만 접시 위에 놓인 커다란 메기구이만을 줄기차게 먹는 건 이만저만 고역이 아니다.

불현듯 떠오른다. 원래 장어와 메기는 등을 갈라 뼈를 바르고 토막 쳐서 양념을 발라 꼬챙이에 꿰어 구워 먹는 게 제대로 된 방법이 아닌가? 그렇게 먹었다면 좀 더 많이 먹을 수 있었을지도 모른다.

그러나 그런 사치스러운 소리를 지껄일 수 있는 상황이 아니라는 걸 다시금 깨닫는다.

그래.

편협한 방법이지만 이 상황에서는 어떻게든 음식을 자신의 손으로 확보하는 길을 찾아냈다는 사실을 커다란 진전이라고 생각해야 하지 않을까? 가쓰노리는 자신을 타일렀다.

#16

나쓰미의 목소리는 그 뒤로도 들려오지 않았다.

우두커니 방 안에서 지낼 때 가쓰노리는 나쓰미를 생각했다. 만난 적은 없다, 목소리뿐인 여성이다. 더구나 이제 와서 생각해보니 정말로 존재하고 있는지조차 의심스러웠다.

역시 그것은 자신의 육체적 한계가 불러온 환각 증상 같은 게 아니었을까? 자신의 뇌내사고의 단락현상 가운데 한 종류가 아니었을까?

하지만 그렇게 자신을 달래면서도 만약에 나쓰미가 실제로 존재한다면 어떤 여성일까, 하고 왕성하게 상상하는 자신을 가쓰노리는 깨닫는다.

그러고 보니 노숙자 아라토의 뒤를 쫓아갔을 때에 아라토가 쉴 새 없이 혼잣말을 중얼거리던 기억이 난다. 주위에 아무도 없는데 자신이 왜 지금 같은 상황에 놓였는가, 하고 주절주절 푸념을 늘어놓았다. 존재하지 않는 누군가가 쳐주는 맞장구를 확인하면서 계속 중얼거리는 듯했다.

그때 아라토도 이야기 상대가 되어 주는, 존재하지 않는 누군가의 목소리를 들었던 걸까.

언제부터 연상한 걸까? 가쓰노리 자신도 어처구니없다고 생각하지만 나쓰미가 어떤 여성인가를 상상하며 무의식 가운데 떠올린 여자의 얼굴이 있다.

나카하라 아야나가 웃는 얼굴이다.

물론 가쓰노리는 그 상상을 서둘러 지웠지만 이상하게도 아야나의 얼굴이 떠오르는 사고 형태로 굳어진 듯하다.

그때 아야나는 고양이 같이 커다란 눈과 선명한 빨강 립스틱을 바른 두툼한 입술로 가쓰노리를 보고 있다. 전혀 재미있는 일 따위 없다는 듯 알쏭달쏭한 웃음을 머금고.

아냐! 하며 부리나케 가쓰노리는 그 상상을 지워버린다. 아야나 따위 두 번 다시 생각하고 싶지 않다. 그런 불결한 여자와 나쓰미 씨를 같이 엮지 말자.

아야나를 연상해 버리는 건 그저 단순히 자신의 상상력이 빈곤해서 그렇다. 나쓰미 씨를 그려볼 만한 여성상을 모르기 때문이다.

그리고 억지로 다른 여성을 마음속으로 그리려고 하면 그 얼굴이 아련히 흐려져 갔다. 눈도 코도 알 수 없는 어슴푸레한 그림자뿐인 이미지다. 하지만 청초한 인상만큼은 전해져 오는 게 그나마 구원이다.

그러나 그때 혹시, 하던 일이 일어났다.

가쓰노리는 굶주림도 없었고 일단 극한 상황은 벗어난 상태였다.

방 안에서 멀거니 나쓰미의 존재를 이리저리 떠올렸지만 깊이 생각하고 있었던 것도 아니다. 어리벙벙한 상태가 반, 몽롱한 상태가 반이던 참이었다.

목소리가 들리고 다음 순간 가쓰노리는 정신이 번쩍 들었다.

기분 탓일까?

희미하게 들렸다.

기분 탓이 아니다. 나쓰미의 목소리다.

다카쓰카 나쓰미의 목소리다.

— ······아사미······.

너무 아련해서 뭐라고 하는지 전혀 들리지 않는다. 하지만 가쓰노리는 자신의 성 부분만큼은 똑똑히 알아들었다. 자신이 관심 있어 하는 소리만 들린다는 칵테일 파티 효과일까?

텔레파시라면 사고 자체가 전해지는 것인데 그 상태에 난이도가 있다는 건 우스꽝스러운 이야기다. 그런데 그 목소리의 주인공이 나쓰미라는 사실은 알지만 잘 들리지 않는 상태다.

— 나쓰미 씨. 압니다. 하지만 목소리가 또렷이 들리지 않아요. 나쓰미 씨가 뭔가 말을 건네고 있다는 사실만 압니다.

어떻게 하면 들릴까?

가쓰노리는 죽을힘을 다해 나쓰미를 마음속으로 불렀다.

그대로 일어나 자기도 모르게 두 손을 귀에 갖다 댔다.

조금씩 방 안에서 방향을 바꿔본다. 어느 방향으로 몸을 바꾸면 소리가 좀 더 잘 들릴지도 모른다는 가능성에 희망을 걸었다.

어느 방향에서도 같은 정도로만 나쓰미의 목소리가 느껴졌다. 벽 저편의 목소리를 들으려고 필사적으로 귀를 바싹 기울였지만 변함이 없었다.

가쓰노리는 이렇게 초조한 마음이 들었던 적이 없다. 방 네 귀퉁이를 이리저리 옮겨 다녔다.

미묘하게 베란다 쪽에서 나쓰미의 목소리가 크게 들리는 듯한 기분이 들었다.

유리문을 열고 베란다로 나가보았다. 바깥쪽에서 확실히 나쓰미의 존재를 느낄 수 있었다. 하지만 동시에 주위의 잡음까지 귓가에 들려왔다.

초로쿠바시에서 와 닿는 트럭의 배기가스 분출음. 가까이 다가오는 시영 전철 레일이 삐걱거리는 소리. 그리고 맨션 앞에 세워져 있던 자동차의 출발음. 오토바이 엔진이 윙윙거리는 소리.

나쓰미의 목소리가 약간 커졌다고 생각하지만 요란한 소음 때문에 그 효과는 전혀 없었다.

지난번에는 그렇게 귓가에 또렷이 와 닿았는데 왜 지금은 나쓰미가 하는 말이 들리지 않는 걸까.

다시 베란다에서 가쓰노리는 나쓰미를 불러 보았다.

— 안 들려요. 나쓰미 씨의 목소리가 안 들려요. 저, 여기 있습니다. 좀 더 커다란 목소리로 말해주세요!

어쩌면 나쓰미에게도 자신의 마음이 똑똑히 들리지 않을지도 모른다는 생각이 들었다.

나쓰미의 목소리는 마치 중얼거림처럼 가쓰노리에게 자꾸 말을 건네고 있는 듯했다. 계속 중얼거리면 가쓰노리가 반드시 반응을 보여준다. 그렇게 믿고서.

그래서 가쓰노리의 목소리가 나쓰미에게 가 닿은 것처럼 느껴지지 않는다.

집에 있으면 더 이상 나쓰미의 존재를 느낄 수가 없다. 가쓰노리의 안에서 그런 생각이 휘몰아쳤다.

그런 생각이 들자 안절부절못하게 되었다.

가쓰노리는 베란다에서 집 안으로 들어와 이리저리 방향을 바꾸면서 문 쪽으로 뒷걸음질을 쳤다.

— 계속 말을 걸어줘요!

그렇게 바라면서.

신발을 신고 그대로 바깥으로 뛰어나갔다. 어느 쪽에서 들리나 알아보려고 하지만 확신할 수가 없었다.

시영 전철이 구마모토 역 방향에서 달려온다. 전철 바퀴와 레일에서 나오는 소음에 나쓰미의 목소리가 덮일까 봐 온 마음을 다해 귀를 기울였다.

— 아사미 씨…….

확실히 자신의 이름을 들었다.

환청이 아니다. 그때 가쓰노리는 나쓰미의 목소리가 상공회의소 건물 쪽에서 와 닿았다고 느꼈다. 그 후 나쓰미의 목소리는 다시 중얼거림 정도의 크기로 돌아갔다.

가쓰노리는 자신의 직감에 매달리는 수밖에 없었다.

떠돌듯 나쓰미의 목소리를 느낀 방향으로 걷기 시작했다.

딱히 나쓰미의 모습을 보고 싶다고 바라지는 않는다. 그저 좀 더 나쓰미의 목소리를 듣고 싶다. 이야기를 하고 싶다.

그것뿐인 순수한 욕구다. 처음으로 나쓰미와 마음이 이어졌을 때 사막에서 한 줄기 맑은 샘물을 발견했을 때와 비슷한 기쁨을 느꼈다. 그것을 다시 한 번 바랄 뿐이다.

가쓰노리는 대담해졌다. 거리를 둘러보더니 자동차의 오고 감이 끊어졌다는 걸 확인하고 전철길을 건너갔다. 나쓰미의 목소리가 느껴진다…….

상공회의소 건물에서 왼쪽으로 꺾어진다. 구마모토의 옛 마을 이미지가 남아 있는 토속적인 거리가 이어진다. 이 거리는 일방통행이라서 등 뒤의 기척만큼은 신경을 쏟으면서 걸어갔다.

다이헤이 다리의 그 버드나무 방향으로 가고 있다는 예감이 들었다.

우연일까? 뭔가 의미가 있을까……?

오오이시 메밀국수집 앞을 지나 거리를 빠져나간 뒤 시모가와라초 방향으로 걷는다. 그 거리에 접어들면 자동차는 거의 다니지 않는다. 집 처마 밑에 할머니가 멍하니 쭈그리고 앉아 있는 모습이 보일 뿐이다.

이 무렵부터 급속도로 나쓰미의 목소리가 멀어져간다.

불안해졌다.

방향을 잘못 잡은 걸까? 나쓰미의 목소리를 수신할 수 있는 범위에서 점점 멀어지고 있는 걸까?

돌아가는 편이 좋을까?

그렇지 않으면…… 바로 앞에 보이는 뉴스카이 호텔 건물에 가로막힌 건 아닐까?

목소리가 끊어졌다.

들리지 않는다.

허둥거리며 가쓰노리는 달렸다.

눈앞에 다이헤이 다리가 보였다. 교차로 신호에서 멈춘다.

귀를 기울였다.

들린다. 아까보다도 목소리는 더 작아졌지만 들린다. 어렴풋이 안다. 다이헤이 다리에서 뉴스카이 호텔 쪽으로 몸을 돌렸다. 목소리가 약간 커진다.

이쪽이다.

아무런 근거도 없지만 감에 의지해서 목소리가 느껴지는 방향이라고 믿고 달려가는 수밖에 없다.

뉴스카이 호텔 방향으로 횡단보도를 건넜다. 그곳에서 다시 나쓰미의 목소리가 끊어졌다.

왜?

그곳은 이제 호텔로 들어가는 문으로 이어진다.

"기다려. 까불고 있어."

남자가 커다란 목소리로 외쳐서 가쓰노리는 깜짝 놀라 멈춰 섰다.

목소리는 호텔 쪽에서 들렸다.

젊은 여자가 호텔에서 뛰쳐나오는 참이다. 여자는 코트를 걸칠 여유도 없었던 듯 오른손에 가방과 함께 들고 있었다. 옷은 화려한 색채에 허리 부위를 질끈 졸라맨 길이가 짧은 치마였다.

여자는 온몸을 세차게 흔들며 찻길로 뛰어들려고 했다. 남자의 목소리는 그 여자를 향해 내뱉어진 듯하다. 여자가 허둥지둥하는 모습을 보고 사태가 심상치가 않다는 걸 간파했다.

여자의 왼손이 자신의 배 언저리를 누르고 있었다. 그대로 여자는 겁에 질린 듯 등 뒤를 돌아본다.

젊은 남자가 달려온다. 뭔가에 씐 듯한 형상이었다. 치켜 올라간 눈을 희번덕거리고 있었다.

여자는 마치 헤엄치듯 두세 걸음 걸어가더니 고개를 쳐들었다.

그때까지 가쓰노리는 아무런 근거도 없었지만 그 젊은 여성이 바로 나쓰미가 아닐까 했다.

하지만 다르다는 걸 확실히 알았다.

그것보다도 가쓰노리를 얼어붙게 만든 사실이 있었다.

고개를 쳐든 여자의 얼굴…… 나카하라 아야나였다.

묘한 인연이라고 느꼈다. 나쓰미의 목소리를 듣고 마음속으로 그 모습을 그릴 때 늘 떠오르던 사람은 나카하라 아야나가 아니었던가. 그리고 여기까지 나쓰미의 목소리에 이끌리듯 다다른 장소에 있는 사람이 나카하라 아야나라니.

이것은 정말로 우연일까.

가쓰노리의 내부에서 의문부호가 포화상태가 되어 사고 정지 상태에서 멈춰 섰다.

그리고 눈앞에서 도대체 무슨 일이 일어나려고 하는지 알 수 없었다.

아야나는 비명에 가까운 쉿소리를 질러댔다.

"도와주세요! 누가 좀 도와주세요!"

눈이 치켜 올라간 남자에게 쫓기는 아야나는 호텔 로비에서 뛰쳐나왔다.

도움을 요청하며 주위를 두리번거리는 아야나의 눈에 가쓰노리의 모습은 당연히 보이지 않는다. 로비에서 바깥으로 걸음아 나 살려라 도망칠 때 아야나는 손님을 기다리는 택시 안으로 도망치는 방법도 선택할 수 있었을 것이다. 하지만 거기까지 머리가 돌아가지 않을 정도로 다급한 상황이어서 찻길까지 뛰쳐나온 듯하다.

그때 가쓰노리는 아야나가 배를 누르고 있는 이유를 깨달았다. 옷의 그 부분은 새빨간 무늬가 아니었다.

길거리에 피를 뚝뚝 흘린다.

칼에 찔렸다.

그 사실을 알고 나서 가쓰노리가 가장 먼저 생각한 것.

천벌을 받았다…….

쫓아오는 남자를 가쓰노리는 본 기억이 없다.

가쓰노리가 돌이킬 수 없는 결과를 빚도록 만든 상대……
안자이 데루히코라고 했던가…… 도 아니고 호스케자카에서
우연히 아야나를 발견했을 때 함께 있었던…… 치 군이라고
하는…… 남자도 아니었다.

가쓰노리가 모르는 미지의 남자다.

하지만 어떤 관계인가를 가쓰노리는 쉽게 추측할 수 있었다.

그도 어떤 의미에서 나카하라 아야나에게 희생당한 사람이
틀림없다.

나카하라 아야나는 자신의 욕망과 충동만으로 남자를 잇달
아 갈아 치워 간다. 마치 패스트푸드의 신제품을 차례로 집어
먹는 감각으로.

바꿔 말하면 마성의 여자다.

유혹당한 남자가 저항할 수 없을 만한 매력 역시 아야나는
빈틈없이 갖추고 있다. 도대체 이제까지 남자를 몇 사람이나
독이 든 이빨로 물어뜯어 왔던 걸까.

그리고 흥미가 사라지거나 이용 가치가 없다고 판단한 남자
는 거침없이 연달아 폐기처분해 버린다…….

가쓰노리가 과실치상을 입힌 상대인 안자이 데루히코도 그
런 남자 가운데 하나였다. 치 군이라고 하는 남자는 어떻게 되
었을까? 치 군은 진지한 교제를 생각하는 듯 보였지만. 아야나
라면 이미 뻥 차버렸을지도 모른다.

하지만 버림받은 남자들은 아야나를 향한 집착만을 심하게 간직했다. 안자이 데루히코가 아야나에게 귀찮게 치근덕거린 것처럼.

눈이 치켜 올라간 이 남자도 안자이 데루히코와 마찬가지로 평소에는 성실하고 성격 좋은 청년인지도 모른다. 아야나의 마성으로 정신이 나간 것뿐이 아닌가.

어떤 꼴을 당했을까. 아야나 때문에 자존심이 갈기갈기 찢 겨나갔을까. 다음번 남자를 보여줬던 걸까? 몹시 가슴 아프게 차인 걸까?

무슨 일이 있었던들 아야나라면 이상할 게 없다. 몸도 마음 도 바쳐 사랑한 여자에게 배신당한다면 어떤 도덕주의자라도 눈이 뒤집힐 게 분명하다.

남자는 표정이 딱딱하게 굳어 있어서 이 세상 사람처럼 여 겨지지 않았는데 값비싸 보이는 고상한 양복을 입고 있었다.

하지만 오른손에는 칼날의 길이가 15센티미터나 될 법한 칼 을 꽉 움켜쥐고 있었다. 그런 칼은 평범한 사람이라면 보통은 지니고 다니지 못하는 것이다. 그런 칼을 준비하고 있는 것으 로 미루어 아야나에게 명확한 살의를 품고 있다고 짐작할 수 있다.

아야나는 한 발을 질질 끌면서 호텔 앞 버스정류장 지붕을 지탱하는 기둥에 기대어 가까스로 웅크리고 앉았다. 지나가는 사람이 몇몇 있었는데 아야나의 상태가 안 좋다는 사실을 눈 치 채고 멀찍이 둘러싼 채 발길을 멈추었지만 말을 건네려는 사람은 아무도 없었다. 두 사람 정도가 휴대전화로 경찰이나 구급차를 부르고 있는 걸까.

더구나 호텔에서 뛰쳐나온 칼을 든 남자를 발견했다. 어설프게 참견했다가 휘말려들 게 뻔하다. 지나가던 사람들도 남자가 다가오자 새끼 거미가 사방으로 흩어지듯 걸음아 나 살려라, 하고 도망쳤다.

왼손으로 기둥을 잡고 아야나는 안간힘을 다해 자신을 지탱하고 있었다. 울부짖고 있기 때문에 이미 표정은 일그러진 데다 눈물로 지워진 마스카라가 지저분하게 흘러내려 얼굴이 얼룩덜룩했다. 남자를 유혹하던 성적 매력과 미모는 눈곱만큼도 남아 있지 않았다. 게다가 피를 흘려서인지 피부 색깔도 좀비처럼 푸르뎅뎅하게 변해 버렸다.

목소리도 힘이 없었다. 음정이 맞지 않는 노래를 아련하게 되풀이하듯 내뱉은 말은 "살려 주세요…… 살려 주세요……." 였다.

쓰러지지 않는 건 아야나가 아직 삶에 집착하고 있기 때문일까?

남자가 오랫동안 아야나가 있는 곳에 오지 못하는 이유가 무엇인가 했더니 택시 승강장 근처에서 호텔직원과 몸싸움을 벌이고 있었다. 마치 에도시대의 의전 담당인 기라 고즈케노스케에게 칼을 휘두르는 다이묘 아사노 다쿠미노카미를 제압하는 심부름꾼 가지카와 요리테루처럼, 겨드랑이 밑으로 두 손을 넣어 목덜미에서 깍지를 끼어 죄고 있는 호텔직원은 "그

만두세요. 손님." 하고 외치고 있었다. 용기라기보다 직업에서
비롯된 사명감인 듯하다. 하지만 남자보다 호텔직원이 훨씬
체격이 작아서 깍지를 끼어 죄고 있어도 남자가 발버둥을 칠
때마다 칼이 훅훅 스쳐지나갔다. 남자가 손에 든 칼로 호텔직
원을 찌르지 않는 건 자신의 표적은 아야나 하나뿐이라고 정
했기 때문인지도 모른다. 그렇다면 그 정도의 이성은 남아 있
다는 뜻이다.

남자는 "방해하지 마. 말리지 말라니까." 하고 고함을 치더
니 곧이어 호텔직원을 있는 힘껏 내동댕이쳤다. 장해물이 사
라진 남자는 오른손에 들려 있는 칼을 고쳐 쥐고 곧장 아야나
를 향해 성큼성큼 걸어온다.

그 모습을 아야나도 확실히 지켜본 듯 도움을 요청하는 목
소리도 그치고 입술을 바들바들 떨고 있었다.

멀리서 경찰차 사이렌 소리가 들려온다. 신고를 받고 달려
오는 듯하지만 아직 상당히 먼 위치다. 도저히 앞으로 일어날
흉악한 사건을 막지 못할 것 같다.

가쓰노리는 어안이 벙벙한 상태로 꼼짝 않고 서 있었다.

확실히 나카하라 아야나는 도와줄 가치가 없는 여자인지도
모른다. 아야나가 존재함으로써 앞으로 얼마나 많은 수의 남
자들이 불행에 빠지게 될까.

아야나는 공해라고 부르기에 딱 알맞은 존재다.

가쓰노리 자신이 지금 상황에 빠진 원인 가운데 하나도 아
야나에게 있기 때문이다.

그러나 그렇다고 해서 아야나가 살해당할 걸 뻔히 알면서 이대로 그냥 내버려둘 수는 없다.

아야나가 가까스로 버스정류장에서 벗어나 도망치려고 했다. 그 모습을 본 남자가 종종걸음으로 다가왔다.

가쓰노리는 반사적으로 아야나 쪽으로 달려갔다. 이유는 없었다. 아무리 지독한 여자라고 해도 타인에게 생명을 빼앗겨서는 안 된다고 생각했기 때문이다.

그때 가쓰노리가 취할 수단은 하나밖에 없었다.

아야나와 남자 사이로 몸을 던지는 방법이다. 아라토를 중학생 무리에게 지켰을 때 쓴 방법이다.

아야나가 비틀비틀 도망친다. 가쓰노리는 남자를 보았다. 가까이 다가온다.

코앞으로 다가왔을 때 배니싱 링이 거칠게 반응했다. 꾹꾹, 하고 가쓰노리의 목이 조여들고 눈앞이 새하얘졌다. 그리고 별안간 발로 등을 차는 감각이…….

다시 시야가 돌아오고 남자는 가쓰노리 앞쪽에서 옆으로 넘어졌다가 몸을 일으키려는 참이었다. 그저 이해가 안 된다는 식으로 가쓰노리가 가로막았던 장소를 바라보고 있었다. 왜 자신이 넘어졌을까, 이해할 수 없다. 가쓰노리의 모습은 남자에게 보이지 않기 때문이다.

남자가 부랴부랴 일어나 아야나의 뒤를 쫓는다. 아야나는 그다지 멀리 도망치지 못했다. 가쓰노리의 행동은 그다지 구원의 효과를 보이지 못했다.

그 뒤의 광경을 가쓰노리는 보고 싶지 않았다. 하지만 눈길을 뗄 수는 없었다. 길 위에 쓰러진 채 가쓰노리는 그 결과를 지켜보았다.

남자는 왼쪽 무릎에 상처가 난 듯했다. 왼손으로 무릎을 감싸 쥐면서 성큼성큼 아야나의 뒤를 계속 뒤쫓았다.

아야나를 따라잡은 건 몇 초 뒤였다. 아직 전철길까지도 다다르지 못했다.

남자는 아야나의 목덜미를 낚아채서 자기 쪽으로 돌아서게 했다. 그러자 아야나가 그 정도 성량이 남아 있었나 싶을 정도로 소리를 질렀다.

오른손에 쥐고 있던 칼로 남자가 아야나를 찌르자 비명이 멈추고 아야나는 힘이 빠져 그대로 쓰러졌다.

남자는 고삐를 늦추지 않고 아야나 위에 올라타서 칼을 마구 휘두르며 집요하게 몇 번이나, 몇 번이나 찔러댔다.

경찰차가 도착하고 경찰들이 남자에게 달려온다. 이미 목숨이 끊어졌으리라. 아야나는 옴짝달싹도 하지 않는다. 양쪽 겨드랑이가 붙잡혀 끌려가는 남자는 그 뒤에 큰 소리로 웃어젖혔다.

가쓰노리는 온몸에서 힘이 쭉 빠지는 걸 느꼈다.

나쓰미의 목소리는 이제 전혀 들리지 않는다.

#17

　꿈속에 나온 남자가 집요하게 되풀이해서, 되풀이해서 나카하라 아야나를 칼로 찔러댄다. 남자의 얼굴은 모른다. 몽롱한 검은 그림자로 나온다. 이미 숨이 끊어진 아야나가 날카롭게 미친 듯이 비명을 질러댄다.

　그때 잠이 깨고 가쓰노리는 자기 방에 있었다.

　가위에 눌렸다는 걸 스스로 깨닫는다. 옷이 흥건히 젖을 정도로 온몸에서 식은땀이 흘러나왔다.

　그리고 어둠 속에서 정신이 말똥말똥해진다. 다시 한 번 잠을 청하려고 하지만 그것은 불가능한 듯하다. 심장이 쿵쾅쿵쾅 뛰는 소리를 느낀다.

　방금 막 꾸었던 악몽 속의 광경이 몇 번이나 머릿속에서 선명하고 강렬하게 되살아난다.

나쁜 꿈을 꾼 게 아니다. 눈앞에서 일어난 최악의 현실을 꿈속에서 다시 체험했다.

나카하라 아야나가 자신의 눈앞에서 모르는 남자에게 칼에 찔려 죽은 사건. 이것은 꿈이 아니다.

무슨 우연일까. 그런 비참한 현장에 서 있을 확률이 어느 정도나 될까. 어떤 업보가 있는 운명이라고밖에 생각할 수 없다.

나카하라 아야나와 관련해서 파멸한 남자는 가쓰노리뿐만이 아니다. 가쓰노리가 손을 댄 안자이 데루히코도 그렇고 아야나를 칼로 찔러 죽인 젊은 남자도 그럴 것이다. 그밖에도 가쓰노리가 모르는 수없이 많은 수의 남자들이 울면서 잠이 들었을 것 같은 기분이 든다.

나카하라 아야나는 마성의 여자였다. 손톱만큼도 죄책감을 느끼지 않는, 천성이 요부인 존재였다.

그래서 그런 참혹한 임종을 맞은 건 인과응보라고 할까, 동정의 여지가 전혀 없다고 할 수 있을지도 모른다.

하지만 그런 부족한 인격의 소유자라고 해도 생명은 소홀히 다뤄서는 안 된다. 아무도 그 생명을 빼앗을 권리는 없다고 가쓰노리는 생각한다.

가쓰노리는 돌이킬 수 없는 죄를 저지르고 벌을 받고 있지만 성선설을 믿는 인간이다. 아야나도 언젠가 자신의 삶의 방식을 후회하는 날이 올 거라고 어렴풋이 믿고 있었다.

그런 아야나를 구해주지 못했던 건 자신이 힘이 없기 때문이라고 무의식 중에 자기 자신을 꾸짖었다.

그때 자신이 무엇을 할 수 있었을까?

기껏해야 칼을 들고 아야나를 쫓아오던 남자를 넘어뜨리는 정도였다.

아야나의 생명은 결국 구하지 못했다.

그 무기력함과 참혹한 광경이 몇 번이나 변질되어 살인이 일어나는 악몽을 가쓰노리는 꾸었다.

한동안 그 악몽에 시달릴 것 같은 예감이 들었다.

낮에는 시라카와 강 주변에서 장소를 바꿔가며 낚시를 했다. 먹을거리를 확보하려고.

장소를 옮기면 잡히는 물고기도 미묘하게 변화한다. 붕어가 잡힐 때도 있지만 강어귀에서 올라왔는지 바닷물과 민물이 섞인 지역에 사는 숭어가 잡히는 경우도 있었다. 물고기 몇 마리는 어김없이 낚아 올렸다.

먹을 때의 맛은 물론이고 낚시는 가쓰노리에게 귀중한 오락이 되었다. 낚시에 몰두하고 강 표면에 떠오르는 낚시찌를 바라보는 동안만큼은 적어도 아야나의 참사도, 궁극의 고독감도 잊을 수 있기 때문이다.

낚시찌는 느린 흐름의 강 표면을 갈팡질팡하듯 흔들흔들 움직이더니 강 아래까지 흘러가도록 재촉하듯 수면에 푹 잠긴다. 낚시찌를 들어 올려 강물 위로 낚싯줄을 다시 던진다.

그런 되풀이였다.

몇 번에 한 번 낚시찌가 부자연스러운 반응을 보인다. 그 순간 잠깐이나마 가쓰노리는 모든 시름을 잊을 수 있다. 자신이 소실형을 받는 몸이고 또 형기가 만료되었는데도 터무니없는 불행을 짊어지고 있는 것까지 포함해서. 머릿속이 텅 빈 상태가 되고 온갖 괴로움에서 해방되었다.

가라앉은 낚시찌에 맞춰 버드나무 가지로 만든 낚싯대를 들어올린다. 요동치는 뽀얀 배를 보는 흥분은 무엇과도 바꾸기 어렵다. 낚시가 이렇게 재미있고 흥분되는 것인가 새삼 깨달았다.

하루에 대여섯 마리만 잡으면 된다고 정했다. 요즘은 자갈밭에서 자라는 풀을 물고기 입으로 넣어 아가미로 꺼내서 낚싯대와 함께 손에 매달고 집으로 돌아온다. 몇 마리는 내장만 꺼내 소금을 뿌리고 눈에 띄지 않는 베란다 그늘에 말린다. 물고기를 잡지 못하는 날에 먹으려고 남겨 놓았다.

낚시찌에 반응이 없을 때는 잡념만이 마음에 맴돌았다. 또다시 아야나를 구하지 못했던 일을 후회한다. 그리고 지금은 딱 끊어진 다카쓰카 나쓰미라는, 아직 본 적이 없는 여성을 떠올린다.

그러고 보니 그 후로는 나쓰미의 목소리를 들은 적이 한 번도 없다.

아야나의 참극과 맞닥뜨릴 때까지 나쓰미의 아련한 목소리에 이끌려 이리저리 헤매고 다녔다. 어느 방향에 나쓰미가 있는가, 하는 확신도 그 무엇도 없었다. 무턱대고 방황하는 사이에 또렷한 나쓰미의 목소리를 들을 수 있지 않을까, 하며 부질없이 몸부림을 치는 길밖에 없었다.

사건 전까지는 언젠가 나쓰미의 목소리가 끊어지지 않을까, 하는 두려움뿐이었다. 당장이라도 자동차 소음에 뒤섞여 사라질 듯한.

그리고 피투성이가 된 아야나와 예기치 못했던 재회.

그때였다고 가쓰노리는 생각한다.

눈앞에서 펼쳐진 그 충격으로 나쓰미의 목소리는 자신의 의식 밖으로 완전히 날아가 버렸다.

나쓰미의 목소리가 어디에서 들리는지 찾으려다가 아야나의 사건과 맞닥뜨린 건 뭔가 우연이 아니라 인과관계를 담고 있었을까? 그 장소에서 지켜보라고.

그것은 마치 뭔가 우연의 일치 같다고 가쓰노리는 생각했다.

실제로 존재하는 여성일까? 자신의 마음속으로 만들어낸 목소리가 아닐까?

자신과 마음이 통한 다카쓰카 나쓰미라는 존재를 창조함으로써 정신상태가 무너지지 않도록 스스로 방어하는, 가쓰노리가 모르는 마음의 기능이 있는 게 아닐까?

가까스로 아야나의 참극 광경을 잊어갈 무렵이었다.

그날은 가쓰노리에게 깜짝 놀랄 만한 일이 하나 있었다.

이른 아침부터 혼묘지까지 발길을 옮겼다. 어린 시절의 기억이 엇박자로 되살아났기 때문이었다.

초등학교 시절에 혼묘지 뒷산으로 소풍을 간 적이 있다. 혼묘지는 구마모토 성에서 북서쪽에 위치한 일련종파의 절인데 그곳에는 히고, 즉 지금의 구마모토의 영주로 구마모토 현민에게 아직도 절대적인 인기를 누리는 가토 기요마사를 추모하는 조치보가 있다. 그 뒤쪽으로 올라가면 구마모토 시내가 한눈에 내려다보이는 높고 편편한 곳에 다다른다. 그곳에는 거대한 가토 기요마사 동상이 시내를 굽어보고 있다.

소풍의 마지막 목적지인 그곳에서 선생님이 들려주는 역사와 관련된 설명을 들은 뒤 자유 시간을 만끽했다. 도시락을 먹고 주위를 탐험했다.

사실 이 높고 편편한 곳 안쪽은 또 온갖 나무들이 자라는 숲의 비탈로 이어져 있다. 그곳은 혼묘지 산이다.

초등학교 시절 가쓰노리는 그 비탈에서 길쭉한 도토리를 여러 개 주웠다.

모두 모였을 때 선생님에게 보여주니 그것은 도토리가 아니라 모밀잣밤나무의 열매라고 가르쳐주었다.

"모밀잣밤나무의 열매는 삶아도 되고 구워도 되고 쪄도 되고 어떻게 해도 먹을 수 있단다. 도토리는 쌉쌀한데 말이지." 하고 선생님이 알려주었다.

가쓰노리는 메밀잣밤나무의 열매를 갖고 돌아갔지만 먹은 기억은 없다.

어떤 맛일까?

문득 그 기억이 되살아났다. 그때는 분명 10월이었다고 기억한다. 한 해의 마지막 무렵인 지금 모밀잣밤나무의 열매가 아직 있는지는 확신할 수 없지만 가쓰노리는 어쨌든 민물고기 말고 뭐라도 좋으니 입에 대고 싶었다.

그런데 운 좋게도 그 아침에 예기치 못한 수확이 있었다.

목표로 삼은 모밀잣밤나무의 열매가 초등학교 시절의 기억과 같은 장소에 무수히 많이 떨어져 있었다. 반 이상이 벌레 먹은 열매이지만 그래도 준비해 간 편의점 비닐봉지가 가득 차서 넘칠 정도로 모았다. 그밖에도 엄지손가락 크기의 까만 무화과 모양의 나무 열매가 매달려 있는 걸 발견했다. 평소라면 거들떠보지도 않을 야생 열매다. 그 열매에 손을 뻗어 입안에 넣었다.

달았다. 야생 무화과와 비슷한 맛이 아닐까? 가쓰노리는 몰랐지만 그것은 천선과나무라는 식물의 열매였다. 그 자그마한 열매도 비닐봉지에 넣었다.

그리고 비탈길을 내려올 때 썩어가는 그루터기에 군생하는 갓이 커다란 버섯을 발견했다. 표고버섯보다도 약간 푸르스름한 빛을 띠고 있다. 직감으로 그 버섯이 느타리버섯이라는 사실을 알았다.

먹을 수 있다!

느타리버섯을 몽땅 다 캐고 가쓰노리는 흐뭇한 마음으로 산을 내려왔다.

혼묘지 돌계단을 내려가면서 어렴풋이 이른 봄에 다시 발길을 옮겨야겠다고 생각하는 자신의 모습을 깨닫고 깜짝 놀랐다. 도시 속의 원시인 생활에 자신은 익숙해지고 있다……. 나무의 새순이 돋는 시기에 분명 이 주변의 둑에는 고사리와 뱀밥, 달래가 자라날 테고 머윗대도 볼 수 있을지도 모른다. 게 다가 가시가 삐죽 난 나무는 두릅나무가 아니었던가? 두릅나무의 싹인 두릅도 딸 수 있을지도 모른다. 지폐에도 그려져 있는 나무인 오갈피의 새싹도 맛있을 것 같다.

그리고 도진마치에 돌아왔을 때였다. 도시는 일상의 활동을 되찾고 있었다. 자동차 통행량은 많지만 다행히도 인도를 지나가는 사람의 모습은 거의 없다.

가쓰노리는 묘한 눈길을 느꼈다.

기분 탓일까, 하고 생각했다. 뒤를 돌아보았지만 아무도 없다.

눈길은 아직 자신을 향한 채로 있었다.

있을 수 없는 일일 텐데.

그래서 더욱더 눈길이 느껴지는 걸까?

그리고 가쓰노리는 그 눈길의 주인공을 발견했다.

그곳은 병원 입구였다.

그 입구 앞에 어머니와 대여섯 살 가량의 여자아이가 서 있었다.

한 길 떨어진 위치에 병원 주차장이 있다. 두 사람은 주차장에 차를 두러 간 누군가를 기다리는 듯했다. 그 점은 어머니의 모습으로 추측할 수 있었다.

가쓰노리가 느낀 눈길은 그 어머니의 것이 아니었다. 어머니의 손을 붙잡고 있는 대여섯 살 가량의 여자아이가 보낸 눈길이다.

그 아이는 눈이 휘둥그레져서 가쓰노리를 뚫어져라 바라보고 있다.

믿을 수 없는 걸 보았다는 모습으로.

설마!

가쓰노리 쪽이 믿을 수가 없었다.

자신의 모습이 이 여자아이에게는 보인다는 말인가?

보고 있다! 이 아이는 자신의 모습을 보고 있다!

기적 같은 사건에 가쓰노리는 자신의 심장이 쿵쾅쿵쾅 요동치는 걸 느꼈다.

어쩌면 목숨을 건질 수 있다!

그런 생각이 소용돌이쳤다.

보이니? 꼬마 아가씨, 내 모습이.

그렇게 소리 내어 물어보고 싶었다. 하지만 역시 소리를 낼 수 없다.

다른 아무한테도…… 지금 함께 있는 어머니로 보이는 여성에게도 가쓰노리의 모습은 보이지 않는데 웬일인지 여자아이한테만은 가쓰노리의 모습이 보이는 듯하다.

어째서일까? 이유는 알 수 없지만.

- 어머니에게 전해주면 돼. 여기 내가 있다는 사실을.

그렇게 가쓰노리는 마음속으로 빌었다. 그리고 어머니가 누군가와 연락을 취해준다. 모쪼록 사법관계자에게…….

가쓰노리는 허리를 낮추고 여자아이에게 한 손을 살짝 들어 보였다. 그러고 나서 천천히 손을 흔든다.

목에 찬 고리의 반응은…… 없는 듯하다.

목에 고리를 끼우고 있으면 아무의 눈에도 보이지 않는다는 전제가 있기 때문에 목을 죄는 기능은 작동하지 않는 듯하다. 다행히도.

가쓰노리는 이 기적에 어떻게든 매달리고 싶었다. 왜 이 여자아이에게는 자신의 모습이 보이는 걸까? 배니싱 링은 사람의 뇌에 작용하기 때문에 목에 고리를 찬 사람을 맹점 안에 들어가게 한다는 설명을 들었다.

말하자면 이 여자아이만큼은 배니싱 링이 효과를 발휘할 수 없는 체질이라는 뜻인가……?

그렇다면 잘 찾아보면 이 여자아이와 비슷한 체질을 지닌 사람이 또 있을 가능성이 있지 않을까?

거기까지는 모르겠다. 하지만 그건 다음 문제다.

무엇보다도 가쓰노리는 지금 일어난 기적에 매달리고 싶었다.

다시 한 번 가쓰노리는 손을 팔랑팔랑 흔들어 보였다. 한껏 억지웃음을 지으며.

하지만…… 여자아이의 반응은 가쓰노리의 바람과는 딴판이었다. 여자아이는 어깨를 잔뜩 움츠리더니 온몸이 굳어지고 표정이 딱딱해졌다. 마치 이 세상에 존재하지 않는 요괴를 만난 듯했다.

가쓰노리는 비위를 맞추는 웃음을 거두지 않으려고 애쓰면서 한 걸음 더 여자아이에게 다가갔다.

그때까지 얼음처럼 굳어 있던 여자아이가 온 힘을 쥐어짜 용기를 냈을까. 펄쩍 뛰듯 몸을 움직여 어머니 뒤쪽으로 도망쳤다.

　어머니의 치마를 두 손으로 꼭 붙잡고 얼굴만 쏙 내밀고 가쓰노리를 숨어서 바라본다.

　"왜 그러니? 이즈미. 갑자기, 뭐가 있어?"

　어머니는 그제야 비로소 딸의 기색이 이상하다고 알아차린 듯하다.

　"엄마. 이상한 사람……. 이상한 사람이 있어."

　이즈미라고 하는 여자아이는 이미 울음 섞인 목소리를 냈다. 그리고 뒤에 숨은 채 왼손으로 가쓰노리를 가리키고 있다.

　어머니는 눈을 가늘게 뜨고 이즈미가 손가락으로 가리킨 방향을 보았다. 그곳에는 가쓰노리가 있는데.

　"이상한 사람이라니……. 아무도 없잖니."

　어머니는 어이없어하는 목소리로 이즈미를 타일렀다.

　"뭐가 있다는 거니? 아무도 없잖아."

　"있어, 저기. 엄마는 안 보여?"

　"기분 탓이니까 걱정하지 마라."

　"저기. 잘 봐봐. 때가 꼬질꼬질 낀 이상한 흰옷을 입은 사람. 목에 뭔가를 걸고 있어. 이즈미를 빤히 바라보고 있잖아. 무서워. 비쩍 말라서 꼭 유령 같아. 귀신 같아. 수염도 덥수룩하게 자라 있고."

　가쓰노리는 황급히 자신의 뺨에 손을 갖다 댔다. 뻣뻣한 수염의 감촉이 있다.

　이즈미라는 여자아이가 말한 대로다. 아무도 볼 수 없다고 믿었기 때문에 손질을 안 해서 지금은 수염도 제멋대로 쭉 뻗어 있다. 그렇구나, 하고 가쓰노리는 혀를 끌끌 차고 싶었다. 이즈미의 눈에 비친 자신은 상당히 끔찍한 모습인 게 분명하다. 죄수복도 줄곧 입고 있었다. '때가 꼬질꼬질 낀 흰옷'이라고 했지만 '흰옷'이라고 할 수 없다. 이미 누렇게 바래 더럽기 짝이 없었다. 수염만 제멋대로 비죽비죽 뻗어 있는 게 아니다. 머리털도 어깨까지 수북하게 자라 있다. 부스스하고 볼품없는 사자 같으리라. 더구나 뺨에 붙은 살도 쭉 빠져 있었다. 분명 눈빛도 번득이지 않을까? 목에 찬 배니싱 링도 확실히 인식하는 듯하다.

가쓰노리 자신조차 생각했다.

지금의 나는 분명 귀신이다. 이럴 줄 알았으면 진작 탈모 크림을 쓸 걸 그랬다. 여자아이가 덜 두려워할 만한 모습을 할걸.

그래, 이제 와서 생각해봤자 소 잃고 외양간 고치기다.

"있잖아. 저게 정말로 엄마는 안 보여?"

"이즈미. 그만 좀 해라."

어머니는 목소리가 살짝 거칠어졌다. 그래서 여자아이는 입을 다무는 수밖에 없는 듯했다.

"아무도 없으니까."

"알았어, 엄마."

어쩔 수 없이 이즈미라는 여자아이는 그렇게 대답했다. 하지만 눈길은 아직도 가쓰노리에게 머물러 있다. 그러고 나서도 어머니의 치마를 꽉 붙잡고 있었다.

어떻게 해야 할까, 가쓰노리는 망설인다. 어떻게 해야 의사를 전달할 수 있을까? 이 기회를 놓치고 싶지 않다.

왜 이런 어린아이의 눈에만 보이는 걸까? 어른이라면 이야기가 좀 더 빠를 텐데…….

가쓰노리는 여자아이에게 한 걸음 더 다가갔다. 배니싱 링이 죄어들기 시작하는 감각이 전해져 왔다. 이보다 더 가까이 가는 건 불가능하다. 목소리를 낼 수도 없다는 현실이 이다지도 안타까울 줄이야.

이즈미라는 여자아이는 자꾸 다가오는 가쓰노리를 보고 완전히 공황상태에 빠졌다. 두 눈을 질끈 감고 두 손으로 어머니의 다리를 꽉 껴안고 있었다. 눈을 감으면 "아무도 없으니까." 라고 어머니가 말했듯 가쓰노리의 모습이 보이지 않을 거라고 믿고.

"도대체 왜 그러니. 조금 떨어져. 이즈미, 듣고 있니?"

그렇게 어머니가 어이없어할 때였다.

가쓰노리보다 약간 나이가 많아 보이는 남자가 길 건너편에서 아내와 딸이 있는 곳으로 달려 왔다.

"미안, 미안. 주차장이 좀처럼 비지 않아서."

그 사람이 아버지인 듯했다. 어머니와 여자아이는 주차장으로 차를 두러 간 아버지를 기다리고 있었다. 아버지의 목소리를 들은 여자아이는 부리나케 어머니에게 떨어져 아버지한테 매달렸다.

"아빠. 아빠. 저기 귀신이 있어. 엄마는 안 보인대. 아빠는 보이지?"

이즈미라는 여자아이는 그때까지 어머니가 믿어주지 않는 답답함을 필사적으로 견뎌내고 있었다. 아버지라면 '귀신'이 있다는 걸 알아주리라 믿으며 호소했다.

이즈미의 손가락은 아까와 마찬가지로 가쓰노리를 정확히 가리키고 있었다.

아버지는 가쓰노리가 있는 방향을 힐긋 한번 바라보기만 했다. 표정 하나 달라지지 않았다.

소매를 붙잡은 어린 딸의 머리를 부드럽게 쓰다듬었다. 그러고 나서 말했다.

"그렇구나. 하지만 저 귀신은 이즈미에게 나쁜 짓을 하지 않으니까 무서워하지 않아도 돼. 이제 금방 사라질 테니까."

거짓말이다! 가쓰노리는 외치고 싶었다. 아버지의 눈에는 가쓰노리의 모습이 보이지 않는다. 하지만 어린 딸을 안심시키려고 맞장구를 쳐주고 있을 뿐이다.

"또야." 하고 아버지는 어머니에게 말했다. "보이지 않는 친구라든가 귀신이라든가 어째서 이즈미의 눈에는 잘 보이는 걸까."

어머니도 고개를 갸웃거렸다.

그리고 아버지는 다정하게 말을 건넸다.

"자, 이즈미. 이제 무서운 것이 보이지 않을 테니 안심하렴."

그리고 아버지는 여자아이를 껴안고 어머니와 함께 병원 건물로 들어갔다.

기다려요. 내가 있다는 사실을 아는 사람은 그 아이뿐입니다.

하지만 가쓰노리는 건물 안으로 들어갈 수 없었다. 배니싱 링이 반응을 보이려는 게 느껴졌기 때문이다. 공공장소인데 왜? 가쓰노리가 의사소통을 꾀하려는 마음이 너무 거셌기 때문일까. 배니싱 링은 그 사실을 민감하게 꿰뚫어 보았다……. 아니, 공공장소라도 병원은 사람의 삶과 죽음과 관련된 장소라서 소실형을 받는 죄수는 출입이 제한되어 있는지도 모른다. 실낱같은 희망의 끈이 끊어져 버렸다.

그곳에 가쓰노리 한 사람이 덩그러니 남겨졌다. 접수대 앞에서 이즈미라는 여자아이는 아직도 가쓰노리를 바라보고 있었다.

고개를 쳐드니 병원 이름이 보였다.

안과였다. 그런 문제가 아니잖나. 여자아이의 눈은 진실을 보고 있다. 하지만 그런 감정은 아무한테도 전할 수 없다.

허무함에 가쓰노리의 두 눈에서 눈물이 주르륵 흘러내렸다.

#18

그날 아침은 전날과 바깥 풍경이 싹 달라졌다는 사실을 가쓰노리는 깨달았다.

지나치게 조용하다.

평소라면 초로쿠바시를 달리는 트럭 소리에 잠이 깼을 텐데. 밖으로 나가 보았다. 가게 문 앞에는 새해 장식으로 세우는 소나무 그림이 그려진 '신춘'이라는 포스터가 붙어 있었다. '12월 30일부터 1월 3일까지 쉽니다. 새해 영업은 1월 4일부터입니다.' 가정집 처마 끝에는 일장기가 걸려 있었다. 전철길에는 자동차가 거의 다니지 않았다. 가게는 모두 닫혀 있어서 마치 이 세상에서 사람들이 싹 사라진 듯했다.

유령도시라는 표현이 딱 들어맞는지도 모른다. 하지만 전날처럼 흐린 날씨가 아니라 아무도 없는 거리에 산뜻한 햇살이 내리쬐고 있는 모습이 대조적이었다.

모든 사람들이 사회활동을 멈췄다.

각각 자신의 가정에서 한가로운 새해를 맞이하고 있겠지. 가족끼리 새해 인사를 나누고 축하 술잔을 주고받는다. 평온한 시간을 보내고 있으리라.

지금의 자신과 아예 관계없는 세계라고 가쓰노리는 생각했다. 그런 사람들이 '보이지 않는 인간'이 거리를 홀로 헤매고 돌아다닌다는 사실을 상상이나 할까?

만약에 소실형을 받지 않았다면 자신은 어떤 새해를 맞이했을까, 하고 멍하니 상상했다.

어디에도 기댈 곳이 없는 가쓰노리는 분명 편의점 도시락을 사와서 집에서 텔레비전 새해 프로그램을 우두커니 바라보면서 술을 들이켜지 않을까.

상황은 지금과 그다지 달라지지 않을 것이다. 어쩌면 자신의 삶이 한계에 다다랐다는 걸 직시할 수 있는 지금 쪽이 좀 더 주의 깊은 삶의 방식을 시도하고 있는지도 모른다. 다카쓰카 나쓰미의 존재를 모를 때는 삶이 언제 막을 내린다고 해도 아무래도 괜찮다고 생각했다.

하지만 지금은 나쓰미를 만날 때까지는 인간으로서 어떤 삶의 방식을 취하는 게 옳은지 무의식 가운데 생각하고 있다.

그 점만 봐도 사실 지금 쪽이 좀 더 인간으로서 청렴한지도 모른다.

연말에 획기적인 사건이 있었다.

어린아이이지만 가쓰노리를 가쓰노리로 지각할 수 있는 사람이 존재한다는 사실을 알았다.

배니싱 링에서는 '뇌가 감지할 수 없게 하는 미약한 특수 전파'가 발신되고 있지만 세상에는 그 특수 전파의 작용이 통하지 않는 인간도 존재한다.

가쓰노리 앞에 그런 사람이 하나 나타났으니 다른 곳에도 그런 사람들이 적잖이 존재한다고 해도 이상할 게 없다고 생각했다.

이즈미라는 여자아이가 병원 안으로 사라지고 나서 두 번 다시 그 아이를 만나지 못했다. 병원 밖 벤치에서 상당히 오랜 시간을 기다렸다. 하지만 그 가족과 다시 만나지는 못했다. 가쓰노리도 다급하게 생리적 용무를 해결해야 할 때가 있다. 만일 여자아이를 놓친 거라면 가쓰노리가 집에 갔다 온 40분 정도의 공백 시간이 틀림없다.

두 번 다시 이즈미라는 어린아이와 만날 수는 없었지만 새로운 희망의 불씨가 피어난 건 사실이다.

가쓰노리는 자신을 알아보는 여자아이를 놓치고 한동안 비탄에 잠겼지만 다른 곳에도 특수 전파의 작용이 통하지 않는 인물이 존재할 가능성을 믿기로 했다.

그것만으로도 마음가짐이 훨씬 달라졌다.

최대한 많은 수의 사람들에게 노출되는 장소로 가기로 했다. 어쩌면 몇 사람 더 있을지도 모른다. 가쓰노리를 볼 수 있는 사람이 열 사람보다 백 사람, 백 사람보다 천 사람, 하나라도 많은 수의 사람들을 만나야 한다. 아무런 가망도 없지만.

하지만 그렇게 붐비는 곳에 발길을 옮긴다는 건 반대로 말하면 가쓰노리가 예측하지 못하는 형태로 제삼자가 가까이 다가와서 목에 찬 고리가 죄어들 가능성을 안고 있다.

산뜻한 햇살에 매혹되기도 했다.

쥐 죽은 듯 고요한 전철길을 어슬렁어슬렁 계속 걸었다. 확실한 목적지도 없이.

니혼기구치 전철정거장을 지나간 곳에서 쓰보이카와 강이 흐르는 모습이 보인다. 그 다리 옆에 오테모얀 동상이 세워져 있다.

오테모얀이란 구마모토의 민요에 전해져오는 여성의 이름이다. 결혼을 한 뒤 자신과 궁합이 맞지 않는 못생긴 남편에게 일찌감치 정나미가 떨어져서 뛰쳐나왔는데 미인은 아니지만 행동력이 있는 여성이다. 서민이고 현대풍 인물로 인기가 있어서 다른 곳에서도 오테모얀 동상을 볼 수 있다.

그 오테모얀 동상 앞을 몇 가족이 걸어가는 모습이 보였다.

조금씩 사람들의 물결이 늘어나기 시작한다.

다리를 다 건너자 구마모토 역 방면에서 걸어오는 사람들이 눈에 띄게 많아지기 시작했다.

기타오카 신사로 첫 참배를 하러 가는 것이다. 신사는 길에서 돌계단을 올라가면 높고 편편한 곳에 자리 잡고 있다.

그래! 하고 가쓰노리는 떠오른 생각을 행동으로 옮겼다.

이대로 인도를 걸어가면 점점 더 붐비는 참배객과 지나치게 가까워질 가능성이 있다. 도저히 기타오카 신사까지 도착하기란 불가능해 보였다.

그렇다면, 하고 인도 옆 콘크리트로 보강된 높이 일 미터 정도의 비탈길 위로 뛰어 올라갔다. 구마모토에 신칸센이 지나가면서 최근에 길이 만들어진 장소다. 그래서 신사 가까이까지 콘크리트 비탈길 위쪽은 건축물이 없는 잔디밭으로 이루어져 있다.

그 잔디밭으로 올라간다. 장애물은 신사 앞까지 아무것도 없었다.

제삼자의 눈에 보인다면 가쓰노리의 행동은 상당히 수상쩍게 비치겠지만 인도에서 아무도 관심을 보이지 않았다.

그 주변에서 높고 편편한 곳에 있는 신사로 울려 퍼지는 엄숙한 피리와 큰북 소리를 듣고 그때까지 의식하지 못했던 '새해'를 좋든 싫든 실감했다.

인도를 지나가는 사람들도 평소처럼 서두르는 발걸음이 아니라 어쩐지 새해라서 느낄 수 있는 느긋한 걸음걸이였다. 다들 불로장수에 효험이 있는 도소주를 거나하게 마시고 찾아온 걸까.

'기타오카 신사'라고 물들인 깃발도 그 주변부터 길 가장자리에 같은 간격으로 세워져 있다.

신사 참배길로 이어지는 그곳은 이제 돌계단으로 되어 있다. 길을 따라 오래된 돌기둥 문이 서 있고 참배객은 그곳을 빠져나가 올라갔다.

돌기둥 문 오른쪽에는 나무 나이가 몇 백 년이나 된 지름이 2미터 가까이 되는 둘레를 지닌 키가 작고 탄탄한 인상의 팽나무가 뿌리를 내리고 있었다.

이곳이야말로 가장 적당한 장소라고 가쓰노리는 생각했다.

그다지 폭이 넓지 않은 돌계단을 한눈에 둘러볼 수 있고 동시에 참배객이 돌계단에서 벗어나 가까이 다가오는 일도 없다. 팽나무 밑동 언저리에 앉아 있으면 무수히 많은 수의 사람들과 만날 수 있다.

그리고 가쓰노리가 차고 있는 배니싱 링의 특수한 전파의 영향을 받지 않는 사람이 만일 또 존재한다면 오래된 나무 밑동에 있는 기묘한 옷차림의 남자에게 틀림없이 관심을 보일 것이다.

가쓰노리는 그곳에서 자신에게 관심을 보이는 인물이 존재하는지 찾기만 하면 된다.

그 인물이야말로 가쓰노리를 궁지에서 구원해줄 가능성이 있는 사람이다.

그 인물에게 일행이 있으면 더더욱 좋다. 일행들 눈에는 안 보이고 자신에게만 보인다는 사실을 알면 그 원인을 찾아보려고 할 것이다. 잘될지 어떨지는 모르지만 가쓰노리는 모험을 걸어볼 가치가 충분히 있다고 생각한다.

그렇지 않으면 뭐가 좋다고 이렇게 참배객으로 북적이기 시작하는 장소에 오겠는가.

커다란 나무의 그루터기에 앉았다.

오르내리는 참배객들의 모습을 관찰하기 시작했다.

누군가!

내 모습을 봐 주기 바란다. 지난번 여자아이처럼.

그렇게 바란다.

문득 가쓰노리는 이즈미라는 이름의 여자아이를 떠올렸다.

그때는 가쓰노리 자신이 초조했기에 무심코 넘겼지만 이제 와서 생각해보니 상당히 귀엽고 영리해 보이는 아이가 아니었던가. 하양과 파랑 원피스를 입고 긴 머리를 두 갈래로 나누어 리본을 달았다. 분명 아무런 불편함도 없이 부모님과 함께 행복한 생활을 보내고 있으리라.

눈병만 없었다면.

눈병? 정말로 이즈미는 눈병이었을까? 가쓰노리 자신을 볼 수 있다. 부모에게는 보이지 않는 모습이 보인다.

그것이 눈병일까?

병원으로 들어갈 때 이즈미의 아버지가 말했다.

"자, 이즈미. 이제 무서운 것이 보이지 않을 테니 안심하렴."

그 모습을 가쓰노리는 떠올렸다. 그렇다면 이즈미라는 여자아이는 안과에 가기 전까지 다른 '보이지 않는 것'을 보는 힘이 있었던 걸까?

그래서 부모가 알아차리고 이즈미를 데리고 간 걸까?

무서운 것…… 소실형을 받는 다른 죄수일까? 그렇지 않으면 영적인 존재를 본 걸까?

어쩌면 영능력자의 눈에는 자신의 모습이 보이는 게 아닐까…… 하고 가쓰노리는 어렴풋한 희망을 품는다.

하지만 진짜 영능력자가 존재할까?

이미 눈앞의 돌계단을 참배객이 잔뜩 오르내리고 있었다. 가쓰노리가 커다란 나무의 그루터기에 앉고 나서 단숨에 그 숫자가 늘어난 듯했다.

지나가는 사람들은 참으로 다양했다. 부드러운 직물인 플리스 옷을 맞춰 입은 노부부. 화려한 기모노 차림의 무리. 젊은 한 쌍은 손을 맞잡고 돌계단을 오른다. 양복 차림의 무리는 회사 행사로 신사 참배를 하고 있을까?

그토록 많은 수의 사람이 오가는 데 비해 웃는 표정의 얼굴은 찾기 어려웠다.

다들 자신이 놓인 상황에서 할 수 있는 일은 신에게 매달리는 길밖에 없다…… 그런 심정일지도 모른다고 가쓰노리는 생각했다. 그래서 이렇게 많은 수의 사람이 신사에 모여드는 걸까.

그 한 사람 한 사람의 표정은 요즘 세상의 모습을 반영하고 있을까. 자신이야말로 최악, 극한의 처지이지만 세상에는 고민거리가 없는 사람은 존재하지 않는다고 생각한다.

그런데…… 가쓰노리가 바라는 중요한 결과는 얻지 못했다.

누구 하나 색다른 겉모습을 한 가쓰노리의 존재를 알아차리는 사람이 없었다.

이즈미처럼 특수한 시력을 지닌 사람은 나타나지 않았다.

이제까지 이 돌계단을 가쓰노리의 눈앞에서 몇 명이나 지나

갔을까. 컨베이어로 흘러가듯 몇 백 명, 아니 그 이상이 지나
갔을 것이다.

하지만 그 가운데 가쓰노리를 알아보는 사람은 하나도 없
었다.

그 이즈미라는 여자아이는 몇 만 명에 하나…… 아니, 몇 십
만 명에 하나인 특별한 아이인지도 모른다.

하지만 아직 희망을 버릴 수는 없다. 참배하는 사람의 발길
이 끊어지기 전까지는…….

가쓰노리에게 관심을 보이는 사람이 느닷없이 나타날지도
모르기 때문이다. 하지만 그것은 기대하기 어려운 희망이다.

그저 강물의 흐름과 비슷한 사람들의 이동을 내내 바라보기
만 할 뿐이다.

갑자기 이야기 소리가 귓가에 와 닿았다.

인도 부근에서 남자 둘이 멈춰서 이야기를 나누었다. 두 사
람 모두 일흔을 넘긴 노인이었다. 둘 다 귀가 어두운지 커다란
목소리로 이야기하고 있었다. 그래서 그 대화가 가쓰노리의
귓가에 와 닿았으리라. 두 사람은 여기서 우연히 오랜만에 얼
굴을 마주한 걸까?

이런 이런, 이런 곳에서 만나다니요.

이거 참 기이한 우연입니다. 신이 이끌었는지도 모르겠군요.

건강하십니까. 별고 없으셨죠…… 하고.

그리고 두 사람은 고개를 서로 숙이고 새해 인사를 나누었
다. 어지간히 두 사람은 친했는지 재회를 기뻐하고 다른 참배

객에게 방해가 되지 않도록 길 가장자리로 옮겼다. 그래서 가쓰노리는 좀 더 가까운 위치에서 두 사람의 대화를 들을 수 있었다.

가쓰노리는 타인의 대화라도 귀로 들을 수 있다는 사실이 기분 좋았다. 최대한 오랫동안 이야기를 해주기 바랐다.

"어떻습니까. 최근에는……."

"이거 참. 저희 집은 아들이 최근에 명예퇴직을 당했습니다. 집안의 기둥이 그런 처지라서 분위기가 조금 어둡습니다. 제 연금도 일부를 집에 내놓았으면 하는 이야기가 나올 정도라니까요."

"그렇습니까? 다들 비슷하군요. 저희는 가게 문을 큰 마음 먹고 닫았습니다. 적어도 적자가 나서 돈이 새어나가는 걸 막은 것만 해도 다행이라고 생각하거든요. 우리 아이가 먼저 세상을 떠나서 저희 집은 자식도 없고 먹고살 수만 있는 정도면 됩니다."

"그렇군요. 피차 세상살이가 힘들다는 이야기만 했군요. 날마다 신문이나 텔레비전을 봐도 마음이 후련해지는 뉴스는 하나도 없더군요."

"세상이 요즘 최악의 상태죠. 이제 경기가 좋아지는 세상 따위 오지 않을 것 같은 기분이 듭니다."

그 두 사람은 앞 다투어 푸념을 늘어놓았다. 두 사람은 오랜만의 재회와 더불어 시간만큼은 남아도는 듯 앉아서 이야기를 하기 시작했다.

노인들이 나누는 대화를 듣고 조금이나마 세상의 상황을 가쓰노리는 가까스로 이해한 듯한 기분이 들었다.

세상은 가쓰노리가 소실형을 받는 동안 경기가 급속도로 악화되어 가기만 한 듯하다.

세상의 정보에서 격리되어 있는 가쓰노리는 귀를 바짝 기울이는 것만으로도 신선한 놀라움이었다. 거리를 걷다가 셔터가 내려져 있는 가게를 걸핏하면 발견하는데 노인들이 하는 이야기에 비춰보니 이해가 갔다.

그 뒤에도 노인 두 사람은 정보를 계속 나누었다. 서로 아는 사람들의 소식을 주고받는다. A라는 인물은 병에 걸렸다는 이야기가 있었는데 눈 깜짝할 사이에 세상을 떠났다고 한다. B는 소식두절이 되었는데 어떻게 된 걸까. 이런, B는 사업이 망했다고 하는데 그 뒤로 모습을 본 적이 없다. 이제 구마모토에는 없다는 이야기인데.

그런 이야기가 이어졌다. 두 사람이 이야기에 불씨를 지피고 얼마나 세상이 삭막해졌는가 구체적인 예를 잇달아 말하자 요즘 세상의 모습이 저절로 그려졌다. 가쓰노리의 처지에서도 듣고만 있어도 온통 견디기 괴로운 일들이었다.

"어쨌든 이만큼 경기가 나빠지고 실업자가 넘쳐나면 사람들은 궁지에 몰리잖아요. 범죄가 늘어났다고 생각하지 않습니까?"

"확실히 그래요. 혐오스러운 세상이 되어 가고 있어요. 사람들이 남의 눈은 신경 쓰지 않는 상태가 되었다는 기분이 듭니다. 무슨 일이 일어나도 전혀 이상하지 않을 듯한. 그렇죠?"

"그러고 보니 작년 하반기부터 일어난 젊은이 실종 사건은 도대체 뭘까요. 벌써 서너 건 일어나지 않았습니까. 그것도 정체를 알 수 없는 섬뜩한 사건이었죠. 더구나 구마모토에서 일어났다니 기분이 나쁘군요."

가쓰노리는 귀를 기울이고 있다가 깜짝 놀라서 노인들을 바라보았다. 모르는 게 당연하지만 구마모토에서 그렇게 괴상한 사건이 일어나다니. 젊은이의 실종……?

단순 가출이 아닌 걸까?

"실종된 젊은이들은 다들 평범한 젊은이로 가출할 이유도 전혀 없다고 하지 않습니까. 마치 어느 나라에 납치된 것 같은…… 그렇죠?"

다른 노인 한 사람이 어깨를 움츠렸다.

"몰랐습니까? 며칠 전인데요. 처음에 실종된 젊은이의 사체가 발견되었다고 합니다. 만니치야마의 온갖 나무들이 자라는 숲에서요."

"앗. 그럼 납치되어 살해당했다는 말입니까?"

"그런 것 같습니다. 라디오 뉴스에서 그랬답니다. 무슨 변고인지 깊숙한 숲에 알몸으로 방치되어 있었다고 하더군요. 강아지랑 산책하던 주인이 발견한 모양입니다. 아마도 강아지가 발견했겠죠."

"이런, 세상이 뒤숭숭하네요."

"더구나 사체가 말입니다. 내장이 없었다는군요. 빼갔다는

데요."

들고 있던 노인은 우웩…… 하고 소리 없이 토하는 시늉을
했다.

"만니치야마라면 바로 가까이에 있지 않습니까. 저는 너무
걱정되고 무섭군요."

"괜찮아요. 실종된 남녀는 모두 20대 중반이라고 합니다. 저
나 그쪽은 나이가 지긋하니까 걱정 없습니다."

가쓰노리도 그 이야기를 듣고 커다란 충격을 받았다. 아무
것도 알지 못하고 걸어 다녔던 행동 범위 안에서 그런 엽기적
인 사건이 벌어졌을 줄이야. 믿을 수 없는 마음이었다.

노인 두 사람은 그 뒤로도 쓸데없는 잡담을 하다가 가까운
시일 내에 술을 한잔 마시러 가자고 약속하고 서로 다른 방향
으로 헤어졌다.

변함없이 무수히 많은 수의 사람들이 신사로 빨려 들어가고
토해져 나왔다. 각자 손에 화살과 지폐를 들고.

하지만 이만큼의 사람들이 가쓰노리 앞을 지나가도 누구 하
나 가쓰노리의 존재를 알아차리는 기색은 없었다.

햇빛이 비치고 있다고 해도 1월의 냉기는 가쓰노리를 아래
부터 차갑게 만들고 있다. 두 손을 발에 대자 마치 얼음에 손
을 댄 것처럼 차가웠다.

지금 가쓰노리는 그 냉기와 싸움을 벌이고 있다.

부탁이니까.

누구라도 좋으니까. 내 모습을 봐 줘. 알아봐 줘.

가쓰노리는 엉거주춤한 자세로 넓적다리부터 무릎까지 두 손으로 거칠게 문지른다. 마찰하면 조금은 따뜻해지지 않을까. 눈은 사람들 무리를 쫓아가면서도.

숨을 죽였다.

그 아이가 있다. 확실히 이즈미였다.

아버지에게 안겨 있는 기모노 차림의 이즈미다. 그 옆에 어머니도 있다. 세 사람은 돌계단을 오르려고 했다. 잘못 보았을 리가 없다.

가쓰노리는 일어섰다. 두 손을 흔든다. 이즈미, 나는 여기에 있어. 기억하고 있지.

이쪽을 봐 줘. 그리고 나를 알아차리면 지난번처럼 부모님에게 내가 있다고 전해줘.

가쓰노리는 정신없이 그 자리에서 여러 번 폴짝폴짝 뛰었다. 목소리를 낼 수 없으니 과장된 몸짓으로 관심을 끄는 수밖에 없다.

이미 자신은 이즈미의 시야에 들어왔을 것이다. 이 정도로 커다란 움직임을 보였으니 반드시 알아봐 줄 것이다. 그렇게 믿었다.

하지만 이즈미는 가쓰노리를 알아보지 못했다. 아버지 품에 안겨서 이야기를 나누며 꺄르르 웃고 있을 뿐이다.

왜일까. 저 아이는 왜 나를 알아보지 못하는 걸까.

이즈미가 천천히 고개를 가쓰노리 쪽으로 향했다. 그때 가쓰노리는 소스라치게 놀랐다.

이즈미는 왼쪽 눈에 안대를 하고 있었다. 그 아이는 가쓰노리를 알아차린 기색도 없이 다시 아버지 어깨에 웃으면서 안긴다.

이즈미의 눈에는 이제 가쓰노리의 모습은 보이지 않는다. 그 왼쪽 눈이 바로…….

가족 세 사람은 멀거니 서 있는 가쓰노리 앞을 지나서 신사로 쑥 들어갔다.

#19

가쓰노리는 또다시 절망의 늪에 빠져 버렸다. 그렇게 많은 수의 새해 신사 참배객이 가쓰노리 앞을 스쳐지나가면서 누구 하나 가쓰노리의 존재를 알아차리는 사람이 없었기 때문이다.

그뿐만이 아니다.

가쓰노리의 존재를 알아보는 사람이 있을 거라고 암시해준 이즈미라는 여자아이. 그 아이에게도 지금은 가쓰노리가 '보이지 않기' 때문이다.

희미한 빛이었는데 그것마저 사라져 버렸다.

기타오카 신사에서 돌아가는 길에 다이헤이 다리 아래 자갈밭으로 내려가 버드나무 밑동에 허무한 마음으로 작은 돌을 한 개 올려놓았다.

이미 작은 돌은 사각뿔 모양으로 완성되어 가고 있었다. 마치 산길에서 이정표가 되어주는 돌탑을 연상시키는 피라미드 같다.

지금은 이 습관도 그만둘 수 없는 타성에 가깝다. 돌이 하나 늘어난다고 달리 느끼는 바도 없다.

문득 나쓰미의 존재를 떠올렸다.

그때…… 아야나가 바로 그 길 위에서 칼에 찔리기 전에 들렸던 나쓰미의 아련한 목소리를 기억한다. 그 사건 후 나쓰미의 목소리가 가쓰노리의 마음에 와 닿은 적은 없다.

쓸쓸하다.

한없이 나쓰미의 목소리가 듣고 싶다. 자신의 이름을 불러주기 바란다.

마음속으로 그 순간 그렇게 빌었다.

어떤 정신 상태에 있을 때 나쓰미의 목소리가 들릴까. 통합실조증인 환청이라고 해도 가쓰노리는 상관없었다. 어쨌든 나쓰미와 이야기하고 싶다.

- 저 말인가요.

별안간 나쓰미가 대답했다.

또렷이 들린다. 틀림없다. 나쓰미의 목소리다. 지난번처럼 희미한 목소리가 아니다.

가쓰노리는 엉겁결에 등 뒤를 돌아볼 정도로 놀랐다. 마치 나쓰미가 가쓰노리 바로 곁에 있는 것처럼 느껴졌기 때문이다. 물론 아무도 없었다.

– 아사미 가쓰노리 씨. 저를 불렀나요?

가쓰노리는 온몸에 소름이 돋는 걸 느꼈다. 이것이 꿈이라면 깨지 않기 바란다. 환청이라도 상관없다.

– 아사미 가쓰노리입니다. 지금 나쓰미 씨와 이야기하고 싶다고 빌었습니다.

그러니까. 그래요…… 해피 뉴 이어. 새해 복 많이 받으세요. 오늘은 설날입니다.

그토록 나쓰미와 이야기하는 것을 간절히 기다렸는데 왜 쓸데없는 소리밖에 하지 못할까, 하고 가쓰노리 스스로 조바심이 났다. 좀 더 나은 말은 할 수 없었나.

잠시 나쓰미의 목소리가 들려오지 않았다. 보이지 않는 생각의 실전화 실이 끊어졌을까? 아무쪼록 이어진 채로 있기 바란다.

끊어진 건 아니었다.

– 미안해요. 지금이 새해인가요? 어쩐지 기분이 들뜨고 멍한 상태라서 잘 모르겠지만. 가쓰노리 씨가 방금 그렇게 말했죠.

그 대답은 가쓰노리에게 수수께끼였다. 전에 나쓰미의 목소리를 들었을 때도 그녀는 자신이 있는 곳을 모호하게 답한 적이 있다. 그리고 지금…….

지금이 새해라는 사실을 모른다는 건 무슨 까닭일까. 가쓰노리처럼 모든 정보가 차단되어 있어도 세상의 모습으로 새해가 되었다는 건 알 수 있다.

나쓰미는 왜 그 사실을 모를까. 보통 사람이라면 새해가 밝왔다는 것 정도는 안다. 그것을 모르는 이유는…….

역시 나쓰미는 현실에 존재하지 않는다, 가쓰노리의 상상 속에서 태어난 여성일까?

하지만 머릿속에 떠오른 의문은 제쳐 두고 가쓰노리가 대답했다.

─ 지금 기타오카 신사에 갔다 오는 길입니다. 새해 첫 참배객 숫자가 엄청났어요.

─ 역시 그랬군요. 기타오카 신사에 다녀온 적이 있어요.

─ 그리고 저, 당신이 실제로 존재하는지, 지금 반쯤 믿고 반쯤 의심하고 있죠. 목소리가 들렸다 안 들렸다 하기 때문일까요.

─ 지난번에도 가쓰노리 씨 목소리가 들렸어요. 제 목소리는 귓가에 또렷이 가 닿지 않았나 봐요. 제 목소리에 대답하지 않았어요. 가쓰노리 씨가 저를 찾아 돌아다닌 건 확실히 알지만요. 하지만 그때는 가쓰노리 씨에게 굉장히 불쾌한 일이 일어나지 않았나요? 갑자기 가쓰노리 씨의 비명 같은 소리가 들리더니 딱 끊겨 버렸거든요.

그때 사건을 말하고 있다…… 하고 가쓰노리는 생각한다. 아야나가 눈앞에서 칼에 찔린 사건이다. 나쓰미의 목소리가 희미하게만 들렸기 때문에 자신의 목소리도 나쓰미에게 거의 가 닿지 않을 거라고만 생각했다.

사실은 그렇지 않았다.

듣기 힘들었던 건 나쓰미의 목소리뿐이고 가쓰노리의 목소리는 나쓰미에게 제대로 가 닿았다.

그렇게 생각하면 아야나가 살해당할 때 나쓰미에게 보내는 목소리를 중단한 건 정말이지 요행이라고 할 수 있을지도 모르겠다. 그런 비참한 상황을 나쓰미에게 보여주고 싶지도, 알려주고 싶지도 않다.

- 네, 정말로 최악의 광경을 그 뒤에 목격했습니다. 나쓰미 씨는 모르는 편이 좋습니다.

- 그렇군요. 신경 써 주셔서 고마워요. 그런데 지금까지도 가쓰노리 씨의 마음에 억울함을 느끼는 감정의 흔적이 '보이기' 때문이에요.

- 보입니까?

- 네. 억울함이 남아 있는 게 느껴져요.

- 나쓰미 씨는 지금 무엇을 하고 있습니까?

- 누워 있지 않나 싶어요.

- 아픈가요?

- 아프지는 않아요. 잠이 들면 가쓰노리 씨의 목소리가 들리지 않아요. 잠에서 깨도 가쓰노리 씨의 목소리가 들리지 않아요. 잠들지도 않았고 깨어 있지도 않아요. 어느 쪽도 아닌 상태일 때 가쓰노리 씨와 이야기를 나눌 수 있어요. 그래서 멍청하다고 생각해요, 저.

가쓰노리는 나쓰미를 새삼 신기한 여성이라고 생각한다. 꿈도 현실도 아닌 상태라는 건 도대체 어떤 상태일까? 그래서 계절 행사를 인식조차 하지 못하는 걸까?

- 멍청하다고는 도저히 생각되지 않네요. 나쓰미 씨는 제대로 확실히 대답하고 있어요.

- 고마워요.

가쓰노리는 생각했다. 이렇게 마음이 이어지는 현상은 나쓰미가 특수한 정신 상태에 놓여 있기 때문에 가능한 현상이 아니었을까? 굶어 죽기 직전의 몽롱한 가쓰노리의 마음과 있을 수 없는 의식의 경계에 놓인 나쓰미의 마음이 만난 건 일종의 기적이 아니었을까?

그리고 나쓰미가 물었다.

- 가쓰노리 씨는 어떤 사람인가요? 제 꿈속의 목소리? 실제로 존재하는 사람?

나쓰미도 가쓰노리와 비슷한 궁금증을 털어놓는다. 동시에 다른 목소리도 메아리쳤다.

- 가쓰노리 씨는 지금 무엇을 하고 있나요? 어디에 있어요?

가쓰노리에게 한꺼번에 다양한 관심과 의문을 나타냈다.

어떻게 대답해야 할까. 소실형을 받은 죄수라는 사실을 솔직히 말하면 나쓰미가 겁을 집어먹지 않을까. 하지만 거짓말을 하고 싶지 않다. 자신이 나쁜 사람인지 그렇지 않은지는 나쓰미가 판단해야 할 문제인지도 모른다.

그러나 이대로 나쓰미를 잃고 싶지는 않다.

마음속으로 그립다고 생각하기 때문이다.

그러고 나서 엇? 하고 가쓰노리는 다시 생각한다. 나쓰미와 처음으로 마음이 이어지고 나서 나쓰미를 상상할 때 웬일인지

늘 아야나의 모습과 겹쳐져서 서둘러 아야나의 이미지를 떨쳐내 버렸다.

하지만 지금은 그렇지 않다.

아야나의 주술에서 해방된 걸까? 나쓰미를 나쓰미로서 그리워하는 가쓰노리가 있다.

아직 나쓰미의 얼굴도 모습도 본 적이 없는데.

그래도 사랑이라고 말할 수 있을까?

– 지금은…… 자갈밭에 있습니다. 뉴스카이 호텔 앞의 다이헤이 다리 옆의 자갈밭.

– 시라카와 강 근처? 왜 그런 곳에?

– 버드나무가 몇 그루 군생하고 있습니다. 그 버드나무 아래에 돌을 올려놓습니다. 작은 돌을 날마다 하나씩 올려놓습니다.

마음속으로 생각한다. 가쓰노리는 거짓말을 하려고 하지 않는다. 그냥 설명하면 나쓰미가 이해해 줄지 어떨지 알 수 없다. 올바르게 이해하도록 해주려면 그곳에 이르는 과정까지 알아야 한다.

어디서부터 설명하면 제대로 이해할 수 있을지 갈피를 못 잡았다.

– 고생 많았죠. 그렇게 괴로운 하루하루였군요…….

가쓰노리는 나쓰미의 목소리를 듣고 그만 머릿속이 새하얗게 되어 버렸다. 앞으로 어떻게 설명할까, 말을 고르고 있었는데. 가쓰노리는 자신이 입을 딱 벌리고 있다는 사실을 깨닫지 못했다.

그리고 이윽고 그런가…… 하고 깨닫는다. 나쓰미는 가쓰노리가 말을 떠올리기 전에 가쓰노리의 마음을, 그리고 가쓰노리의 기억을 읽어 들이는 듯하다.

– 미안해요. 가쓰노리 씨의 여러 가지 목소리가 한꺼번에 전해져 와서 '보고' 말았어요. 고생 많았죠. 그런 일이…… 있었군요? 도저히 믿을 수가 없어요. 그리고…… 지금도 고생하고 있군요.

역시 그렇다……. 가쓰노리는 자신도 모르게 이마에 흐르는 진땀을 닦아냈다. 그렇다면 나쓰미는 자신이 아야나와 관련되어 범죄를 저지른 사실도, 지금 이렇게 소실형을 받고 있다는 사실도 모두 알고 있는 듯하다.

– 그게 저입니다. 그래서 속죄하려고 소실형을 받고 있습니다. 복역 기간은 끝났지만 목에 찬 배니싱 링이 저를 해방시켜 주지 않습니다.

가쓰노리는 그 말을 전하고 마음이 살짝 놓이는 것을 깨달았다.

이제 나쓰미에게 감추고 있는 건 아무것도 없다. 그렇게 생각하자 반대로 어깨의 짐을 내려놓은 듯한 기분마저 들었다. 그런 상태의 가쓰노리를 나쓰미가 받아들여 준다면.

– 저는 나쓰미 씨를 좀 더 알고 싶습니다. 나쓰미 씨는 어떤 사람입니까?

– 저요? 저 말인가요? 부끄럽네요. 그 근방에서 눈에 띄지

않는 평범한 여성이라고 생각해요.

동시에 나쓰미 마음속의 영상이 가쓰노리의 마음으로 우르르 흘러들어왔다.

걷고 있는 거리는 시모토오리의 풍경일까. 컴퓨터 앞에서 자판을 두드리는 하얀 손가락. 여성 몇 사람과 케이크를 먹고 있는 나쓰미. 여성들은 또래 친구들일까? 다들 자지러지게 웃고 있다. 악보, 그리고 가쓰노리가 모르는 클래식 멜로디. 건반을 두드리는 나쓰미의 손가락.

그 모습은 모두 나쓰미가 플래시백처럼 떠올리는, 그녀가 보는 세계라는 사실을 알게 되었다.

그녀도 가쓰노리의 과거를 이렇게 환각처럼 보았을까?

눈앞에는 시라카와 강의 몹시도 추워 보이는 흐름이 또렷이 보인다. 하지만 가쓰노리의 마음속에 보이는 건 완전히 다른 풍경이다.

나쓰미가 지내는 일상의 풍경.

영상은 눈이 팽팽 돌 정도로 확확 바뀐다.

버스에서 내려서 걸어간다. 그 풍경은 가쓰노리도 본 기억이 있다. 신마치의 버스정류장이다. 오른쪽에 보이는 특징 있는 가게는…… 쇼와시대 초기에 만들어졌을까. 나가사키 서점 건물이다.

나쓰미는 지금 자기 집에 돌아가려고 한다. 하지만 이상할 정도로 속도가 빠르다. 마치 빨리감기를 한 것처럼.

상점가에서 골목으로 꺾어진다. 길 양쪽에는 나무가 쭉 심어져 있다. 주택가다.

이곳은 알고 있다……. 이 장소는 안다.

그리고 오른쪽 양옥집으로 들어간다. 그곳이 다카쓰카 나쓰미의 집이다.

다시 영상이 한꺼번에 몇 가지나 플래시백했다.

그 가운데 영상 하나에 마음을 빼앗겼다.

젊은 여자가 이쪽을 보고 있다.

자신의 입술에 빨간 립스틱을 바르려고 한다. 마음의 준비를 단단히 하고 진지한 눈으로.

그 모습은 누구일까, 가쓰노리는 확실히 알았다.

나쓰미가 나가기 전에 거울 앞에 앉아 있다. 이 모습은 화장하는 나쓰미의 기억이다.

평범한 여성이라고 나쓰미는 자신을 평가했다.

그렇지 않다. 충분히 매력적이다. 나이는 스물두세 살쯤 되었을까. 머리카락은 짤막하고 소년처럼 보이는 인상이다. 하지만 피부가 하얗고 갸름한 얼굴 생김새. 눈초리가 길지만 큼지막한 눈이 이지적이라고 가쓰노리는 느꼈다.

그 여성이 바로 다카쓰카 나쓰미다.

- 나쓰미 씨.

엉겁결에 가쓰노리는 나쓰미를 불렀다. 나쓰미의 기억과 사고의 영상이 흔적도 없이 사라지듯 딱 끊겼다.

- 네.

나쓰미의 목소리가 그렇게 대답했다.

가쓰노리는 나쓰미가 더할 나위 없이 사랑스럽다고 느꼈다.

— 나쓰미 씨가 어떤 사람인지 알았습니다. 저는 지금 당신과 만나고 싶습니다. 만나도 제 모습은 보이지 않습니다. 그래도 만나고 싶어요.

가쓰노리는 지금 확실히 나쓰미를 사랑하고 있다는 걸 깨달았다. 만나도 말을 건넬 수 없다. 가까이 다가갈 수도 없다. 하지만 만나지 않고는 배길 수가 없다.

— 그런데 저는 지금 어디에 있는지 잘 모르겠어요……. 현실도 아니에요. 잠이 들지도 않았어요. 그렇게 붕붕 떠 있는 지금의 제가 있는 곳이 어디인지…….

— 나쓰미 씨의 기억을 통해 어디에 있는지 압니다. 그곳으로 갈 작정입니다.

— 정말인가요? 정말로 제가 어디에 있는지 알아요?

— 신마치 근처라는 건 압니다. 위치도 대강 파악했어요. 최대한 빨리 찾아가겠습니다. 괜찮죠? 제가 찾아가도 아마 나쓰미 씨는 제가 있다는 사실도 모를 겁니다. 스토커처럼 생각되는 건 싫으니까 그만두라고 하면 참겠습니다만.

그런데 나쓰미의 대답이 모호했다. 의식적으로 모호한 답을 하는 건 아닌 듯했지만.

— 아마 오셔도 그곳에 있을지 잘 모르겠어요. 이곳은 어디일까요? 왜 제가 이곳에 있을까요……. 어째서 몽롱함 속에 있는 걸까요.

그때 가쓰노리는 나쓰미의 목소리가 들릴 때와 들리지 않을 때가 있다는 법칙 같은 것을 깨달았다. 나쓰미가 정신이 또렷할 때는 가쓰노리에게 목소리가 전해지지 않는다. 그리고 깊이 잠들어 있어도 나쓰미의 사고는 와 닿지 않는다. 나쓰미가 정신이 또렷해지기 전까지의 무렵, 깊이 잠이 들려는 찰나에 가쓰노리와 마음이 이어진다고 확신했다.

－ 나쓰미 씨.

다시 한 번 불렀다. 갑자기 나쓰미의 느낌이 사라져 버렸기 때문이다. 목소리가 들리기 시작했을 때와 마찬가지로 아무런 조짐도 없이.

그때까지 시야에는 나쓰미의 이미지밖에 없었다. 하지만 지금은 눈앞에 보이는 시라카와 자갈밭만이 있다.

부질없다고 생각하면서도 주위를 빙 둘러보았다. 어느 방향에서 아직도 계속 가쓰노리를 부르는 나쓰미의 목소리를 들을 수 있지 않을까 바라면서.

물론 나쓰미의 목소리는 끊어진 상태다. 기울어가는 해가 겨울 구름에 가려지려고 한다.

하지만 소망이 사라져버린 건 아니다. 나쓰미가 자신이 어디에 살고 있는지 정보를 남겨주었기 때문이다.

자갈밭에서 산책로로 올라갔다.

맞은편 강기슭의 자갈밭에서는 초등학생 몇 명이 천진난만하게 연날리기를 하는 모습이 눈에 들어왔다.

자신의 집으로 돌아오는 동안에도 복잡한 심정이었다. 역시 자신의 모습을 알아보는 인간은 존재하지 않을지도 모른다는 걸 확인했다. 그것뿐이라면 절망하는 수밖에 없다.

그러나 마지막 희망이 되살아났다.

다카쓰카 나쓰미와 다시 이야기를 나눈 일. 그뿐만이 아니다. 오늘 마음이 이어지고 나쓰미가 공상의 인물이 아니고 실제로 존재하는 여성이라고 확신했다.

게다가…… 게다가……. 절대로 쓸쓸해서만은 아니다. 아무래도 가쓰노리는 나쓰미를 사랑하게 된 것 같다. 아야나에게도 품지 않았던 감정을 나쓰미에게 품고 있다.

떠오른 모습은 거울 앞에 앉아 자신의 입술에 립스틱을 바르는 그녀의 표정이다. 빨려 들어갈 듯한 눈동자를 떠올린다. 그 모습이 자꾸만 자꾸만 마음속에 떠오른다.

가쓰노리가 자기 집으로 이어지는 맨션 계단을 올라갈 때였다.

여성의 비명이 들렸다.

딱 한 번, 또렷이.

멈춰서서 부리나케 앞쪽으로 뛰어갔다. 길에는 아무도 없었다.

지금 들린 비명의 주인공은 진짜로 목소리를 낸 게 아니라는 사실을 그제야 깨달았다.

비명은 가쓰노리의 머릿속에만 울려 퍼졌다.

지금의 비명은 나쓰미가 질렀다. 다른 사람은 생각할 수도 없다.

나쓰미에게 무슨 일이 일어나고 있다!

가쓰노리는 그것 말고는 아무것도 떠올릴 수 없었다.

왜 그녀가 비명을 질렀을까?

악몽을 꾸었을까?

뜻을 담은 말이었다, 분명…….

확실히 알아듣지는 못했다. 하지만 "싫어!"라든가 "도와주세요."라는 종류의 외침이었다.

처음에는 새로 날을 잡아 신마치의 나쓰미 집을 찾아가려고 생각했다. 탈모크림을 바르고 옷차림을 가다듬고.

하지만 그 비명을 들은 지금은 이제 달리 아무것도 생각할 수 없다.

다행히 지금은 설날이다. 자동차의 통행도 적다.

뛰어가는 게 우선이다. 자신이 무엇을 할 수 있는지는 모른다. 하지만 나쓰미의 신변에 무슨 일이 일어나고 있다는 사실은 알 수 있다.

어떻게 해야 하는가 생각하는 건 그다음 일이다.

일찍이 소실형 복역 기간에 접어들고 나서 지금까지 가쓰노리가 질주했던 적이 있다면 노숙자 아라토가 습격을 당하려고 할 때 정도일까. 그밖에는 주위에 신경을 쓰면서 조심스레 걸었다.

그러나 지금은 뛰어간다. 태어나서 처음으로 사랑한다고 느낀 여성을 도와주러.

나쓰미가 사는 신마치의 집을 향해. 숨이 끊어지든 다리가 뒤엉키든 아랑곳하지 않고.

#20

가쓰노리가 신마치 상점가에 도착했을 때는 이미 주위는 어둑어둑해지고 있었다.

상점가는 완전히 모든 가게가 셔터를 내리고 새해 장식만이 걸려 있었다.

사람이 지나다니지도 않는다. 마치 버려진 거리 같다. 가쓰노리에게는 다행이었다. 주위 사람들과 지나치게 가까워지지 않을까 걱정하지 않아도 된다.

전철길 옆에서 상점가로 접어든 가쓰노리는 곧장 나쓰미의 기억 속에 남아 있는 거리로 발걸음을 재촉했다.

이 주변은 히시야마 상점에서 판매를 하던 시절에도 여러 번 배달을 하러 다닌 적이 있기 때문에 길의 이미지는 금세 전해져 왔다. 루트 세일즈를 하던 시절에 담당 지역은 아니었지만 지역 담당자가 자리에 없을 때 긴급 배달이 들어와서 회사에 있던 가쓰노리가 이따금 싫은 얼굴은 전혀 보이지 않고 상품을 갖다 주기도 했다. 그 거리에도 미용실이 하나 있었다. 두 번 정도 상품을 갖다 줬는데 처음에는 미용실의 위치를 몰라서 그 거리를 몇 번이나 왔다 갔다 헤맨 적도 있다. 그렇기에 싫더라도 그런 특징 있는 거리는 잊을 수가 없다.

제2차 세계대전 때 이 지역은 공습을 당하지 않았다. 그래서 목재를 주로 써서 지은 가정집이 줄줄이 처마를 잇대고 있다. 그리고 가정집뿐만 아니라 오래된 상가 건물도 남아 있다. 길 양옆에는 걷는 사람에게 여름날 그늘을 제공해줄 정도로 우거진 나무가 같은 간격으로 서 있다. 그 모습은 다른 곳에서는 볼 수 없는 광경이다.

그래서 가쓰노리가 나쓰미의 이미지 속에서 그 풍경을 발견했을 때 헷갈릴 리 없다고 확신했다.

나쓰미가 살고 있는 게 틀림없는 골목길에서 오른쪽으로 꺾어졌다. 그 골목길 중간에서 고라이몬 터와 통하는 길도 이미지 속에 존재했다.

나쓰미가 사는 곳은 그 앞의 왼쪽. 아담한 낡은 양옥을 연상시키는 집이었다.

웬일인지 가슴이 두근두근했다. 마음속으로 이어진 지금 어디에 있는지도 모르는 여성이 사는 집을 이렇게 쉽게 알 수 있다니.

그리고 불안한 점은 느닷없이 들린 나쓰미의 외침이다. 그 이유가 무엇인지 알 수 없다. 어쨌든 나쓰미에게 도대체 무슨 일이 일어났는지, 일어나려고 하는지 확인하고 싶다.

가까이 다가갈수록 심장 고동이 빨라지고 아울러 정말로 이미지에서 본 대로 나쓰미의 집이 존재하는가도 불안했다.

만약 존재하지 않는다면…… 모든 것은 역시 가쓰노리의 망상이었다는 사실이 증명된다.

그것도 불안했다.

그래서 오른쪽 나무 그늘에 가려진 서양풍 집을 자신의 눈으로 보았을 때는 덩실덩실 춤이라도 추고 싶은 심정이었다.

문기둥에 '다카쓰카'라는 대리석 문패가 박혀 있었다. 가쓰노리는 잠깐 숨을 멈췄을 정도로 기뻤다.

틀림없다. 다카쓰카 나쓰미는 실제로 존재한다.

그때까지 나쓰미가 틀림없이 실제로 존재한다는 건 믿고 있었다. 하지만 그렇게 믿고 있었어도 마음 한구석에서는 어쩌면 가공의 존재인지도 모른다고 두려워하는 자신의 모습도 있었다.

하지만 역시 망상이 아니었다. 이미지가 이끈 대로 찾아오니 플라타너스 나무 그늘에 가려 있는 나쓰미의 집이 존재했다.

기쁨으로 몸을 흔들고 그 자리에서 가볍게 스텝을 밟으며 대문 안을 관찰한다.

물론 가쓰노리는 배니싱 링이란 속박 때문에 다른 사람의 집 안으로 들어갈 수는 없으므로 대문 바깥에서 동정을 살피는 수밖에 없다.

대문 주위에는 나무로 만든 나지막한 울타리가 둘러쳐 있었다. 가쓰노리의 허벅지 정도 높이밖에 안 된다. 널빤지 모양의 울타리에는 파란 페인트가 칠해져 있지만 세월이 흘러 칠이 꽤 벗겨져 있었다.

나쓰미는 태어났을 때부터 줄곧 이 집에 살고 있을까?

대문은 좌우 울타리 한가운데 있고 오른쪽 울타리 저편에는 손바닥만 한 정원이 있는데 백량금 나무가 한 그루 서 있고 그 주위에는 아무것도 심어져 있지 않은 화분 몇 개가 아무렇게나 놓여 있을 뿐이다.

대문 왼쪽 울타리 저편에는 길 가까이까지 집이 불룩 튀어나와 있다. 집 외부 장식은 나무를 썼고 베이지색 페인트가 칠해져 있었다. 그 가운데 쑥 나온 창문이 있는데 안은 두터운 커튼이 쳐 있어서 엿볼 수가 없다.

대문에서 3미터 정도 앞에 현관문이 있었다. 물론 현관은 잠겨 있다.

현관에는 새해 장식도 없고 대문에는 새해를 축하하는 깃발도 걸려 있지 않았다.

이곳은 새해 분위기 자체가 없었다.

대문 옆의 우편함을 바라보았다.

햇볕에 그을려 지워져가는 붓글씨 문자가 있었다.

세 사람의 이름이 나란히 써 있었다.

다카쓰카 다이고[高塚大吾], 사치코[幸子], 나쓰미[菜都美]

여기서 처음으로 가쓰노리는 나쓰미의 이름을 발견했다. 가쓰노리가 마음에 새기고 있던 문자와 완전히 똑같다.

그렇다면 앞의 두 사람이 나쓰미의 부모님이고 이 집에서 부모님과 나쓰미, 셋이 살고 있는 걸까?

우편함에는 신문도 우편물도 광고지 종류도 하나 들어 있지 않은 듯했다. 아무도 살고 있지 않다면 우편함에 들어간 광고지 종류가 우편함에 가득 차 있을 것이다. 따라서 이 집에는 지금도 사람이 살고 있다는 말이다.

가쓰노리는 다카쓰카의 집 쪽으로 주의를 기울였다.

집 안에서는 사람의 기척이 전혀 전해지지 않는다. 사람의 목소리는커녕 텔레비전 소리조차 들리지 않는다.

현관문은 나무로 만들어져 있다. 그래서 안에서 불을 켜고 있는지도 알 수 없다.

가족만 조촐하게 설날을 보내고 있는 걸까.

이미 주위에는 땅거미가 내려앉고 있다.

가족 셋이서 새해 저녁식사를 하는 시간이라고 해도 이상할 게 없다. 누군가 다카쓰카 집안에 설날 손님으로 찾아오지 않을까?

하지만 그런 바람은 헛된 것 같다. 이 길에는 불을 밝힌 자전거를 탄 중년남자와 기모노 차림의 젊은 남녀가 지나갈 뿐이다.

나쓰미의 외침이라고 생각한 소리는 도대체 무엇일까, 곰곰이 생각하지만 주위는 정적에 휩싸여 있고 멀리서 이따금 자동차 배기소음이 울려 퍼질 뿐이다.

얼마나 기다리면 바라는 결과를 얻을 수 있을까? 지금 나쓰미와 마음이 이어진다면 자신이 집 밖까지 와 있다는 사실을 전할 텐데.

이만큼 기다려도 집 안에서 아무런 변화도 없다면 날을 다시 잡아서 찾아와야 하지 않을까, 생각했다. 추위가 온몸의 뼈마디 마디까지 스며들고 있다.

두 손을 비비면서 입김을 훅, 하고 불었다.

그 순간 가쓰노리는 깨달았다.

나쓰미는 마음이 이어지는 게 "잠들지도 않았고 깨어 있지도 않아요. 어느 쪽도 아닌 상태일 때예요."라고 말하지 않았나?

아까 마음이 이어졌을 때는 정오가 조금 지났을 무렵이었다. 그렇다면 나쓰미는 그때까지 깊이 잠들었다가 잠에서 깨어나려고 할 때였을까?

가족 셋이서 생활하고 있고 오후까지 자고 있다……. 그것도 설날에.

전날 밤을 새웠다면 그럴지도 모르겠지만 너무 부자연스럽지 않나…….

아파서 누워 있다……?

아니, 나쓰미 자신이 그것을 부정하지 않았나. 아프지 않다…… 고.

그때였다.

승용차가 한 대 가까이 다가왔다. 새까만 자동차가 그대로 지나치나 생각했다. 하지만 예상 밖으로 가쓰노리 바로 옆에서 멈춰섰다.

가쓰노리는 사태를 파악하지 못했다. 자신의 모습이 이 자동차 운전자의 눈에 띄었던 게 아닐까, 하고 잠시 착각할 정도였다.

운전석 쪽과 조수석 쪽 문이 동시에 열린다. 지금 시간에 다카쓰카 집안으로 새해 인사를 하러 손님이 찾아온 걸까?

하지만 자동차를 왜 이렇게 바싹 갖다 댈까.

내린 사람은 힘이 세고 다부져 보이는 남자 둘이었다. 한 사람은 블루종 점퍼에 청바지. 다른 한 사람은 수수한 더스터 코트를 입고 있다.

설날에 찾아오는 손님의 옷차림이라고 보기는 어려웠다. 두 사람에게 공통점이 있다면 눈매가 상당히 날카롭다는 것이다. 이런 눈을 하고 있는 사람을 예전에 만난 적이 있는 것 같은 기분이 든다.

어쩌면……. 가쓰노리는 생각한다.

두 사람은 가쓰노리에게 눈길조차 주지 않는다. 애초에 가쓰노리 존재를 알아차리지 못했다.

"오늘은 재빨리 끝내자."

그렇게 블루종 점퍼를 입은 남자가 말했다.

"아아, 오늘밤은 이제 철수할까. 아직 우리는 설날다운 설날을 맞이하지 못했으니까." 하고 더스터 코트를 입은 남자가 대답했다.

그리고 두 사람은 고개를 끄덕이더니 다카쓰카 집 대문을 밀고 들어가 현관으로 걸어갔다.

현관에서 벨을 눌렀다.

"네. 누구세요?"

인터폰에서 남자의 목소리가 들렸다. 그 사람이 나쓰미의 아버지 다카쓰카 다이고라는 인물일 거라고 가쓰노리는 추측했다. 역시 안에는 다카쓰카 집안사람들이 있었다. 가쓰노리가 바깥에서 어찌할 바를 몰라 서성대고 있는 사이에도 줄곧.

더스터 코트를 입은 남자가 얼굴을 인터폰에 가까이 대고 말했다.

"밤늦게 죄송합니다. 북서 사람입니다만."

그 눈매를 본 기억이 있다고 생각한 이유를 가쓰노리는 깨달았다. 그 무리에게 실컷 심문을 당한 적이 있다.

그 두 사람은 사복 경찰이 틀림없다. 더구나 지금 분명 북서라고 하지 않았나.

북서는 구마모토 북부 경찰서의 약칭이다.

왜 그 두 사람이 다카쓰카 집을 지금 찾아온 걸까? 여기서 경찰을 불러야 하는 사건이 발생한 걸까?

나쓰미의 외침…… 과 관련이 있을까?

"네에. 죄송합니다. 지금 바로 나가겠습니다."

인터폰 저편에서 나쓰미의 아버지로 추정되는 목소리가 그렇게 대답했다.

허둥거리는 기색은 없다. 몹시 기다리고 있었다는 느낌마저 든다. 그렇다면 이 집에서 경찰을 불렀을 가능성도 있다.

몇 초 뒤 자물쇠가 풀리는 소리가 바깥까지 들리고 빛이 새어나오는 모습이 보였다.

문이 열리고 쉰 살 정도의 알맞은 몸집에 평균 신장인 남자의 실루엣이 보였다. 집 안에는 또 한 사람, 스웨터를 평상복으로 입은 고상한 얼굴 생김새의 중년 부인이 앉아 있는 모습이 보인다.

그 여성이 나쓰미의 어머니가 아닐까, 하고 가쓰노리는 생각했다.

하지만 나쓰미로 보이는 젊은 여성의 모습은 찾을 수가 없었다. 안쪽에 있는 걸까?

"추운데 안으로 들어오십시오."

그렇게 아버지가 두 사람에게 권했다.

"아뇨, 오늘은. 이제 곧 갈 거라서요."

사복 경찰 하나가 그렇게 말했지만 또 한 사람이 현관문을 닫아 버렸다.

방음 효과가 있는 걸까, 그 뒤로 집 안에서는 아무런 소리도 새어나오지 않았다.

곧 갈 거라서요, 라고 말해놓고 두 형사는 좀처럼 나오지 않았다. 그 시간은 가쓰노리에게 터무니없이 길게 느껴졌다.

지금 다카쓰카 집 안에서는 형사들과 어떤 대화가 이루어지고 있을까?

가쓰노리는 전혀 짐작조차 할 수 없었다.

그럴 때는 나쁜 가능성이 먼저 떠오른다.

나쓰미의 모습만 찾을 수 없다는 건 나쓰미 신상에 무슨 일이 일어났다는 것이 아닐까?

아까 낮에 들었던 나쓰미라고 추정되는 여성의 외침. 그 목소리와 관련이 있는 것이 아닐까?

나쓰미가 치한에게 습격을 당해 부상을 입었다…… 그래서 병원에 실려 가서 모습이 보이지 않는 건 아닐까?

그래서 부모님은 아무런 망설임도 없이 형사들을 맞아준 것이다. 부모님은 좀 더 자세한 상황 설명을 형사들에게 듣기 원한다. 그래서 "곧 갈 거라서요." 하고 말했던 형사들도 좀처럼 나오지 못한다.

추위에 두 손으로 어깨를 감싸 안고 발을 동동 구르면서 가쓰노리는 그런 생각을 계속했다.

만일 그렇다면…… 자신이 무엇을 할 수 있을까.

그렇게 가쓰노리는 자신에게 물어본다. 하지만 아무것도 떠오르지 않아 한심스러웠다.

아무한테도 보이지 않고 아무한테도 존재를 알리지 못하고 아무한테도 정보를 전할 수 없다.

그런 자신이 할 수 있는 일을 상상하려고 해도 머리는 텅 비어 있을 뿐이다. 만약에 부상으로 나쓰미가 어느 병원에 입원해 있고 그 병원이 어디인지 알아도 가쓰노리는 들어갈 수 없다. 얼굴을 볼 수도 없다. 힘내라고 격려할 수도 없다. 하물며 손을 잡아줄 수도 없다.

할 수 있는 건 마치 떠도는 유령처럼 병원 앞에서 미련 때문에 꼼짝 않고 서 있는 일뿐이다.

다카쓰카 집 현관문이 열리는 소리가 났다.

가쓰노리는 그럴 필요도 없는데 반사적으로 대문 앞의 가로수 그늘에 몸을 숨겼다.

집 안에서 빛이 새어나오고 사람의 그림자가 네 개 나타났다.

둘은 나쓰미의 부모님. 그리고 먼저 나온 둘은 형사들.

형사 두 사람은 부모님에게 고개를 꾸벅했다.

"설날부터 밤늦게 실례했습니다. 정보가 또 들어오는 대로 연락드리겠습니다."

"잘 부탁드립니다. 저희한테는 이미 설날 따위 아무런 상관도 없으니까요."

나쓰미의 아버지로 보이는 인물이 그렇게 말하고 고개를 수그렸다.

가쓰노리는 확신했다. 역시 나쓰미의 신변에 무슨 일이 일어났다고.

형사들이 뒤로 물러나자 나쓰미의 부모님이 바깥에 주차된 자동차까지 배웅을 나왔다.

형사가 차에 올라타서 라이트를 켜자 어렴풋이 부모님의 얼굴이 보인다. 두 사람 모두 나쓰미의 부모님이라는 사실이 이해가 갈 만큼 고상함이 풍겨났다.

부모님은 떠나는 형사들 차에 깊숙이 절을 했다. 배웅을 하고 아버지는 힘없이 고개를 푹 숙였다.

두 사람 모두 아무런 대화도 없이 마치 죽은 사람의 넋이 떠돌 듯 집 안으로 들어갔다.

잠깐 동안 배니싱 링의 존재를 잊고 두 사람을 쫓아가 자세한 사정을 듣고 싶은 충동에 사로잡혔다.

소리도 없이 현관문이 닫히고 주위는 다시 정적에 휩싸였다.

그곳에서 가쓰노리는 망설였다.

어떻게 하지? 이대로 여기서 죽치고 있어 봤자 아무런 정보도 얻을 수 없을 것 같은 기분이 든다. 발끝부터 뼛속까지 차가워진 기분이 들었다.

하지만 지금 돌아가면 수수께끼는 수수께끼로 남아 버리고 나쓰미의 걱정을 끝없이 계속하게 될 텐데. 마치 생선의 잔가시가 목구멍에 걸린 것처럼.

그런데 결정적으로 가쓰노리의 목덜미에 눈송이가 한 방울 떨어졌다.

헉, 하고 쳐다보니 하얀 눈송이가 하늘하늘 흩날리는 모습이 보였다.

내일 낮에 다시 오기로 하자. 낮이라면 새로운 움직임을 볼 기회도 생길 것이다.

확신은 없었지만 가쓰노리는 자신을 그렇게 다독이고 다카쓰카 집에서 떠났다.

― 나쓰미 씨. 들립니까? 나쓰미 씨. 저는 지금까지 당신 집 앞에 있었습니다. 들린다면…… 대답을 해 주시겠습니까?

걸으면서 가쓰노리는 마음속으로 그렇게 기도했다.

하지만 그때는 기척을 전혀 느낄 수 없었다. 나쓰미는 가쓰노리의 마음에 응답할 조건에 놓이지 않은 듯하다.

눈발은 점점 더 세차게 흩날렸다. 함박눈이라서 남쪽 지방인 구마모토에서는 쌓이지 않을 거라고 생각했다. 그 증거로 도로에 날아와 떨어진 눈이 순식간에 녹아 버렸기 때문이다.

그래도 아침까지 계속 눈이 내린다면 남쪽 지방이라고 해도 눈이 쌓일지도 모른다고 생각했다.

그 눈 속에서 가쓰노리는 가능성 하나를 떠올렸다.

만일 내일 아침에 이 눈이 쌓인다면……. 거리를 걸어볼까. 모습은 보이지 않아도 누군가 자신의 존재를 알아차릴지도 모른다.

그건 어린 시절 가쓰노리가 깊은 밤에 잠에서 깨어났을 때 텔레비전에서 방영하던 영화의 한 장면이었다. 상당히 오래된 영화였는지 흑백이었다.

이미 이야기가 마지막 부분으로 접어들고 있었다.

악역은 투명 인간이다.

바깥에는 눈이 내린다. 모습이 보이지 않는 범인이 눈 속으로 도망치려고 한다. 그런데…….

발자국만이 잇달아 눈 위에 생긴다. 주인공은 그 발자국을 쫓아가 권총으로 쏜다. 그러자 아무것도 없던 눈 위에 남자의 사체가 나타난다. 투명 인간이 총에 맞아 죽고 처음으로 그 정체가 노출되는 장면이었다.

흩날리며 떨어지는 눈이 어린 마음에 아로새겨졌던 그 장면을 연상시켰기 때문이다.

지금 자신은 세상 사람들에게는 정말이지 투명 인간이나 마찬가지다.

그러나 다른 사람의 눈에 자신의 모습이 보이지 않더라도 발자국은 보일 것이다. 이것은 다른 사람에게 의사를 전달하려는 행위가 아니다. 단순히 걷는 것뿐이다. 그 결과 발자국이라는 자신의 흔적이 남는다고 해도 배니싱 링은 제재를 할 수 없지 않을까.

그렇게 하면 사람들의 시선을 끌 수 있다. 자신의 존재를 알아차려준다. 아무도 없는 눈 위에 발자국만이 찍히는 현상을 목격한다면.

그런 상상을 펼쳐가자 조금은 희망이 생겨나는 기분이 들었지만 아직은 기대하기 어려운 희망이다.

그러고 나서도 고개와 어깨를 바짝 움츠리고 어두운 거리를 빠른 걸음으로 자신의 맨션을 향해 걸었다.

유일하게 불이 켜진 곳이 가지야마치의 맨션이었다. 계단 불이 들어가는 곳까지 비추고 있다.

맨션으로 들어가는 곳에 쓰레기를 두는 공간이 있다.

설날에 수거하러 올 리가 없는데 상식에서 벗어난 주민이 있는 듯 오래된 신문 뭉치를 쌓아 놓았다.

갑자기 가쓰노리는 발길을 멈췄다. 연말 신문인 듯하다. 가장 위에 드러난 지면을 보고 떠올랐다. 오전 중에 기타오카 신사 앞에서 노인들끼리 나누었던 대화. 섬뜩한 사건이라고 한…….

'연속 실종 다나카 씨, 사체 발견'

피해자인 대학생이 타살된 사체로 만니치야마에서 발견되었다는 기사였다. 그 대학생의 얼굴 사진과 발견 현장 사진이 실려 있었다.

실종 중인 다른 젊은이들과 관련되어 있는지는 확실하지 않다고 한다. 하지만 수수께끼에 휩싸인 실종은 11월부터 이어지고 있는 듯하다.

다른 피해자의 이름도 그 기사에 쭉 나와 있었다. 설마……별안간 가쓰노리의 내부에서 불안감이 치밀어 올랐다. 그런데…… 그 불안감이 딱 들어맞았다.

몇 번이나 자신의 눈을 의심했다. 구마모토 시 신마치, 다카쓰카 나츠미 씨(24세). 실종자 이름 가운데 세 번째로 적혀 있었다.

#21

맨션의 쓰레기를 두는 곳에 쌓여 있던 오래된 신문 뭉치.

그 안에 그렇게 충격적인 정보가 숨겨져 있으리라고 누가 감히 상상이나 할 수 있었을까?

가쓰노리도 나쓰미의 정체를 여러모로 곰곰이 생각해 왔다. 하지만 결과적으로 가쓰노리가 생각했던 어떤 가능성을 훨씬 뛰어넘은 위치에 나쓰미가 있다는 사실을 알게 되었다.

젊은이의 연속 실종은 11월부터 구마모토에서 발생한 사건인 듯하다.

돈을 벌려는 목적으로 저지르는 유괴와 다른 것일까. 범인이 몸값 요구는 전혀 하지 않은 듯하다. 더구나 실종된 젊은이 가운데 하나가 사체로 발견되었다니. 게다가 발견 장소는 가쓰노리의 맨션에서 그다지 멀지 않은 곳이다. 만니치야마의 온갖 나무들이 자라는 숲이라고 했다.

기타오카 신사 앞에서 노인들끼리 이야기를 나누며 두려워하던 모습을 떠올린다. 비닐 끈으로 묶인 오래된 신문 1면만으로 알 수 없었지만 노인 하나가 이렇게 이야기하지 않았나?

– 내장이 없었다는군요. 빼갔다는데요.

강렬한 말이었던 만큼 가쓰노리는 똑똑히 기억하고 있었다.

가쓰노리는 비닐 끈을 풀 수 없다. 손을 뻗으려고 하면 배니싱 링이 반응을 시작한다. 그래서 가장 위에 있는 신문 1면의 접혀 있는 위쪽 절반만 읽었다. 어쩌면 아래쪽이나 사회면에 좀 더 상세한 정보가 실려 있는지도 모르겠지만 거기까지는 알 수 없었다. 하지만 가쓰노리는 자신의 방으로 돌아가 얼어붙은 손가락 끝이 따뜻해지기를 기다리는 동안에도 그 기사가 망막에 새겨진 듯 눈앞에 어른거리면서 사라지지 않았다.

나쓰미는 자신의 상황을 자세하게 이야기해 준 적이 전혀 없다.

그것은…….

가쓰노리는 생각했다.

나쓰미 자신도 자신이 놓인 처지를 전혀 의식하지 못하는 것이 아닐까? 그래서 가쓰노리가 어디에 있냐고 나쓰미에게 물어도 모호한 대답밖에 하지 못했다.

어쩌면 나쓰미는 자신이 납치, 유괴되었다는 사실도 이해하지 못하는 것이 아닐까?

나쓰미가 약물로 혼수상태가 되었을 가능성이 있다고 가쓰노리는 추측했다.

그렇다면 몇 가지 정황이 이해가 간다. 나쓰미는 지금이 새해라는 사실을 몰랐다. 무엇을 하고 있냐고 가쓰노리가 물어보면 나쓰미는 누워 있다고만 대답했다. 그리고 수수께끼 같은 소리를 하지 않았나.

– 잠이 들면 가쓰노리 씨의 목소리가 들리지 않아요. 잠에서 깨도 가쓰노리 씨의 목소리가 들리지 않아요. 잠들지도 않았고 깨어 있지도 않아요.

그 말의 의미를 이제 와서 가쓰노리는 확실히 이해한다.

나쓰미는 약물로 잠이 든 상태에서 어딘가에 갇혀 있지 않을까? 그래서 나쓰미 자신도 자신이 어디 있는지 확실히 대답할 수가 없었다.

덧붙이자면 가쓰노리와 나쓰미의 마음이 이어지는 기적이라고밖에 생각할 수 없는 특수한 현상은 나쓰미에게 투여된 약물이 빚어낸 효과가 아니었을까?

그래서 약물 효과가 떨어져 나쓰미가 깨어나려고 하는, 나쓰미의 의식이 경계에 있는 상태일 때만 가쓰노리가 마음으로 외치는 소리와 공명한다고 하면…….

모든 것이 아귀가 딱딱 맞아떨어진다고 가쓰노리는 생각했다. 이제까지 '잠에서 깨어나려고 하는' 다양한 시간대에 나쓰미의 목소리가 들려왔던 건 언제나 약물의 주술에서 나쓰미가 깨어나려고 하는 시간이었던 게 분명하다. 깨어나면 나쓰미는 다시 가쓰노리와 의식이 이어지지 않는 깊은 잠 속으로 빠져

들었던 게 아닐까?

강력한 약물의 힘에 따라.

그래서 나쓰미의 목소리가 가쓰노리에게 와 닿는 순간이 전혀 규칙적이지 않았던 것이다.

방 안에서 책상다리를 하고 앉은 가쓰노리는 도무지 신문 기사를 잠시라도 잊을 수가 없는 상태였다.

어떻게든 나쓰미를 구해주고 싶다.

그런 마음이 치밀어 올랐다. 그런 마음은 가쓰노리에게 충동에 가깝다.

단 한 사람밖에 없다, 이 세상에. 자신이 이곳에 존재한다고 인정해주는 사람은. 억지가 아니지 않나.

가쓰노리는 그런 마음이 용솟음쳤다. 이것이…… 사랑인지 무엇인지…… 알 수 없다. 하지만 그것은 아무래도 괜찮다. 뭐라고 불러도 괜찮다.

지금 자신이 해야 하는 사명은 다카쓰카 나쓰미를 찾는 일이다. 그리고 나쓰미를 구하는 일이다.

더불어 나쓰미가 화장대에 앉았을 때 거울에 비친 나쓰미의 얼굴이 떠오른다. 결코 잊을 수 없다.

그 표정을 보고 나쓰미가 사랑스럽다는 마음을 품은 자신을 가쓰노리는 서둘러 억눌렀다. 그리고 다시 한 번 자신을 타이른다. 이것은 사명이다. 자신밖에 나쓰미를 구할 수 있는 사람은 없다고. 나쓰미와 마음이 이어져 있는 존재는 자신밖에 없다. 나쓰미의 마음이, 나쓰미가 어디 있는지 아는 유일한 단서

가 아닌가.

그리고 왜 나쓰미와 젊은이들이 납치를 당했는가, 하는 이유를 상상해 보았다.

이제까지 납치범이 피해자 가족과 아무런 접촉도 하지 않았다는 점. 물론 몸값을 요구하지도 않았다. 실종자는 어느 날 갑자기 가족 앞에서 모습을 감추고 그것으로 끝이었다. 그래서 연속 실종이라고 인식된 건 요 며칠 사이가 아닌가? 그것도 실종자 한 사람이 사체로 발견되고 나서. 그때까지는 가출 가능성도 있다고 판단하지 않았을까?

사체가 발견되었다는 기사의 상세한 내용을 가쓰노리는 잘 알지 못한다. 신문에는 발견되었다는 내용밖에 없었다. 기타오카 신사 앞에서 이야기하던 노인의 대화를 듣고 엽기 살인 사건이었다고 짐작했을 뿐이다. 어쩌면 신문의 다른 면에도 그런 사체의 상태는 구체적으로 자세히 나오지 않았을 것이다.

가쓰노리는 어쩐지 어처구니없는 변태 녀석들이 아닐까, 하고 상상했다. 그리고 문득 젊은 녀석들이라는 판단이 틀림없다고 확신했다. 그럴 것이다. 단독범이라면 젊은 남녀 여러 명을 납치하고 일정 기간 가두어 두기란 도저히 힘들다. 아무래도 조직적인 범죄라고밖에 생각할 수 없다.

그런 종잡을 수 없는 상상 속에서 가쓰노리는 스스로 깨닫지 못하는 사이에 온풍기를 켜 놓은 방 안에서 곯아떨어졌다.

그 잠은 깊었다. 잠들기 전에는 자신의 잘못된 소실형 수형 생활을 슬퍼하지도 않고 나쓰미라는 여성을 구하는 방법을 모색하러 시내를 이리저리 돌아다녔다. 그래서 피로도 극한까지 달했으리라. 신경도 제멋대로 뻗어나가 안테나처럼 되어 있으므로. 가쓰노리 자신도 알아차리지 못하는 사이에.

꿈속에 있다는 사실도 가쓰노리는 깨닫지 못했다. 할 수 있는 일, 해야 하는 일. 그것은 잠을 자면서도 나쓰미를 부르는 일이었다. 가쓰노리는 본능적으로 그녀의 이름을 계속 불렀다.

물론 대답이 돌아올지 어떨지 모르는 가망 없는 부름일 뿐이지만 그래도 아무런 희망도 없는 나날을 보내고 있는 가쓰노리에게는 손쉬운 일이었다.

– 나쓰미 씨…… 나쓰미 씨……

– 나쓰미 씨…… 나쓰미 씨……

그 가망 없는 부름이 가쓰노리의 꿈속에서 얼마나 되풀이되었을까.

가쓰노리는 그러다 꿈속에서 이름을 부르는 것조차 잊어버릴 정도로 깊이 잠들었다.

자신이 얼마나 깊이 잠들었는지 알아차린 건 목소리가 들렸기 때문이다.

거울 속에서 커다란 눈동자를 지닌 나쓰미가 가쓰노리의 얼굴을 바라보고 있었다.

그리고 다정하게 말했다.

– 가쓰노리 씨.

엉겁결에 "네." 하고 가쓰노리는 대답했다. 허를 찔린 듯한 기분이었다.

- 나쓰미 씨. 꿈이 아니죠?

가쓰노리는 지금 자신이 꿈속에 있는지, 깨어 있는지, 확실히 알지 못한다.

아무래도 상관없다. 지금 가쓰노리 자신도 꿈속과 현실 사이에 있다. 아마도 나쓰미도 그럴 것이다.

- 나쓰미 씨. 당신은 어디에 있습니까?

- 모르겠어요. 집? 남의 집? 모르는 장소?

- 다카쓰카 나쓰미 씨. 저는 들었어요. 저는 알고 있습니다. 당신은 행방불명되었어요. 저는 나쓰미 씨가 사는 신마치 집까지 찾아가 보았습니다. 부모님의 모습도 보았습니다. 나쓰미 씨를 굉장히 걱정하고 있습니다.

- 부모님…… 엄마, 아빠……. 가쓰노리 씨, 보셨나요?

- 네. 집 안에 들어가지 못하지만 바깥에서. 마침 경찰이 찾아와서 그때.

- 경찰 말인가요? 저희 집에…….

- 그렇습니다. 부모님은 나쓰미 씨가 실종되었다고 신고를 한 듯합니다. 그리고 행방을 알 수 없는 사람은 나쓰미 씨뿐만이 아닙니다. 젊은 남녀가 몇 사람 사라졌어요. 그 사람들도 함께 있습니까?

- 모르겠어요. 저…… 사라졌나요?

그때는 가쓰노리도 이미 정신이 또렷해졌다. 하지만 구태여 눈을 뜨지는 않는다. 눈꺼풀을 감고 있으면 나쓰미와 마음이 좀 더 깊게 이어지는 기분이 들기 때문이다.

그리고 이것만큼은 확실히 알 수 있었다. 나쓰미는 아직 자신이 납치를 당했다는 자각이 없다.

납치 가능성을 알려주면 쓸데없이 나쓰미를 공포에 빠뜨리는 것이 아닐까. 하지만 이미 나쓰미는 공포를 느끼고 있지 않나, 하고 가쓰노리는 생각했다.

그 증거로 예전에 가쓰노리는 나쓰미가 지르는 비명을 딱 한 번 들은 적이 있다. 지난번에 나쓰미의 목소리를 들은 뒤였다. 그때는 비명만이 느닷없이 가쓰노리에게 와 닿았다. 정말로 나쓰미가 지른 소리라는 뒷받침은 아무것도 없지만 가쓰노리의 마음속에만 울려 퍼진 비명은 나쓰미 이외에는 존재하지 않기 때문에 틀림없다.

– 지난번에…… 저와 이야기한 뒤…… 험한 꼴을 당하지 않았습니까? 제 마음에 와 닿은 그 비명은 무엇이었죠? 별안간 커다란 소리를 질렀습니다. "싫어!"라든가 "도와주세요!"라는 외침이었어요. 정확히 그렇게 말했는지는 알 수 없지만 그런 감정을 저는 느꼈습니다. 그때 나쓰미 씨에게 무슨 일이 있었습니까? 나쓰미 씨는 그때 일을 기억합니까?

한동안 나쓰미가 대답을 하지 않았다. 하지만 나쓰미의 의식이 바로 그곳에 아직 있다는 사실은 안다. 나쓰미는 떠올리려고 애쓰고 있다.

모호한 몽롱함 속에서.

– 그래요……, 어쩐지 무서웠어요. …… 무엇이 무서웠는지는 떠오르지 않아요.

역시 무리였을까, 하고 가쓰노리는 생각한다. 그 비명도 현실에서가 아니라 나쓰미가 잠이 들어서 악몽을 꾸고 지른 비명이었을지도 모른다. 가쓰노리는 알려주었다.

— 그런데 저는 행방을 알 수 없게 된 나쓰미 씨를 어떻게든 구하고 싶습니다. 나쓰미 씨 자신은 어떤 상황에 놓여 있는지 확실히 알지 못하죠? 어쩌면 행동의 자유를 빼앗으려고 약물이 투여되었는지도 모르기 때문입니다. 그러니까 뭐든 좋습니다. 지금 나쓰미 씨가 있는 곳…… 알고 있는 것만으로도 괜찮으니까 가르쳐주지 않겠습니까? 무엇이 현실이고 무엇이 꿈인지도 잘 알지 못할지도 모릅니다. 하지만 상관없습니다. 뭐든 좋으니까. 무엇이 실마리가 될지 알 수 없어요.

— 저를 보고 있었어요. 하얀 옷을 입은 사람들. 세 명. 저를 내려다보고 있었어요. 하얀 방.

— 다들 하얀 옷을 입고 있습니까? 남자인가요? 어떤 패거리입니까?

— 남자…… 라고 생각해요. 하지만 얼굴은 모르겠어요. 마스크를 쓰고 있어서요. 세 사람이 저를 내려다봐요.

가쓰노리가 그때 연상한 건 조류독감 예방을 하려고 온몸을 흰색 옷과 장비로 감싸고 닭장에 들어가는 검역관의 모습이었다. 그런 남자들이 저항하지 못하는 나쓰미를 에워싸고 있다니.

얼마나 불길한 광경인가. 나쓰미를 마치 어떤 실험 재료처럼……

실험 재료……?

– 하얀 방이라고 했죠. 뭐가 또 보입니까?

– 전부 하얘요. 아…… 창문이 있는 것 같아요.

– 창문……. 창문에서 뭐가 보입니까? 옆 건물이라든가.

잠깐 동안 나쓰미의 대답이 다시 끊어졌다.

생각하고 있는 걸까? 하고 가쓰노리는 눈을 감은 채 기다렸다. 눈꺼풀 뒤쪽으로 짙은 초록빛 잎사귀가 달린 나무가 보인다. 저 멀리 파란 하늘에는 하얀 구름이 떠 있었다. 나쓰미가 전해준 모습이다.

겨울 하늘의 이미지는 아니다. 겨울이라면 좀 더 두터운 구름이 낮게 하늘에 깔려 있을 것이다. 게다가 창문 밖으로 이 겨울 하늘에 짙은 초록빛 잎사귀가 달린 나무가 보인다는 건 어떤 의미일까.

상록수일까? 중요한 잎사귀 부분이 뿌옇게 보여서 확실하지 않다.

이 모습은 정말로 나쓰미가 보는 광경일까? 또는 나쓰미의 사고 필터에 걸린 환영에 가까운 광경일까?

판단할 길이 없다고 가쓰노리는 생각했다. 좀 더 범위를 좁힐 수 있는 정보는 없는 걸까?

저 멀리 하늘에 떠 있는 구름에 초점을 맞추고 있다. 그래서 초록빛 나무들도 어렴풋하게만 보이는지도 모른다.

역시 이 모습은 현실 세계와 다른 나쓰미의 심상 세계일까?

창문 밖의 어렴풋한 모습이 점점 초점이 맞아간다.

맺힌 상은 아직 두 겹으로 보이기도 하지만 그 물체가 무엇인지 희미하지만 알 것 같은 기분이 들었다.

금속 접시 모양의 물체가 꼭대기에 놓여 있고 그것은 철탑이었다.

어떤 중계탑? 전력 회사의 탑? 방송국? 전화국?

한 번은 초점이 맞았다고 생각한 철탑의 상이 다시 흐려지기 시작했다.

가쓰노리는 과감하게 눈을 떴다.

그 눈에 빛이 쏟아져 들어왔다.

이미 날이 밝았다. 아침 해도 높이 떠 있었다. 전날과 딴판이게 밝다.

나쓰미가 보내준 이미지는 그 순간 흔적도 없이 싹 사라져버렸다. 하지만 창문에서 드러난 철탑의 이미지는 어렴풋하지만 확실히 남아 있었다. 그때는 이미 정확한 모습이 떠오르지 않지만 다시 한 번 눈앞에 보여주면 틀림없는지 확인할 자신이 있었다.

반사적인 행동이었다.

가쓰노리는 일어나서 방에 쳐 있는 커튼을 젖히고 베란다로 나갔다.

그리고 화들짝 놀랐다.

1월 2일의 하늘.

전날과 딴판으로 투명하게 비쳐 보이는 듯한 파란 하늘과 햇빛이 있었다. 구름은 솜사탕 같은 뭉치가 덧없이 몇 개 떠 있을 뿐이다.

이렇게 파란 하늘을 1월에 볼 수 있을 줄은 몰랐다.

넋을 잃고 하늘을 쳐다 보다 얼떨결에 알아차렸다.

이 파란 하늘, 그리고 하얀 구름의 모습은 나쓰미가 보내준 창밖의 이미지 속 정경, 그대로가 아닌가.

지나치게 티 없이 맑고 파란 하늘이라서 그 이미지는 틀림없이 나쓰미의 머릿속에서 가짜로 꾸며진 거라고 믿었다. 그렇게 파란 겨울 하늘은 있을 수 없다고 가쓰노리는 믿었다. 하지만 그 모습은 나쓰미의 상상도 바람도 아니다.

아까 나쓰미가 전해준 창밖의 풍경은 어쩌면 현실의 모습이다…… 라고.

그렇다……. 나쓰미는 가쓰노리에게 현실에서 지금 보고 있는 창밖의 풍경을 전달했다.

새하얀 접시 모양의 물체가 놓인 철탑은 그렇다면 무엇일까?

- 창문에서 보여요…… 탑이 보여요.

그때 다시 가쓰노리의 마음속에 나쓰미의 목소리가 들려왔다.

이번에는 이미지가 있는 영상이 따르지 않는다.

처음에 들렸을 때처럼 나쓰미의 목소리뿐이었다.

- 저한테도 보였습니다. 나쓰미 씨가 창문에서 본 탑의 이미지가 잠깐 동안이지만 전해졌습니다. 그 탑이 보이는군요. 무슨 탑인가요? 알겠습니까?

- 무슨 탑일까요, 철탑이. 글자가, 글자가 보여요.

그건 가쓰노리는 알지 못했다. 가쓰노리에게는 순간적으로 상이 맺힌 탑 실루엣과 비슷한 이미지가 새겨졌기 때문이다. 문자가 써 있었다니 전혀 알아차리지 못했다.

- 뭐라고 써 있습니까?

- 알파벳.

- 알파벳?

- 그렇다…… 고 생각해요. 붉은 K. 그 위에 I……. 그리고 R…… 인가. IKR…… 아이케이알이라고 읽나요. 창문으로 보이는 글자는 그게 다예요. 아직 머리가 어지러워요. 별로 자신은 없는데 그 정도밖에 모르겠어요.

가쓰노리는 몇 번인가 I, K, R이라고 입속으로 중얼거렸다. 그건 어떤 단어의 일부일까? 철탑 전체가 보일 리 없으므로 아마도 그렇지 않을까 생각한다.

여러모로 궁리해 보았지만 I·K·R을 포함한 단어는 떠오르지 않는다. K는 구마모토의 K일까? I와 R도 어떤 단어의 머리글자일 가능성도 있다.

텔레비전 방송국일지도 모른다고 생각했지만 구마모토에는 I·K·R이라는 곳은 존재하지 않는다.

모르겠다.

하지만 정보로써 그래도 상당한 실마리를 잡은 기분이 들었다.

만니치야마에서 사체가 발견되었다. 그곳을 중심으로 돌아다녀보기로 하자. 먼저 거기부터다.

  ─ 나쓰미 씨. 저는 당신을 꼭 구해내겠습니다. 아마도 나쓰미 씨를 구할 수 있는 사람은 저밖에 없을 겁니다. 그런 기분이 듭니다. 기다려 주세요.

  그렇게 가쓰노리는 호소했다. 하지만 그 순간 이어져 있던 마음의 실이 끊어진 것 같은 느낌이 들었다. 나쓰미의 목소리는 돌아오지 않는다.

  나쓰미는 다시 깊은 잠 속으로 빠져든 걸까?

#22

다행히도 1월 2일, 구마모토 시내는 교통량이 그다지 많지 않았다. 바깥을 돌아다니며 나쓰미를 찾기에는 가쓰노리에게 가장 좋은 시기가 아닌가 했다.

도저히 매서운 겨울 날씨라고는 느껴지지 않는, 전날과 딴판인 봄 같은 햇살. 가쓰노리는 체력이 허락하는 한, 끝없이 계속 걸어 다니며 나쓰미를 찾을 거라는 예감이 들었다.

세수를 하고 아무것도 입에 대지 않고 가쓰노리는 밖으로 뛰쳐나갔다. 일각을 다투는 듯한 기분이 들었다. 타이밍을 놓치면 후회해도 소용없고, 돌이킬 수 없을 것 같은 느낌이었다.

절박하다. 1초라도 빨리 움직여야 나쓰미의 생명을 구할 수 있다는 생각이 들었다.

바깥으로 나가자 자신의 발이 약간 휘청거리는 점이 신경 쓰였다. 하지만 가쓰노리는 전철길을 꿋꿋이 걷기 시작했다. 영양실조 때문인지도 모르고 배가 고파서인지도 모른다. 어차피 아무래도 괜찮다. 그보다는 한시라도 빨리 나쓰미를 찾고 싶다.

설날보다 길에 다니는 자동차가 조금 늘어난 듯했다. 하지만 연말과 비교하면 교통량이 훨씬 적다. 걷고 있는 사람도 거의 없다.

그렇지 않아도 가쓰노리는 자신도 모르게 종종걸음을 치고 있었다. 나쓰미를 구할 수 있는 사람은 자신밖에 없다.

가쓰노리는 시선을 허공에 두고 이리저리 돌린다. 그 이유는 나쓰미가 전해준 실마리가 철탑과 거기에 쓰여 있는 알파벳 문자이기 때문이다.

그런 풍경은 구마모토 시내에 그다지 많이 존재하지 않을 것이다. 부지런히 다니다 보면 뜻하지 않은 행운을 만날 수 있듯 높은 장소에 주의를 기울이다 보면 언젠가 나쓰미가 전해준 정보와 딱 들어맞는 문자가 들어간 철탑을 찾아낼 수 있다고 생각한다. 그러려면 조금이라도 더 넓은 범위의 장소를 걸어 다녀야 한다.

철탑에 쓰여 있는 커다란 알파벳 문자. 아무래도 눈에 잘 띄지 않을까.

먼저 가쓰노리가 향한 곳은 만니치야마였다. 노인들의 대화가 아무래도 귓가에 맴돌았다. 행방불명된 젊은이가 처음으로 사체로 발견된 곳이 만니치야마의 온갖 나무들이 자라나는 숲

옆의 덤불 속이라고 들었다.

그곳에 실마리가 없더라도 철탑과 관련된 시각 정보를 얻을 수 있지 않을까? 좀 더 가능성에 가까이 다가가는 게 아닐까?

그렇게 생각했다.

새해 연휴라서 공사가 중단된 규슈 신칸센의 서까래를 받치는 공사 현장 옆을 지나 하루히 초등학교 근처에서 하나오카 산꼭대기로 이어지는 길을 올라갔다. 그리고 만니치야마와 가장 가까운 커브를 돌지 않고 도로 옆 잡초 사이를 지나 포장되지 않은 길로 걸어갔다. 아무도 그곳을 지나가지 않는다. 이따금 강아지를 데리고 산책하는 사람이 걸어가는 정도의 장소다. 그 좁은 길은 자동차가 한 대 간신히 지나갈 정도의 넓이다.

그 연장선에 있는 비탈길의 덤불 속에서 행방불명이던 젊은이의 사체가 발견되었을 거라고 가쓰노리는 추측했다. 길에서 보면 가파른 비탈길이 덤불로 뒤덮여 있어서 만일 사체가 나동그라져 있다고 해도 좀처럼 눈에 띄지 않을 거라고 생각한다. 그때도 강아지 주인이 발견했다고 한다.

가쓰노리는 그 장소를 구태여 살펴볼 마음은 털끝만큼도 없었다. 나쓰미가 있는 장소, 감시당하고 있는 곳과 어떤 관련이 있지 않을까, 하는 생각뿐이었다.

그곳을 지나가자 갑자기 길이 약간 넓어지는 장소가 나왔다.

철근 건물과 그 건물 가까이에 카페가 있다. 그 완만한 비탈길 정원에는 잔디가 자라고 있고 하얀 서양풍 테이블과 의자가 몇 개 놓여 있다. 봄에는 그곳에 손님이 앉아 차와 커피를

즐기리라.

카페의 그 비탈길은 나무들이 모조리 베어지고 구마모토 시 서부 지역을 한눈에 바라볼 수 있도록 되어 있었다.

이렇게까지 경치가 탁 트였을 거라고 가쓰노리는 예상하지 못했다.

새해 연휴라서 카페는 문이 닫혀 있었다. 그래서 야외 테이블은 물론 카페 안에도 인기척은 없었다. 가쓰노리는 길과 카페의 터와 경계가 되어 있는 쇠사슬 옆 말뚝에 앉아 그곳에서 아래 세상을 내려다보았다.

정처 없이 고개를 돌려 빙 둘러본다. 바로 밑에 구마모토 역이 보였다. 승강장에서 전철이 떠나는 벨소리까지 들려왔다.

그리고 역 맞은편을 바라보았다. 남서쪽에서 북동쪽 방향으로 구불구불 흐르는 시라카와 강의 흐름이 보였다. 그 흐름을 따라 눈을 움직여 보니 왼쪽에 뉴스카이 호텔이 보였다. 그 건물 아래에서 아야나가 살해당했다고 문득 생각한다. 아주 예전에 일어난 일처럼 느껴진다.

철탑이 몇 개 보였다.

꼭대기가 가늘어지는 구조의 철탑은 송전선을 지탱하기 위해서일까. NTT 구마모토 지점의 옥상에는 파라볼라 안테나가 달린 철탑이 보이지만 알파벳 문자는 눈에 띄지 않았다.

그 외에도 가느다란 철탑과 낮은 철탑이 보인다. 강 저편에도 철탑이 보이지만 시라카와 강 건너편이라면 처음부터 가망이 없다고 생각했다.

가쓰노리가 움직일 수 있는 영역은 시라카와 강 바로 앞까지라고 처음에 소실형을 받을 때 들었다. 그래서 강 맞은편이라면 가쓰노리가 쓸 수 있는 방법이 하나도 없다.

하지만 보이는 범위의 철탑에는 알파벳이 쓰여 있는 탑이 하나밖에 없다.

'KCT'

철탑 가운데 하나에 그런 문자가 보였다. 그것은 강 저편의 요야스마치에 있는 텔레비전방송국 철탑이었다. 확실히 쓰여 있는 문자는 알파벳이다.

— 구마모토 중앙 텔레비전…… 그런 방송국 이름이었던가?

가쓰노리는 고개를 갸우뚱거렸다.

확실히 방송국에는 철탑에 알파벳이 붙어 있다. 그 문자가 방송국 이름을 나타낸다.

그런 방송국은 없다. 분명 구마모토의 지역 방송국에는 K라는 문자가 들어간다. 방송국이 모두 네 개 있는데 다들 K라는 문자가 확실히 들어간다. 그 K는 구마모토의 머리글자를 나타낸다.

다른 방송국일 가능성은 없을까?

방송국 하나는 시라카와 강 건너편에 있다. KCT다.

여기는 아니다.

구마모토 시 북부에도 텔레비전 방송국이 있다. NKT다. 이곳은 나카구마모토 텔레비전이다. 그리고 여기서 야마자키마치 방송국이 보인다. KKH다. 구마모토 현민 방송. 이곳은 텔레비전 방송국과 라디오 방송국을 겸하고 있다.

자기도 모르게 가쓰노리는 길 가장자리에 떨어져 있던 나뭇가지를 들고 'I·K·R'이라고 땅바닥에 써 보았다. 나쓰미가 전해준 이미지대로.

그리고 그 옆에 'K·C·T'라고 써 본다.

아무래도 조금 다르다……하고 가쓰노리는 생각한다.

그러고 나서 그 옆에 'N·K·T'라고 써 본다. 미묘하게 비슷한 느낌도 들지만 그곳은 아닌 듯하다.

그리고 야마자키마치에 서 있는 철탑의 문자를 쓴다.

'K·K·H'

K자만큼은 공통되어 있지만 다르다는 게 한눈에 보인다.

그리고 방송국 이름을 하나 더 떠올렸다.

구마모토 역에서 조금 오른쪽이다. 산그늘에 가려서 아무래도 여기서는 잘 보이지 않는다.

최근에 하나바타케마치에서 방송국이 옮겨 왔다.

'Y·K·B' 유우히구마모토 방송국.

그 알파벳을 쓰고 가쓰노리는 퍼뜩 깨달았다.

써 보지 않으면 알 수 없다. 와이, 케이, 비라고 귀로 들은 어감과 지나치게 달랐다. Y의 아랫부분, 그리고 B의 윗부분만 본 경우 I·K·R이라고 잘못 읽을 가능성도 있지 않을까.

그 충격에 가쓰노리는 나뭇가지를 떨어뜨리고 꼼짝도 않고 서 있었다.

나쓰미가 납치되어 감금되어 있는 장소가 좁혀졌다.

다시 한 번 나뭇가지로 Y·K·B의 가운데 부분만을 동그라미로 쳐 보았다. 그 부분을 보고 이해했다.

I·K·R……그렇게 연상한다고 해도 이상할 게 없다.

나쓰미가 지금 있는 장소의 창문에서 Y·K·B가 써 있는 철탑이 보일 것이다. 그것도 아주 가까운 장소에서. Y의 아랫부분, B의 윗부분이 보이는 위치.

그 순간 가쓰노리는 안절부절못했다. 틀림없다. 마치 마법이 풀리듯 눈 깜짝할 사이에 나쓰미가 있는 장소를 알아내지 않았나.

어쨌든 유우히구마모토 방송국이 보이는 장소까지 걸어가 보자. 가쓰노리는 그렇게 생각한다.

나뭇가지를 덤불 속에 던져 버린다. 구마모토 역 저편의, 시라카와 강과 쓰보이카와 강의 흐름 사이에 끼인 듯한 위치에 YKB는 존재할 것이다. 여기까지 온 의미가 충분하다고 가쓰노리는 판단했다. 이 장소에 와서 비로소 나쓰미가 있는 곳을 확신할 수 있었다. 그 다음에는 한시라도 빨리 Y의 아랫부분과 B의 윗부분만 보이는 위치를 딱 집어내면 된다.

– 나쓰미 씨. 알아냈어요. 당신이 있는 장소를 알아낸 것 같은 느낌이 듭니다.

그렇게 자신도 모르게 말을 건넸지만 대답은 없었다.

다리가 들썩거렸다.

원래대로라면 하나오카 산의 등산로로 돌아가 일단 산에서 내려가서 구마모토 역 방향으로 가는 방법이 정공법이지만 가

숨이 쿵쾅쿵쾅 뛰는 가쓰노리는 조금이라도 빨리 그 장소로 달려가는 쪽을 골랐다. 머리가 고른 결과가 아니다. 가쓰노리의 발이 골랐다.

한동안 만니치야마 꼭대기로 가는 길로 올라가자 왼쪽 비탈길에 좁은 돌계단이 나타났다. 가쓰노리는 망설임 없이 그 계단을 뛰어내려갔다.

물론 이제까지 가쓰노리는 그 돌계단을 내려간 적이 없다. 하지만 방향으로 보면 그 계단으로 내려가는 게 구마모토 역으로 이어지는 가장 짧은 코스라는 사실을 본능적으로 깨닫는다.

다행스럽게도 외진 곳이라서 그 주변에는 지나가는 사람이 전혀 보이지 않았다. 납치된 젊은이의 사체가 유기될 정도의 장소다. 더구나 설날 연휴라서 사람이 하나도 없는 상태가 되어 버렸다.

돌계단에서 내려서자 비탈길을 따라 주택가가 줄줄이 늘어서 있었다. 만니치야마로 이어지는 능선과는 또 전혀 다른 이미지의 풍경이었다. 그 길을 빠져나가자 버스길이 나온다. 신칸센 서까래가 쭉 늘어선 모습이 보인다. 버스길 오른쪽에 하루히 초등학교가 있다.

이제 건널목을 찾는다. 그 맞은편인 시라카와 강길과 쓰보이카와 강 사이가 가능성이 있는 지역이다.

건널목은 의외로 설날에 다녀왔던 기타오카 신사 근처에 있었다. 가쓰노리는 빠른 걸음으로 그 건널목을 건너 구마모토 역까지 쭉 서둘러 갔다. 그러고 나서 구마모토 역 앞의 택시 승강장인 시영 전철 쪽 파출소 앞을 지나갔다.

그 파출소 안을 들여다보았다. 의자에 앉은 경찰이 여행객으로 보이는 남성에게 지도를 그려주는 듯했다. 경찰이 또 한 사람 있다. 그 옆 책상에서 턱을 괴고 뒤쪽 모니터 영상을 확인하고 있었다.

모니터 영상은 한 화면이 네 개로 나누어져 있고 각각의 풍경이 비춰지고 있다. 구마모토 역 개찰구 부근의 영상, 시영 전철이 비춰지는 영상, 구마모토 역 앞 택시 승강장 주변의 영상, 그리고 또 하나는 그 파출소 앞의 영상이었다.

파출소 앞 영상은 눈으로 보이기 때문에 감시카메라가 필요 없지 않나, 하고 가쓰노리는 생각했다.

뒤돌아서 쳐다보니 확실히 금속 장대 위에 감시카메라가 설치되어 있었다. 내려다보듯 파출소 앞길을 비추고 있다.

그 카메라 밑으로 가면 가쓰노리 자신의 모습이 모니터에 비춰지지 않을까 생각했다. 감시카메라 영상은 배니싱 링의 전파 효과와 관계가 없을 터이다. 육안으로 보는 사람에게만 가쓰노리의 모습은 맹점에 들어가는 상태가 된다.

천천히 가쓰노리는 뒤로 물러났다. 감시카메라의 시야에 들어간 상태에서 파출소 안의 모니터 영상을 확인했다.

자신의 모습이 비춰지고 있다.

가쓰노리는 기적이 일어난 듯 소스라치게 놀랐다. 경찰은 턱을 괴고 화면을 바라보고 있다. 가쓰노리가 손을 흔들었다.

하지만 경찰은 뒤를 돌아보지 않았다. 왜 이쪽을 봐 주지 않나. 가쓰노리는 몇 번이나 손을 흔들었다. 경찰은 가쓰노리에게 아무런 흥미도 보이지 않는다.

화면을 들여다보는 경찰에게는 그곳의 노숙자가 손을 흔드는 모습이 비춰질 뿐이다. 흥미를 끄는 광경일 리 없다. 굳이 가쓰노리에게 신경 쓸 필요도 없다.

그래서 가쓰노리는 파출소를 떠났다.

사람의 모습은 그다지 많지 않다. 귀성객 때문에 본격적으로 혼잡해지는 시기는 내일쯤이기 때문이다.

전철길에서 YKB 철탑을 찾았다. 건물 그늘에 가려졌는지 그곳에서는 보이지 않았다.

JR 호텔을 지난 곳에서 유우히구마모토 방송국 사옥과 철탑이 보였다. 가쓰노리는 YKB 철탑 아래까지 한번 가 보기로 했다. 그곳을 중심으로 찾아보기로 결정했다. 눈앞의 철탑에는 확실히 YKB라는 붉은색 문자가 세로로 커다랗게 쓰여 있었다. 철탑은 가늘고 긴 직육면체 모양의 철재로 뼈대를 이루고 있었다. 그리고 YKB 문자는 사방 다 써 있지는 않았다. 구마모토 역으로 향한 면과 시라카와 강 쪽으로 향한 면, 두 면뿐이었다. 따라서 나쓰미가 실내에서 볼 수 있는 위치는 한정되어 있다.

구마모토 역 방향으로 위치가 좁혀졌다. 시라카와 강 쪽은 건물이 거의 없고 시라카와 강 맞은편 기슭은 어떤 창문에서 철탑을 바라보더라도 YKB 모든 문자를 정확히 읽을 수 있다.

그 위치에서 IKR라고 잘못 읽을 일은 없다.

가쓰노리는 걸어간다.

구마모토 역 주변은 엄청난 속도로 재개발이 이루어지고 있는 듯하다. 오래된 건물이 철거된 빈터. 제2차 세계대전 전에 지어진 낡은 일본식 집이 남아 있는 장소도 있다. 공습을 당하지 않은 집도 기적적으로 있다. 더구나 유곽이었던 저택 등도 뒤섞여 있기 때문에 시대를 초월한 신비한 분위기도 남아 있었다. 동시에 빈터 몇 곳이 주차장으로 사용되고 있었다.

이 주변이다…… 하고 가쓰노리는 생각한다. 이유는 없다. 직감 같은 것이었다. 나쓰미가 전하려고 한 이미지는 자신만 알 수 있기 때문이다.

낡은 타일이 외벽에 붙어 있는, 1945년 무렵에 지어졌을 거라고 연상되는 건물 옆을 지나가자 모르타르를 바른 상자 모양의 4층짜리 건물이 눈앞에 나타났다. 건물 표면에는 빗물 홈통이 로봇 혈관처럼 여러 개 드러나 있었다.

요즘에는 보기 드문 건물이다. 그 주위에는 팽나무가 심어져 있다. 담장은 부서져 있다. 그리고 그 건물 뒤쪽은 일본식 집과 연결되어 있다. 아담하지만 집 앞에 정원도 있다. 뭘까, 하고 가쓰노리는 생각했다. 이 기묘하고 조화롭지 못한 건물은.

지금은 쓰지 않는 건물 같았다. 일본식 집 부분의 현관 언저리에는 널빤지가 몇 겹이나 못 박혀 있어서 들어갈 수 없도록 되어 있었다. 그리고 철조망도 있었다.

다시 가쓰노리는 뒤쪽으로 돌아간다. 담 때문에 보이지 않는 부분을 지나가자 상자 모양의 건물 옆면이었다. 4층까지 비상계단이 소방차 사다리처럼 붙어 있는데 부식이 진행되고 있었다.

사람이 살고 있지 않을 것 같은 겉모습인데 빈터에 라이트밴이 두 대 주차되어 있었다.

도대체 이 낡은 건물은 무엇일까?

궁금해 하며 가쓰노리는 빈터에 발을 들여 놓았다.

건물을 따라 주위를 걷는다. 창문은 높은 위치에 있다. 그 창문 안쪽의 천장은 하얗고 높다. 이 건물은 어쩌면…….

건물 바깥에 고풍스러운 하얀 도기 세면대가 겹쳐서 놓여 있다.

그 앞에 간판이 놓여 있다.

'니혼기 병원 외과·소아과·순환기내과'라고 되어 있다. 그렇구나…… 하고 가쓰노리는 생각했다.

오래된 건축 양식의 병원인 듯한데 이미 문을 닫아버린 것 같다.

그리고 다음 건물의 모퉁이를 돌았다.

정면에 커다란 유우히구마모토 방송국 철탑이 우뚝 솟아 있었다. 그리고 가쓰노리 바로 옆에 팽나무가…….

2층 위치에 팽나무에 살짝 가려 있는 창문이 보였다.

– 저기다!

가쓰노리는 확신했다. 저 창문 안쪽에 분명 나쓰미가 있다.

이곳이라면 YKB가 IKR로 보일 게 틀림없다.

왜 나쓰미가 폐쇄된 병원 안에 납치, 감금되어 있는지는 알 수 없다. 하지만 나쓰미가 전해준 조건이 모두 일치하는 장소에 자신이 있다.

그렇게 가쓰노리는 생각했다.

엉겁결에 가쓰노리는 나쓰미를 불렀다.

─ 나쓰미 씨. 대답해 보세요. 저, 여기 있습니다. 나쓰미 씨 근처예요. 이제 곧 구해드리겠습니다. 대답해 주실래요? 여기가 틀림없다고요.

나쓰미는 대답하지 않았다.

지금은 나쓰미가 의사를 전달할 상황이 아닌 듯하다.

마음의 준비를 단단히 했다. 안쪽을 확인하는 게 먼저다.

가쓰노리는 생각했다. 자신이 소실형을 받게 된 것도 뜻밖의 사고로 형기가 무기한 연기된 것도, 그리고 나쓰미와 마음이 이어진 것도 모두 의미가 있지 않을까.

아니, 사명이었다. 가쓰노리에게 주어졌다. ……나쓰미를 구출하라.

그렇게 생각하자 이해가 갔다. 자신이 살아 있는 게 헛되지 않았다.

철문 손잡이를 비틀었다. 버려진 건물이니까 들어갈 수 있지 않을까?

하지만 문이 잠겨 있었다. 들어갈 수 없다. 그래서 비상계단을 쳐다보았다.

비상계단에서 철문을 통해 각 층으로 들어갈 수 있는 구조인데 이곳 역시 문이 잠겨 있는 모양이다. 하지만 2층과 3층에 20센티미터 정도 툭 튀어나온 외벽을 통해 창문 안쪽을 들여다볼 수 있다. 하지만 떨어질 위험이 있어서 마음을 단단히 먹어야 한다.

확인하려면 달리 방법이 없었다. 삐걱삐걱 소리를 내며 비상계단을 뛰어올라간다. 그리고 YKB 철탑을 쳐다보았다. 가쓰노리는 추리한다. 저 문자를 IKR이라고 잘못 볼 만한 위치는…… 3층…… 창가.

그렇게 결론을 지었다. 가쓰노리는 그것이 옳은지 어떤지 알지 못한다. 비상계단에서 튀어나온 3층 외벽에 발을 올려놓았다. 두 손을 외벽에 딱 붙이듯 옆으로 조금씩 다가갔다. 가장 앞쪽의 팔이 걸리는 정도 높이의 창문에 다다라서 안쪽을 훔쳐보았다. 그리고 가쓰노리는 보았다. 침대에 젊은이들이 각각 누워 있었다. 대여섯 명 정도의 남자와 여자였다. 그리고 창가에서 가장 가까운 침대에 누워 있는 미녀는…… 틀림없다. ……그 여자가…… 나쓰미다.

#23

엉겁결에 가쓰노리는 침을 꿀꺽 삼켰다.

이토록 자신의 추리가 딱 들어맞다니. 침대 위에 누워 있는 남자와 여자는 다들 의식이 없다. 약물로 잠들어 있다. 무엇 때문에…… .

그리고 나쓰미도 옴짝달싹하지 않는다.

이미지 속에서 떠오르는 화장대 거울 속의 미녀…… 나쓰미 그 사람이 틀림없다. 나쓰미는…… 이곳에 있다.

어떻게 하면 나쓰미를 구할 수 있을까?

누군가 이곳에 납치해서 감금했다.

커다란 병실이었다. 침대는 여덟 개가 있다. 그리고 갑자기 요란한 소리가 울려 퍼지고 가쓰노리는 당황해서 몸을 움츠리다가 균형을 잃어버릴 뻔했다.

만약에 손을 떼면…… 3층에서 땅바닥까지 곤두박질친다.

열 손가락 끝으로 창틀을 붙잡고 죽을힘을 다해 자세를 고쳐 잡았다.

요란한 소리는 병실 한쪽 구석에 있는 책상 위에 놓인 휴대전화에서 났다. 병실 침대에 누워 있는 젊은이들은 아무도 그 소리에 신경을 쓰지 않는다. 눈을 감은 채로 있다. 누가 올려놓은 휴대전화인지는 모른다.

드르륵 소리가 났다. 낡은 병원 건물이라서 커다란 병실로 들어가는 곳은 우윳빛 유리 미닫이문으로 되어 있었다.

젊은 남자 둘이 들어왔다. 둘 다 흰색 옷을 입고 있었다. 서둘러 가쓰노리는 몸을 낮췄다. 하지만 그럴 필요가 없어서 자세를 바로 했다. 그들 눈에 보일 리가 없다고 스스로 타일렀다.

안경을 쓴 쪽이 계속 울리는 휴대전화를 부리나케 받았다. 두 사람 모두 단정한 얼굴 생김새인데 안경을 쓴 쪽은 눈동자가 위쪽으로 몰려서 아래쪽은 흰자위가 보이는 삼백안으로 무자비한 인상이다. 또 한 사람은 안경을 쓴 쪽보다 키가 작다. 눈썹을 찡그리고 침대 위에 누워 있는 남자와 여자를 꼼꼼히 둘러보고 있었다. 목소리가 희미하게 들린다.

"B형 말입니까? 네, 괜찮습니다. 시간은…… 네. 그럼 이쪽에서 내일 오후 2시에 보내겠습니다. 네. 건강한 여성입니다. 그래서 심장만으로는 아까우니까 다른 장기도……. 네, 지난번에는 마침 의뢰가 다 들어와서 효율성이 높았습니다만. 아아, 시간을 다툰다고요? 그럼 다른 장기의 가격도 더해야겠는데요. 상관없다고요? 그렇죠, 생명은 돈보다 귀하니까요. 고맙습니다."

처음에는 전화로 무슨 말을 하고 있는지 확실히 몰랐다. 그런데 서서히 어렴풋이 알게 되었다.

젊은이 둘은 이 폐쇄된 병원 안에서 납치한 남자와 여자의 장기를 매매하고 있다. 흰색 옷을 걸치고 있는 것으로 미루어 두 사람은 애송이 의사 같았다. 이를테면 의대생이 아닐까. 그리고 그들 배후에는 좀 더 커다란 어둠의 조직이 존재하지 않을까?

설마 공상 같고 싸구려 범죄 소설 같은 세상이 현실에 있을 줄이야. 흰색 옷을 입은 젊은이들은 어디에나 있을 법한 성실하고 소심해 보이는 모습이다.

그런 진실에 한 발을 집어넣은 가쓰노리는 충격으로 무릎이 후들거리는 걸 느꼈다. 나쓰미가 놓여 있는 상황을 이해하고.

나쓰미는 장기 매매 일당의 '상품 재고'다.

무릎뿐만이 아니다. 필사적으로 붙잡고 있는 손가락 끝까지 부들부들 떨렸다. 어떻게든 막아야 한다. 안경 쓴 남자가 휴대전화로 말하는 소리도 어쩐지 별세계의 목소리처럼 들렸다.

안경 쓴 남자가 통화하는 목소리가 뚝 끊기자 가쓰노리는 정신이 퍼뜩 들었다.

휴대전화를 덮으면서 안경 쓴 남자가 다른 한 사람에게 말했다.

"다음 주문이 왔어. 심장만인데 급한가 봐. 다른 주문이 모일 때까지 기다리지 못한다고 해서 웃돈을 두둑이 받기로 했어. 여성이고 B형 Rh 플러스이니까 에프 쯔바이를 쏠까."

다른 한 사람은 잠자코 있었다. 키가 작은 쪽도 단정하고 말랐는데 눈썹이 짙고 두터웠다.

"좋아. 장기 적출은 나와 고토가 할 테니까. 다나하시는 장소 제공만으로도 충분해. 이게 다 다나하시 덕분이야. 학비를 벌 수 있는 것도 먹고 살 수 있는 것도. 이곳을 이용할 수 없었다면 이 이야기는 처음부터 불가능했지……."

눈동자가 위쪽으로 몰린 안경 쓴 남자가 그렇게 말하자 눈썹이 짙고 두터운 남자는 초조한 듯 고개를 가로저었다. 눈썹이 짙고 두터운 남자의 이름이 다나하시인 듯하다. 그리고 이 폐쇄된 병원은 다나하시와 관련이 있는 시설인 모양이다.

"일 층에 장식되어 있는 초상화는 다나하시의 할아버지 모습이겠지. 두 손을 모으고 인사를 드려야겠군."

"증조할아버지야." 하고 침울하게 대답했다. 역시 그런 모양이다. 그 증손자도 의대생이 된 걸까. 그런데 학생을 지원해줄 집에서는 이미 병원을 정리해 버렸다…….

지금은 의대생 일당이 돈을 벌려고 쓰는 아지트다. 더구나 엽기적인…….

만니치야마에서 발견된 젊은이의 사체를 이야기하던 노인은 이렇게 표현했다.

"내장이 없었다는군요. 빼갔다는데요."

그 사체는 장기를 팔아치우고 남은 빈껍데기다.

"내일, 오전 중에 심장을 준비하자. 에프 쯔바이로 되겠지."

안경을 쓴 남자가 다시 확인하듯 말하고 이쪽을 바라본다. 다나하시도 이쪽을 보았다. 그 시선을 쫓아갔다.

그 두 사람의 시선 끝에 있는 침대에 누운 사람은 다카쓰카 나쓰미다.

설마…….

침대에는 각각 펠트펜으로 쓰여 있는 카드가 걸려 있다. 남성은 M, 여성은 F. 그리고 번호.

가쓰노리는 죽을힘을 다해 생각했다.

– 에프는 알겠다. 쯔바이(zwei)는…… 2를 뜻하나?

나쓰미의 침대에 두 사람의 시선이 집중되어 있다. 그리고 나쓰미의 침대 카드에는 F-2라고 쓰여 있다.

그때 다나하시가 불안한 듯 말했다.

"끝나면 또 산에다 갖다버릴 거냐? 지난번에도 금세 발견되었잖아. 이 일이 발각되는 건 시간문제야. 아사야마잖아, 지난번에 만니치야마에 버린 사람은?"

"그곳은 사람이 지나다니지 않기 때문에 절대로 발견되지 않을 줄 알았는데. 걱정하지 마. 이번에는 소각로를 이용할 테니까. 개와 고양이 전용 소각로를 이용하도록 해준다는 곳이 있어. 입이 무거운 곳에서."

두 사람 모두 의대생일 거라고 가쓰노리는 생각했다. 하지만 그에 비해 이 얼마나 지나치게 조잡한 발상인가, 기가 막히기 짝이 없었다.

"그렇게 하면 문제없잖아."

아사야마라는 안경 쓴 남자가 우쭐거리며 말했다.

다나하시는 뿌루퉁한 입술로 어쩔 수 없다는 듯 고개를 천천히 끄덕였다. 다카쓰카 나쓰미에게 시선을 향한 채.

가쓰노리는 마른침을 꿀꺽 삼켰다. 아무래도 틀림없다. 내일 오전 중에 나쓰미는 이 미치광이 일당에게 살해당할 운명에 놓였다.

그 진실을 알고 있는 사람은 자신 하나뿐. 누군가에게 알려야 한다. 나쓰미의 생명을 구할 수 있는 유일한 길이다.

하지만 어떻게 알려야 할지 생각이 나지 않았다. 그냥도 추운데 매달려 있으니 온몸이 부들부들 떨린다. 아까보다도 차가운 바람이 강해진 듯하다.

일단 창문 난간에서 비상계단으로 이동하자.

가쓰노리는 두 손을 느릿하게 움직여 간다. 그 속도는 스스로 어이없을 정도로 느렸지만 한 걸음만 실수해도 그대로 십몇 미터 아래로 떨어져 버리게 된다. 떨리는 손가락을 신중하게 이용해서 가까스로 부식이 진행되는 비상계단까지 돌아갔다. 무게 때문에 철계단이 삐그덕, 하고 삐걱거렸지만 일부러 울린 소리가 아니어서 배니싱 링은 반응하지 않았다. 대신 자물쇠가 풀리는 소리가 나더니 눈앞에서 3층 비상계단 문이 활짝 열렸다.

"누구냐!"

얼굴을 내민 사람은 아사야마였다. 가쓰노리는 몸을 움츠리고 숨을 멈췄다. 아사야마는 오른손에 수술용 메스를 꽉 쥐고 있었다. 하지만 가쓰노리의 모습은 보일 리가 없다. 잠깐 동안 꽁꽁 얼어붙은 자세로 눈알만 요리조리 움직이며 변화를 발견하려고 애썼다. 그런데 얇은 흰색 가운만 걸친 아사야마는 더 이상 추위를 견디기 어려워 보였다. 건물이 낡은 탓이라고 결론을 지은 것 같았다. 문이 다시 닫히고 안에서 잠그는 소리가 울려 퍼졌다.

가쓰노리는 한숨을 내쉬고 가슴을 쓸어내렸다. 하지만 심장은 마구 쿵쾅거린다.

흙탕물이 굽이치듯 지금 가쓰노리의 내부에서 사고가 소용돌이치고 있다. 나쓰미를 구출하고 나쓰미를 구원하는 방법이다. 더구나 시간제한이 있다. 내일 오전 중에 나쓰미는 수술대 위에서 살해당한다.

그것은 반드시 막아야 한다. 어떻게든 나쓰미를 구해내야 한다.

숙명이고 이것은 자신에게 주어진 사명이라고 생각했다. 나쓰미의 모습을 모르는 무렵부터 자신에게는 나쓰미밖에 없었다. 그리고 그녀와 마음이 통함으로써 유일하게 마음의 평온과 행복을 되찾았다.

확인할 것까지도 없다. 다카쓰카 나쓰미야말로 자신에게 필요한, 그리고 단 한 사람의 사랑하는 여성이다.

자신만이 구할 수 있다.

가쓰노리는 그렇게 생각했다.

닫힌 철문으로 바싹 다가가 죽을힘을 다해 나쓰미에게 말을 걸었다.

– 나쓰미 씨. 나쓰미 씨. 들어주세요, 접니다. 아사미 가쓰노리입니다. 나쓰미 씨가 있는 곳을 발견했어요. 제 바로 가까이에 있습니다. 대답해주세요.

대답은 돌아오지 않는다. 그토록 깊은 잠속에 빠뜨려 버린 걸까?

역시 나쓰미와 마음이 통할 수 있는 길은 나쓰미가 마취에서 깨어날 찰나의 의식 상태뿐인가 보다. 다음에 나쓰미의 목소리를 들을 수 있는 게 언제일지 모르기에 그렇게 느긋하게 기다릴 수는 없다.

다시 한 번 불렀다.

– 다카쓰카 나쓰미 씨.

대꾸를 하지 않았다.

이 사실만큼은 알고 있다. 나쓰미를 구하려면 자신만으로는 어떻게도 할 수 없다. 납치범에게 존재가 들킬 염려는 없지만 가쓰노리는 폐쇄된 병원에 침입할 수 없고 더구나 나쓰미를 흔들어 깨울 수도 없다.

머리 위를 쳐다본다.

옥상 철책이 보인다. 그곳까지는 비상계단으로 올라갈 수 있는 듯하다. 그곳으로 들어갈 수는 없을까?

추위로 다리를 부들부들 떨면서 계단을 올라갔다.

콘크리트가 고스란히 드러난 지붕이었다.

떨어지는 걸 방지하려고 지붕 주위에 철책이 쳐 있는 모습은 아래에서 쳐다본 그대로였다.

옥상 구석에 사용하지 않은 소방호스가 뱀이 똬리를 틀듯 팽개쳐 있었다. 그다지 긴 호스는 아니다. 길이가 10미터 정도일까. 이 호스를 자신이 휘감고 3층 창문까지 내려가서 구할 방법은 없을까 상상했다. 만일 나쓰미를 무사히 구출한다고 해도 어떻게 탈출하면 될까? 바로 그런 문제가 떠오른다.

옥상에 올라갈 무렵부터 바람이 한층 더 거세졌다. 계단 아래로 이어지는 문이 있었다. 손잡이를 잡았지만 꿈쩍도 하지 않는다. 문이 굳게 잠겨 있는 듯했다.

그 옆에 소방용 도끼가 떨어져 있다. 그 도끼로 옥상 문을 열 수는 없을까?

가쓰노리는 도끼에 손을 뻗으려고 했다. 하지만 그때 은빛 배니싱 링이 인정사정없이 가쓰노리의 목을 죄어오기 시작했다. 최근 배니싱 링이 반응을 보인 적은 좀처럼 없었는데.

배니싱 링은 파괴 행동을 가쓰노리의 의식에서 예측했을까.

도끼를 포기하자 고리가 수축을 딱 멈췄다.

자신의 힘으로는 아무것도 할 수 없다는 걸 뼈저리게 느꼈다.

왜 이런 순간에 목이 죄어져야 하는가, 하는 부조리한 기분에 사로잡혔다. 소중한 사람의 생명을 구하고 싶을 뿐인데.

그런 답답함이 더욱 초조하게 만들었다.

누군가에게 알려야 한다.

이 상황을 누군가에게 보여주어야 한다.

어떻게? 어떻게 알려야 하나?

생각한다, 방법을. 어떻게든 여기까지 끌고 와야 한다.

말을 건넬 수는 없다. 배니싱 링이 목을 죌 뿐이다.

높은 위치에서 아래 세상을 내려다보니 정면에 구마모토 역사가 보인다.

그 아래에 파출소가 있다는 사실을 떠올렸다.

그 경찰들이 와 준다면…….

그렇다면 나쓰미를 구할 수 있다.

하지만 별안간 가쓰노리는 생각한다. 거의 동시에 떠올렸다.

만일 그 경찰들을 여기까지 유도하는 데 성공해서 나쓰미를 구출한다고 하자. 그리고 나쓰미가 의식을 회복하고 정상으로 돌아온다.

그 순간…… 가쓰노리의 예상이 옳다면 두 번 다시 나쓰미의 마음과 가쓰노리의 마음이 이어지는 일은 없다.

나쓰미의 목소리가 가쓰노리에게 와 닿을 때는 마취약에 취해 나쓰미가 비정상적인 상태에 빠졌을 때만 일어나는 기적의 접촉이 틀림없다.

나쓰미를 구할 수 있을지도 모른다. 하지만 유일한 마음의 친구를 가쓰노리는 영원히 잃어버리게 된다.

그 가능성은 가쓰노리의 마음을 크게 흔들었다. 그때 가쓰노리는 다시 고독의 세계로 돌아가야 한다는 걸 의미하기 때문이다.

하지만 망설일 것은 없다.

무슨 수를 써서라도 나쓰미를 구해내야 한다.

나쓰미를 구하는 건 자신만이 할 수 있다. 소실형을 받는 건 나쓰미의 생명을 구함으로써 비로소 의미가 있지 않을까. 그렇다면 자신의 생명도 무의미한 게 아니게 된다.

경찰에게 알리는 방법은 나중에 생각하자.

지금은 나쓰미를 구하기 위해 달려가는 수밖에 없다.

뛰어내려가는 가쓰노리는 순식간에 결심을 했다.

어떻게 할까. 어떻게 알릴까. 그렇게 자신에게 물어보면서. 결론은 나오지 않았다.

비상계단에서 내려온 가쓰노리는 큰길을 향해 달려갔다. 하지만 뒷골목이 나왔다. 사람의 발길이 거의 없다. 역 앞으로 뛰어간다. 다리가 후들거리는 건 멈추지 않지만 상관없다. 가쓰노리는 잠시라도 시간을 쓸데없이 보낼 수 없다.

그대로 가쓰노리는 구마모토 역 앞, 버스 정류장 옆에 있는 파출소로 향했다. 앞쪽에서 걸어오는 사람과 좁혀지는 간격을 신경 쓰면서. 안전한 거리를 이미 몸이 기억하고 있다. 가쓰노리는 소실형을 받으며 살아가는 방법을 이미 몸에 새겨놓았는지도 모른다.

실제로 1월 2일 오후가 되자 귀성객이 역 주변에 집중되기 시작했다. 평소의 가쓰노리라면 발걸음을 옮기기를 피했을 환경이다.

잰걸음으로 두 손에 입김을 호호 불어서 곱아가는 손을 녹이려고 했다. 하지만 손가락 끝의 냉기는 가시지 않는다. 바지 주머니가 아니라 코트 주머니에 손을 넣었다.

뭔가 들어 있다.

오른손에 닿은 가느다란 물체를 꺼냈다.

체온계와 가느다란 용기에 들어 있는 '뭔가'였다.

왜 이런 게 들어 있을까.

돌이켜 생각해 본다. 체온계를 썼던 건 열이 났을 때였다. 그때는 고열로 붕붕 뜬 것 같은 상태로 다이헤이 다리 아래 자갈밭에 작은 돌을 쌓으러 나갔다.

가능성을 따져 볼 때 그때밖에 없다. 자갈밭으로 갈 때 자신도 모르게 책상에 둔 체온계를 주머니에 집어 넣었다. 다른 가느다란 유리 용기도 체온계 옆에 두었던 것일까.

그 용기는…… 그렇다……. 나카하라 아야나가 남자친구의 애마에서 내팽개친…… 휴대용 향수 용기다. 분명 미쓰코라는 이름의. 결과적으로 가쓰노리가 폭행을 휘둘렀던 아야나의 예전 남자친구가 아야나에게 선물한 향수다. 그 향수가 주머니 안에 들어 있을 줄이야. 이 얼마나 얄궂은 일인가.

다시 주머니 안에 쑤셔 넣었다.

이제 파출소는 엎어지면 코 닿을 데 있다.

질주하면서 가쓰노리는 파출소 안으로 뛰어들 생각을 한다.

달린다. 기운을 모았다. 그리고 파출소로 들어가는 문 앞에 가까이 다가갔을 때.

목에 끼운 고리가 수축했다.

목뼈가 부러졌나 생각될 정도로 극심한 충격이 몰려오고 가쓰노리는 몸을 접듯이 길 가장자리에 고꾸라졌다.

경찰에 알리기는커녕 파출소에도 들어갈 수 없었다.

목에 끼운 고리가 느슨해지고 시야가 돌아오자 가쓰노리는 다시 파출소 안을 엿보았다.

경찰이 세 사람. 그리고 눈을 의심했다.

아라토 가즈요시가 의자에 앉아 있었다. 아라토는 불만에 가득 찬 태도로 있었다. 조사를 받고 있는 것처럼 보였다. 세 사람 가운데 가장 젊은 경찰이 아라토 앞에 앉아 있는데 얼굴을 잔뜩 찌푸리고 있다. 아라토가 내뿜는 이상한 냄새가 너무 지독했을까. 나머지 두 사람은 일어나서 길거리를 바라보거나 서류를 작성하는 참이었다.

만약에 세 사람이 달려와 준다면……. 경찰 하나라면 미덥지 않지만 세 사람이라면 사태가 달라질 듯한 기분이 든다.

하지만 어떻게 해야 경찰 셋을 폐쇄된 병원으로 데려갈 수 있을까.

왜 아라토가 파출소에 있는지 어렴풋이 알게 되었다. 가쓰노리의 귀에 "신사에 바쳐진 새전을 훔쳤지?"라든지 "나쁜 짓이라는 걸 알고 있잖나."라는 말이 들려온 것으로 미루어 아라토는 신사의 새전을 도둑질한 현행범으로 잡혀온 듯하다.

훔치지 않았다니까. 신사에 참배하러 갔는데 잔돈이 길에 굴러다니기에 주웠을 뿐이야, 하고 아라토가 지껄이는 소리가 귀에 와 닿았는데 평계 없는 무덤은 없다는 뜻일까?

아라토의 눈길은 무심한 기색으로 젊은 경찰의 안쪽 모니터 영상에 머물러 있었다. 넷으로 분할된 영상이다.

그렇다. 감시 카메라에는 가쓰노리 자신의 모습이 비쳐진다. 하지만…… 아무도 알아차리지 못하지 않았나. 노숙자가 장난을 치는 것으로만 생각했다.

아니다…… 길고 짧은 건 대봐야 한다.

가쓰노리는 금속 장대 위의 감시 카메라 근처로 달려가서 카메라에 손을 흔든다. 길에 눕는다. 물구나무를 서 본다. 그리고 파출소를 힐끗 바라본다. 아라토가 멍하니 모니터 화면을 바라보고 있지만 특별히 더 이상의 반응도, 아무것도 보이지 않는다.

알아차려 줘! 하고 소리치고 싶다. 어떻게 하면 자신의 존재를 알아줄까. 이제 시간이 없다. 모든 것이 한발 늦게 된다.

나쓰미를 구할 수 없다.

어떻게 하면 알아줄까. 자신의 존재를…….

그 순간 번개처럼 아이디어가 번쩍 떠올랐다.

그렇게 실행하는 수밖에 없다.

망설인 건 지금 최악인 추위 때문이었다. 하지만 달리 방법이 없다. 이 방법이라면 경찰들도 가쓰노리에게 주의를 기울이지 않을 수 없다.

가쓰노리는 마음을 단단히 먹었다.

하나씩 옷을 벗는다. 웃통이 벌거숭이가 되고 몸이 바들바들 떨리기 시작했다. 그래도 바지를 벗는다. 팬티를 벗자 완전히 알몸뚱이가 되었다.

견디기 어려운 추위였다. 그 자리에서 가쓰노리는 마라톤을 하듯 두 다리를 번갈아 올렸다.

　심상치 않은 행동이라는 건 충분히 잘 알 것이다. 이제 경찰들이 모니터 화면 속의 가쓰노리를 발견한다면 그냥 보고 넘길 수는 없으리라.

#24

벌거숭이 가쓰노리는 파출소 안을 노려보았다. 온몸을 격렬하게 움직이면서. 가만히 있다가는 꽁꽁 얼어 버리고 만다. 두 팔과 두 다리를 온힘을 다해 휘둘러 댔다.

가장 먼저 가쓰노리를 알아차린 사람은 아라토 가즈요시다. 그 모니터 영상은 가쓰노리 자신에게도 보였다. 얼마나 우스꽝스러운가. 그리고 비참한 몰골인가. 마치 깃털이 뽑힌 여위고 늙은 닭처럼 보였다. 성적 매력 따위와 동떨어진 추악한 꼴이다. 소실형 형기를 마쳤는데도 해방되지 못한 사정이 자신을 이런 꼴로 싹 바꿔 버렸구나, 하고 가쓰노리는 자기혐오에 빠질 뻔했지만 일단 잡념을 털어 버렸다.

한시라도 빨리 나쓰미를 구출하는 게 먼저다. 그러려면 수단은 가리지 않아야 한다고 타일렀다.

아라토는 반쯤 허리를 들고 모니터 화면을 손가락으로 가리켰다. 알몸인 가쓰노리를 알아차렸다.

그래! 아라토!

좀 더 소란을 피워!

가쓰노리는 마음속으로 빌었다.

아라토가 뒤를 돌아다본다. 가쓰노리가 서 있는 주위를 말똥말똥 바라본다. 하지만 가쓰노리의 모습이 보이지 않는 듯하다. 그러더니 모니터 화면으로 눈길을 돌린다. 다시 돌아다본다.

그리고 커다란 목소리로 아라토는 또렷하게 말했다.

아라토는 몹시 감동했다.

"귀신이…… 나를 구해줬던 귀신이…… 저곳에 있어. 파출소 앞에!"

아라토는 알고 있었다. 노숙자 사냥 때부터 자신을 구해준 '보이지 않는' 귀신이라는 사실을. 경찰들만 있었다면 가쓰노리의 존재를 알아차리지 못했을지도 모른다.

가쓰노리는 눈물이 핑 돌 정도로 기뻤다.

아라토! 고마워.

그렇게 마음속으로 외친다.

경찰 셋이 모두 소동을 부리는 아라토를 주목하고 있었다. 눈이 휘둥그레져서 믿을 수 없다는 듯.

"저 봐. 귀신이잖아. 모니터에 비치고 있잖아. 벌거숭이라고. 하지만 비치고 있는 장소에는 확실히 없어. 어때?"

경찰 셋도 모니터 화면과 가쓰노리의 위치를 번갈아 바라보고 있었다. 자신의 눈을 의심하는 게 틀림없다. 육안으로 가쓰노리는 보이지 않는다. 하지만 모니터 화면에는 벌거숭이 남자가 비치고 있다.

경찰들은 어떻게 하지…… 하는 기색으로 얼굴을 마주보고 있었다. 상황을 이해할 수 없는 듯하다. 가쓰노리는 속이 바짝바짝 타들어갔다. 어서 빨리 따라와. 그렇게 외치고 싶었다.

그 말을 대신 해준 사람은 아라토 가즈요시였다.

"귀신이 뭔가 하고 싶은 말이 있는 것 같아. 들어줘야겠어. 뭔지 모르겠지만 귀신이 하고 싶은 말이 있는 모양이야. 들어줘야 해. 저 녀석이 하는 말은 옳으니까."

아라토의 말을 듣고 있던 경찰은 이해할 수 없다는 듯 고개를 갸웃거렸다.

아라토가 말투를 확 바꾸었다.

"그럼 어떻게 하나. 벌거숭이 남자가 손짓을 하고 있는 데 단속하지도 않고 내버려둘 셈인가? 벌거숭이 남자가 역 앞에서 저러고 있으면 공공질서와 미풍양속을 해친다고 하지 않나?"

가쓰노리는 추위를 견디려고 마구 제자리걸음을 하면서 두 손으로 커다랗게 손짓을 하며 불렀다.

경찰 둘은 분명 심상치 않은 일이라고 인정한 듯했다. 파출소에서 나왔다. 그리고 가쓰노리에게 다가왔다. 모니터 화면과 번갈아 가쓰노리가 있는 장소를 견주어보면서.

"제 눈에는 안 보입니다만. 있습니까? 선배님은 보입니까? 벌거숭이 남자가."

"아니, 안 보여. 하지만…… 벗어 던진 옷이 있어. 저게 모니터에 비치고 있는 벌거숭이 남자의 옷이지 않나?"

다른 경찰 하나가 가쓰노리의 죄수복을 손가락으로 가리켰다.

"그런 것 같습니다. 그렇다면 눈에 보이지는 않지만 누군가가 존재하고 있다는 건가요?"

가쓰노리는 더 이상 경찰들이 다가오지 않는 게 답답했지만 확실히 가쓰노리가 있다는 건 안다고 생각했다. 그리고 무엇보다 기쁜 일이 있었다. "기다려! 어디 가." 하고 파출소에서 소리가 났다. 아라토가 파출소에서 뛰쳐나왔다.

"당신들은 몰라. 귀신은 나한테 도와 달라고 하는 거라고. 가만히 있어서는 안 돼." 하고 아라토가 고함을 쳤다. 어쩔 수 없이 아라토를 조사하던 경찰도 바깥으로 뒤따라 나왔다.

가쓰노리의 떨림도 한계에 다다랐다. 허겁지겁 벗어 던진 옷을 걸쳐 입는다.

"사라졌습니다. 벗어 던져 놓은 옷이 사라졌습니다."

여기까지는 일이 잘되어가고 있다. 경찰 셋과 아라토를 바깥으로 끌어내는 데 성공했기 때문이다. 앞으로 어떻게 나쓰미가 있는 폐쇄된 병원으로 데려가면 될까?

경찰 셋과 아라토는 가쓰노리 바로 코앞에 있다. 가쓰노리는 말을 건넬 수도 없다. 더는 가까이 다가갈 수도 없다.

가쓰노리가 죄수복을 벗어 던져 놓았던 언저리를 여전히 내려다보고 있었다.

"틀림없이 여기 옷이 있었는데 사라졌습니다."

주위를 둘러보지만 역시 가쓰노리는 보이지 않는다.

아라토만 "귀신이 뭔가 하고 싶은 말이 있어. 들어줘. 귀를 기울여 줘. 나를 구해준 커다란 은인이니까." 하며 콧바람이 거칠어져서 말했다. 경찰들은 "귀를 기울이려고 해도 기척이 없어." 하고 그 위치에서 파출소 모니터 화면을 보려고 하지만 공교롭게도 사각지대라서 확인할 수 없었다.

이대로 있다가는 경찰들이 파출소 안으로 다시 들어가 버린다. 방법을 생각하자.

가쓰노리가 주머니에서 꺼낸 물건. 그것은 무의식의 결과였다. 손바닥 안의 그 물건.

– 이걸 쓰자.

나카하라 아야나의 휴대용 향수다.

뚜껑을 비튼다. 안에는 스프레이식 마개가 덮여 있다. 가쓰노리는 휴대용 향수를 자신에게 향했다. 집게손가락으로 누르자 안개 같은 향수가 뿜어져 나왔다. 새콤달콤한 향기다. 분명 '미쓰코'라는 이름의 향수다. 조금만 뿌리면 새콤달콤한 향기인지도 모르지만 가쓰노리가 잇따라 뿌리자 강렬한 냄새로 뒤바뀌었다. 여느 향수와 달랐다.

경찰 셋에게도 미지의 존재를 알리는 결과가 되었다.

"뭐야, 이 냄새는?"

"이상한 냄새입니다. 이상한 냄새예요."

향수 냄새뿐만이 아니다. 가쓰노리 자신의 퀴퀴한 몸 냄새와 뒤섞인 끝에 나는 냄새다.

형용하기 어려운 냄새가 틀림없다. 더불어 경찰들도 평소에 향수 냄새를 맡을 기회가 별로 없었던 게 분명하다.

"귀신이야. 귀신의 냄새야. 이런 냄새를 피우는 걸 보면 어지간히 귀신이 전하고 싶은 일이 있는 게 아닐까? 더구나 당신들 경찰에게 전하고 싶은 게 있는 듯하니 뭔지 잘 생각해봐."

아라토가 그렇게까지 가려운 곳을 시원하게 긁어주는 설명을 덧붙일 줄은 몰랐다.

따라와. 나쓰미가 갇혀 있는 폐쇄된 병원까지.

가쓰노리만 있었다면 이렇게까지 이야기가 잘 전해질 리 없다. 천천히 움직인다.

"귀신 냄새라고요? 이 냄새가? 선배님, 저쪽으로 냄새가 도망칩니다."

가쓰노리가 주위를 둘러보자 지나가는 사람들이 가쓰노리를 바라보고 있었다.

아니, 바라보고 있는 게 아니다. 어디서 나는지 알 수 없는 이상한 냄새의 위치를 찾고 있었다. 신기하게도 가쓰노리가 있는 방향으로 눈길이 집중되어 있다.

"저쪽입니다. 틀림없습니다."

젊은 경찰은 지나가는 사람들의 눈길을 쫓고 있다. 그리고 다가가서 외친다. "확실히 냄새가 이동하고 있습니다. 이쪽이 틀림없습니다. 아, 이쪽에서 냄새가 심하게 납니다."

경찰 셋과 노숙자 아라토 무리는 정확히 가쓰노리의 뒤를 쫓아온다.

가쓰노리는 마치 그것이 기적처럼 느껴졌다. 이제까지 다양한 방법을 시도해 보았다. 자신의 의사를 전하려고. 하지만 모조리 다 실패했다. 그런데 지금 그럭저럭 어떻게든 전해지고 있다.

더구나 노숙자 아라토가 앞장서서 이끌어서.

지금도 그렇다.

아라토가 발걸음을 재촉하는 가쓰노리의 위치를 정확히 파악하는 모습이 놀라웠다.

"정, 정말 이쪽에 있나? 틀림없어?" 하고 경찰 하나가 눈살을 찌푸리고 숨을 고르면서 아라토에게 물었다.

"나는 귀신과 여러 번 만났어. 보통 사이가 아니라고. 알고 있어. 알게 되었다고."라고 하는데 그 말이 전혀 거짓은 아니다. 그리고 허공을 향해 코를 벌름벌름하더니 "이쪽이다." 하고 가쓰노리가 있는 방향을 손가락으로 가리켰다. 그 방향이 정확히 맞아서 가쓰노리는 기뻤다.

경찰들과 너무 거리를 두면 가쓰노리의 냄새가 가닿지 않게 된다. 그래서는 곤란하다.

가쓰노리는 전철길을 건너다가 길 한가운데서 멈춰섰다. 길 한가운데는 2차선 시영 전철의 궤도 시설 중앙이라고 할 수 있다.

왼쪽과 오른쪽에는 자동차가 왔다 갔다 하지만 신기하게도 레일의 상행선과 하행선 사이를 자동차는 달리려고 하지 않는다. 가쓰노리는 길 맞은편 쪽으로 건너가는 횡단보도 위치에 서 있었다. 그리고 기도하듯 그들에게 보이지 않는다는 사실을 알면서도 손짓을 했다.

경찰들과 아라토가 길을 건너려고 할 때 가쓰노리는 좋아서 덩실덩실 춤을 추고 싶었다.

이제 나쓰미가 갇혀 있는 폐쇄된 병원은 엎어지면 코 닿을 데 있다.

하지만…….

"냄새가 사라졌어. 이쪽이지 않나?"

이제 몇 걸음이면 시영 전철길을 다 건널 텐데 경찰 한 사람이 걸으면서 그렇게 말했다.

"아니에요. 이쪽입니다. 저는 냄새를 확실히 맡았어요."

젊은 경찰이 단호하게 말했다.

가쓰노리는 부랴부랴 아야나의 향수병을 꺼냈다. 아까 뿌린 향수 냄새가 이미 날아가 버린 걸까? 아니면 다들 이 냄새에 익숙해져서 느끼지 못하게 되어 버린 걸까?

다시 한 번 가쓰노리는 남은 향수를 몽땅 다 자신의 몸에 뿌렸다.

냄새가 사라졌다고 외친 경찰이 서둘러 바로잡았다.

"알았어. 지금 막 이쪽에서 냄새가 났어. 틀림없어."

그곳에서 아라토가 고개를 끄덕이고 오른손 엄지손가락을 치켜들며 "굿." 하고 말하자 경찰은 하얀 이를 드러내고 엉겁결에 웃음을 지었다.

앞으로 몇 미터 안 남았다. 골목길로 접어드는 모퉁이에서 가쓰노리는 경찰들을 기다렸다. 폐쇄된 병원은 그곳에서 모퉁이를 돌아야 한다.

그들이 알아줄까?

그런데 그곳에서 기적이 하나 더 일어났다.

가쓰노리의 발이 비틀거렸다. 죽을힘을 다해 움직였지만 체력이 바닥난 몸이 틀림없다.

모퉁이에는 이미 문을 닫은 담뱃가게가 있었다. 그 셔터에 세게 쿵, 하고 부딪쳤다. 다행히 배니싱 링은 상황을 이해해준 듯하다. 절대로 고의가 아니었다고.

경찰들은 그 엄청난 소리에 깜짝 놀라 가쓰노리를 바라보고 있었다. 아니, 가쓰노리가 있는 주변으로 눈길을 돌렸다.

"저쪽 주변에 있습니다. 있습니다! 있어요." 하고 젊은 경찰이 손가락으로 가리켰다.

그곳에서 모퉁이를 돈다. 앞으로 십 몇 미터만 더 가면 폐쇄된 병원에 도착한다.

그 위치에서 경찰들을 기다린다. 아라토는 가쓰노리를 놓치지 않았다.

"저쪽이야. 귀신이 우리를 불러. 냄새가 나지." 하고 손가락으로 가리켜주었다.

그곳까지 경찰들을 이끌었다.

가쓰노리는 자신의 가슴이 두근두근 떨리는 걸 느꼈다.

나쓰미를 이제 곧 구할 수 있다. 하지만 어떻게 해야 경찰들을 폐쇄된 병원에 들어가도록 할 수 있을까.

"이곳은 니혼기 병원이었던 자리입니다." 하고 경찰 하나가 말했다. "이미 병원 문을 닫았습니다. 몇 년 전에 경영 악화로. 어차피 주변 지역과 마찬가지로 재개발되지 않을까요?"

"그래서 철조망까지 쳐 놓았나. 오래된 양식의 건물이군."

"이 주변은 공습을 당하지 않은 곳도 있거든요. 옛날에 지은 건물이죠. 옆에 있는 일본 집이 진료소였던가 봅니다. 오래되어 낡은 건물 부분이 병원이고요. 쇼와시대 초기일까요? 지어진 시기는."

경찰 셋과 아라토는 폐쇄된 병원 가까이까지 왔지만 병원 빈터 안으로는 발을 들여놓지 않는다. 확실히 일본 집은 예전에 외래환자가 이용하던 진료소처럼 보인다. 침입자를 막으려는 외관을 보고 판단하건대 굳이 폐쇄된 병원 안을 살펴볼 마음은 들지 않는 듯하다.

건물 맞은편 쪽으로 돌아가면 주차되어 있는 라이트밴이 두 대 보일 테지만 이 위치에서는 그 모습을 확인할 수 없다.

"귀신이 자취를 감췄어?"

아라토는 그 질문에 대답이 막혔다.

"있어. 저곳에. 뭔가를 전하고 싶어 해."

가쓰노리가 그들에게 가까이 다가가자 아라토는 그렇게 대답했지만 그 이상의 진전은 바랄 수 없다.

"냄새가 별로 안 나는 것 같은데."

어깨가 떡 벌어진 경찰이 그렇게 말하며 주위를 빙 둘러본다. 향수 냄새를 너무 맡아서 후각이 둔해진 모양이다. 다른 경찰 둘도 고개를 끄덕이고 있었다.

이대로 경찰들을 돌려보내서는 안 된다. 애써 여기까지 그들을 데려왔는데. 이제까지 고생이 모두 물거품이 되어 버린다.

어떻게 하면 좋을까. 어떻게 하면 알아차릴까.

이렇게까지 했는데 마지막 마무리를 할 수 없다니. 목소리를 낼 수도 없다. 만질 수도 없다. 몸을 부딪쳐도 안 될까? 그런 상상을 했을 뿐인데 목이 죄어오기 시작한다. 나쓰미를 구할 수 있다면 죽음도 각오했다. 하지만…… 육체는 고통을 피하고 싶어 한다.

이제 그 방법밖에 없다고 생각했다.

아무리 육체가 고통을 싫어해도 그것밖에 전할 수 있는 방법이 없다면 선택해야 한다. 자신에게 아픔을 싫어할 여유를 주지 않으면 된다.

어쨌든 폐쇄된 병원 안으로 경찰들이 들어가도록 하는 게 최우선이다. 자신이 할 수 있는 일은 어차피 거기까지다. 하지만 어떻게든 거기까지는 해내고 싶다…….

가쓰노리는 그런 기도를 되풀이했다.

병동이었던 오래되고 낡은 건물을 쳐다본다.

가쓰노리는 이제 1초도 망설일 수 없었다. 다행히 경찰 셋과 아라토 가즈요시는 그 자리에서 꼼짝도 하지 않고 이런저런 의견을 제멋대로 내세우고 있다. 그것도 한 사람은 벌거숭이 상태로 파출소 앞에 있던 수수께끼 인물의 행방, 또 한 사람은 귀신의 정체를, 다른 한 사람은 앞으로 무엇을 찾으면 좋을지 의견이 분분했다.

그대로 그곳에서 기다려주기를 바란다.

가쓰노리는 달린다. 그리고 비상계단으로 향했다. 그러고 나서 망설임 없이 계단을 뛰어올라갔다.

계단은 금속이 삐걱거리는 소리가 삐걱삐걱 난다. 이 소리가 아래 있는 네 사람의 귀에 가닿는다면 가장 좋겠지만 그 바람은 이루어지지 않은 듯하다. 역 방향에서 들리는 잡음과 차가운 바람이 차단한 것 같다. 아랑곳하지 않고 가쓰노리는 계속 올라갔다. 나쓰미가 갇혀 있는 3층 철문 앞에서 가쓰노리는 속도를 늦췄다.

그러나 여기서는 아무것도 할 수 없다. 그때 가쓰노리의 목적지는 옥상이었다. 지금은 나쓰미가 무사히 있기를 바랄 따름이다.

아래를 내려다본다.

경찰들과 아라토는 아직 같은 장소에 있다. 하지만 폐쇄된 병원에는 아무런 관심도 기울이지 않는 듯하다.

기다려!

부탁이니까 거기서 꼼짝하지 마!

가쓰노리는 옥상에 다다랐다.

그곳에서 가쓰노리는 목표로 삼은 물건을 찾아냈다.

사용하지 않은 소방호스다.

망설이지 않고 그 호스를 손으로 잡는다. 그리고 호스를 옥상에서 쭉 늘어뜨린다.

봐 줘! 여기야!

그렇게 가쓰노리는 외치고 싶었다.

하지만 경찰들은 머리 위에 있는 폐쇄된 병원의 호스 따위에 신경 쓰지 않는다. 호스를 흔들려고 했다. 그렇게 할 수 없었다. 목에 찬 배니싱 링이 서서히 죄어오기 시작하는 걸 느꼈다.

내려다보니 그 호스 끝이 3층까지 내려가 있었다.

이 호스로 다음 이용법을 실험할 때가 왔다. 가쓰노리는 이 방법이 마지막 수단이라고 비상계단을 뛰어올라오면서 생각했다.

후회는 하지 않는다.

이제까지 길다면 길고 짧다면 짧은 인생이었다. 하지만 나쓰미를 알게 되고 자신의 인생에서 지켜야 할 존재를 얻었다. 그런 나쓰미를 자신이 지킬 수 있다면……. 그토록 멋진 일이 또 있을까?

소실형에 처해진 것도, 예기치 못한 형태로 소실형 형기에 착오가 생긴 것도 모두 의미가 있다고 생각한다.

의미란 자신에게 가장 소중한 여성, 다카쓰카 나쓰미를 구하는 일이기 때문이다.

서둘러 다시 소방호스를 끌어올렸다.

옥상 철책에 호스 끝을 단단히 묶었다. 그 강도를 확인하고 정확히 3층에 도달하는 길이만 남겨놓고 호스를 자신의 몸에 둘둘 감았다. 배니싱 링은 목을 죄지 않았다.

해냈다! 가쓰노리는 그대로 옥상의 철책을 넘는다.

가쓰노리의 발상은 이랬다. 이 상태에서 최대한 멀리 뛴다. 결과적으로 3층 유리창을 깰 수 있을 것이다. 그렇게 하면 아무리 둔해도 아래에 있는 경찰 셋은 이상하다고 느낄 거라고 가쓰노리는 예상했다.

하지만 자신은 어떻게 될까. 3층 유리창을 제대로 깰 수 있을까? 그리고 호스가 끊어질 가능성은 없을까?

철책에 묶은 호스를 힘껏 잡아당겼다.

호스가 끊어질 위험은 없다. 그러나 철책이 부식된 상태다. 둔탁한 소리가 나고 철책이 파묻힌 콘크리트 부분이 두 군데 정도 들떴다. 불안한 상황이었다. 순간적인 하중은 정말로 엄청날 것 같기 때문이다.

망설일 여유는 없었다.

메마른 소리가 울려 퍼진다. 비상계단을 누군가 올라오려고 한다.

모습이 보였다. 마스크를 쓰고 있는 눈동자가 위쪽으로 몰린 남자. 하얀 가운을 입고 오른손에는 메스를 쥐고 있었다.

아사야마다.

아사야마는 3층 창밖에 소화용 호스가 늘어뜨려 있는 모습을 발견한 듯하다. 부리나케 옥상으로 뛰어올라왔다.

가쓰노리는 기도했다. 나무아미타불. 다들 알아차려 주기를. 그렇게 기도하자 배니싱 링이 목을 죄어오기 시작했다. 그 순간 가쓰노리는 이미 철책 저편으로 몸을 던졌다.

유리창이 깨지는 소리를 가쓰노리는 자신의 귀로 똑똑히 들었다. 뭔가가 목을 찌르는 것을 느꼈다.

유리일까?

피가 나는지 안 나는지는 아무래도 상관없었다. 피가 난다면 그 피는 제삼자의 눈에 보일까? 그 부분만 신경이 쓰였다.

공중에서 빙글빙글 돌고 있다는 게 느껴진다. 그리고 몸에 둘둘 감은 소방용 호스가 풀어졌다. 병원 바깥으로 떨어지고 있다.

잠시 뒤 가쓰노리는 충격을 받아 의식을 잃었다.

에필로그

다카쓰카 나쓰미가 의식을 또렷이 차린 건 응급실 침대 안에서였다.

그곳에서 나쓰미는 자신이 얼마나 위험한 상황에 놓여 있었는지 비로소 알게 되었다.

11월에 납치된 시점부터 나쓰미는 약물로 혼수상태에 놓여 있었다고 한다.

의식이 돌아온 건 새해가 되어서이고 상당히 오랫동안 의식이 없었다.

감금되었던 곳은 구마모토 역 가까이에 있는, 지금은 폐쇄된 병원 안이었다. 그곳에 나쓰미 또래의 젊은 남자와 여자가 열 명 가까이 약물에 취해 잠들어 있었다.

납치범은 의대생 일당이었다. 모두 일곱 명이 조직적으로 범행을 저질렀고 믿기 어렵지만 장기매매를 해서 돈을 벌려고 나쓰미처럼 건강한 여자와 남자를 납치해서 감금했다는 것이다.

"공통점은 문을 닫은 병원에 다니던 의사의 자녀들로 구성되었다는 겁니다. 학비를 벌려고 이런 일을 저지른 것 같습니다. 자백한 바에 따르면 다음 희생자는 다카쓰카 씨였던 모양입니다."

이야기를 듣지 못했다면 나쓰미는 상황을 전혀 몰랐을 것이다.

그런데 이 사건은 너무나도 엽기적이고 파렴치한 범죄라서 한동안 일본 전역에 화제가 되었고 와이드쇼 소재로도 다뤄져 시끌시끌했다.

나쓰미 자신은 우연히 순찰 중이던 경찰들이 발견해서 구출되었다고 들었다. 기적적으로 발견한 경찰들의 민첩한 행동 덕분에 목숨을 건질 수 있었다.

"정말로 너는 운이 좋았단다. 이야기를 들었겠지만 피가 모조리 얼어붙는 거 같더구나." 하고 어머니는 파르르 떨면서 말했다.

그런데 그동안의 일을 떠올리려고 하면 나쓰미의 마음 속 깊은 곳은 현실에서 나쓰미가 당했던 처사와는 정반대로 따스함으로 가득 찼다.

단편적으로 되살아나는 단어나 이름이 있었다. '소실형'이라는 단어와 '가쓰노리'라는 이름 같은 것이다. 그런 귀에 익지 않은 형벌을 어떻게 설명하면 좋을지 아리송하기만 했다.

다만 늘 '가쓰노리'라는 사람에게 격려를 받았던 것 같은 기분이 든다.

과연 실제로 존재하는 걸까?

"'소실형'이란 형벌이 존재하나요?"

자리에서 일어난 나쓰미는 조사를 하러 온 형사에게 물었지만 관할 밖의 일이라며 부정도 긍정도 하지 않아서 진실은 알 수가 없었다.

다른 형사는 "범인들이 사용한 약물에 따른 환각인지도 모릅니다." 하는 대답까지 했다.

'소실형'이라는 특이한 형벌은 존재하지 않는 건가? 역시 형사가 말했듯 환각 속에서 존재하는 인물인가? '가쓰노리'라는 사람은 실제로 존재하지 않는다…….

일상으로 돌아온 나쓰미가 섬광처럼 그 일을 떠올렸던 것은 그로부터 두 달이 지난 뒤였다.

'가쓰노리'라는 인물은 자신을 구해주었다. 그 사실은 안다.

자신의 목숨까지 걸면서까지.

그 사실이 눈 깜짝할 사이에 지나간 섬광 속에 들어 있었다. '가쓰노리'라는 사람은 몽환 속에서 늘 자신을 지탱해 주지 않았나?

틀림없이 가쓰노리는 실제로 존재한다. 환각일 리가 없다.

섬광 속에서 '가쓰노리'가 말하던 것. 가쓰노리가 실제로 존재한다는 증거. 그것이 되살아났기 때문이다.

그날 일요일 오후에 나쓰미는 시라카와 강을 따라 걸었다. '가쓰노리'가 실제로 존재했다는 걸 확인하고 싶다…… 그저 그것만을 위해.

확신은 없다. 가쓰노리가 존재했다는 기록은 없다. 하지만 그 장소에 가면 자신이 옳았다는 걸 확인할 수 있다고 나쓰미는 생각한다.

어떤 형태로 확인할 수 있을까…… 직접 가 보지 않으면 알 수 없지만…….

내려다보니 자갈밭은 한 면이 몽땅 꽃밭이었다. 바로 앞에는 무꽃의 자그맣고 하얀 꽃잎이 펼쳐져 있다. 강가에는 노란색 유채꽃이 띠처럼 보인다.

그리고 버드나무 군락을 나쓰미가 발견했다.

"저기야."

엉겁결에 소리칠 뻔했다. 꿈속에서 '가쓰노리'가 말한 버드나무를 떠올렸다.

하지만 우연이라고는 할 수 없지 않을까? 예전에 바라보았던 어떤 풍경이 의식 아래에 새겨져 있던 결과가 아닐까? 그것을 가공의 '가쓰노리'라는 인물의 말로 혼동했을 가능성은 있다.

그 점을 확인하는 방법은 하나밖에 없다. 버드나무에 가까이 가면 알 수 있다…… 그렇게 의식 밑바닥에서 나쓰미 자신이 외치고 있었다.

다이헤이 다리 옆에서 자갈밭으로 이어지는 계단을 내려간다. 나쓰미의 발목까지 하얀 무꽃이 뒤덮는다. 아랑곳하지 않고 나쓰미는 버드나무 군락을 향해 걸어갔다.

유채꽃으로 둘러싸인 버드나무 군락의 한가운데를 보았을 때 나쓰미는 엉겁결에 입가로 손을 갖다 댔다.

그곳에 있었던 건 작은 돌이 무수히 많이 쌓여 있는 피라미드.

절대로 저절로 생긴 피라미드가 아니다. 누군가가 어떤 목적으로 쌓아 놓은 피라미드다.

그리고 이 작은 돌을 쌓아 놓은 누군가는 바로…….

이 이야기를 가쓰노리는 꿈속에서 말했다.

"역시 가쓰노리 씨는 나를 구해주었어. 꿈이…… 아니었어. 가쓰노리 씨……. 고마워요."

하지만 꿈이 아니라면…… 아사미 가쓰노리는 어떻게 되었을까. 그 뒤 가쓰노리와 마음이 이어진 적도 없다. 목소리가 들린 적도 없다……. 어쩌면 아사미 가쓰노리는 이미 이 세상에 존재하지 않는 게 아닐까? 그래. 가쓰노리의 이야기가 진짜라면 분명 사람은 혼자서 그런 극한의 상황 속에서 살아갈 수 없다.

나쓰미가 두 손을 마주했을 때였다.

피라미드 위에서 또르르 메마른 소리가 울려 퍼졌다.

나쓰미가 그쪽으로 얼굴을 돌리자 작은 돌 하나가 소리를 내면서 나쓰미의 발 언저리까지 굴러왔다.

역자 후기

    노란 은행잎이 우수수 떨어지는 어느 늦은 가을에 하염없이 거리를 걷다가 영화관에 들어가 일본 영화를 한 편 본 적이 있습니다. 아주 오래전에 본 영화라 자세한 내용은 기억나지 않지만 삶과 죽음, 부모와 자식, 형제, 연인 사이의 사랑과 그리움을 그린 이야기와 배경 음악이 오랫동안 제 마음에 남아 있었습니다.

    2003년, 우리나라에 《환생》으로 소개된 영화인데요. 같은 해에 『부활』이란 이름을 달고 번역서로도 나왔습니다. 까맣게 잊고 지내다가 『존재하나 존재하지 않는 _ 소실형』를 번역하면서 《환생》의 원작자가 '가지오 신지'라는 사실을 뒤늦게 알았습니다. 『존재하나 존재하지 않는 _ 소실형』의 주인공이 영화관에 혼자 앉아 있는 장면과 그 가을날 홀로 영화를 보던 제 모습이 겹쳐지면서 잠시 울컥, 했습니다. 지나간 청춘을 그리워하는 심정일까요. 2005년에는 《환생》의 원작자와 제작팀이

다시 뭉쳐《이 가슴 가득한 사랑을》을 만들었고 이 영화도 우리나라에 소개되었습니다. 영화를 좋아하는 분이라면 가지오 신지라는 이름은 몰라도《환생》과《이 가슴 가득한 사랑을》은 들어본 적이 있지 않을까 합니다.

가지오 신지는 사업가의 아들로 태어나 아버지의 반대를 무릅쓰고 소설가가 되어 오랜 세월 꾸준히 다양한 작품 세계를 보여주고 있습니다. 2004년에 전업 작가 선언을 하기 전까지 한 회사를 이끌어 나가기도 했습니다. 장편보다는 SF 단편에 주력하는 소설가로 알려져 있지만 판타지를 담은 장편 소설 『부활』도 그렇고 『존재하나 존재하지 않는_소실형』도 마지막까지 흡인력 있게 이야기를 끌고 가는 힘이 대단합니다. 『존재하나 존재하지 않는_소실형』는 월간 문예지 『소설 보석』에 2008년 8월부터 2009년 7월까지 연재되었다가 2010년 2월에 단행본으로 나왔습니다.

『존재하나 존재하지 않는_소실형』에 등장하는 '소실형'이라는 특이한 형벌은 미국의 SF 작가 로버트 실버버그의 '무시형'을 힌트로 삼았다고 합니다. 무시형은 죄인이라는 사실을 한눈에 알아볼 수 있어서 보통 사람은 그 수형자를 '존재하지 않는 자'로 철저히 무시하는 형벌이라고 하는군요.

그런데 소실형은 영국의 소설가 웰스가 발표한 『투명 인간』을 떠올리게 합니다. 한 사나이가 다른 사람의 눈에 보이지 않게 되는 약을 개발합니다. 그 약을 먹고 투명 인간이 된 사나이는 온갖 나쁜 짓을 일삼다가 결국 비참하게 생을 마감합니다. 반면 소실형은 죄수가 배니싱 링을 차면 특수한 전파에 휩싸이게 되고 주위 사람들의 뇌가 그를 감지하지 못하게 되는 원리로 실행됩니다. 소실형, 무시형, 투명 인간, 비슷한 듯하면서도 많이 달라 보입니다.

이 작품에는 철저히 소외된 인간의 고독이 담겨 있습니다.

주인공은 사람이 그립다, 누군가와 이야기하고 싶다고 마음속으로 울부짖습니다. 존재 자체를 부정하는 형벌을 받고 있으니까요. 아무리 혼자 노는 걸 좋아하는 저이지만 소실형을 받는 상상을 하기만 해도 숨이 턱 막히고 답답해서 미쳐 버릴 것 같습니다.

가족과 다투고 한동안 입을 꾹 다물고 있다가도 지레 지쳐서 백기를 살랑살랑 흔드니까 말이죠. 그러고 보면 소실형은 그 어떤 형벌보다 가혹하다는 생각이 듭니다. 주인공은 외로움과 절망 속에서 처절하게 몸부림칠 때 한 여성의 가녀린 목소리를 듣습니다. 한 번도 만나본 적은 없지만 어느덧 사랑하게 된 여자를 구하려고 자신의 몸을 내던지는 동화 같은 순애에 가슴이 먹먹했습니다.

사랑하는 사람을 위한 숭고한 행동은 늘 감동을 줍니다. 숱한 고난을 헤쳐나간 뒤 두 사람은 틀림없이 행복한 삶을 살리라 믿습니다. 각박하고 험한 세상을 살아가는 우리에게 사랑만이 구원이라는 생각이 듭니다. 사랑하는 사람이 곁에 있다면 어서 사랑한다고 말해 보세요. 저는 모닝콜을 해 줄 겸 지금 당장 휴대전화 1번 버튼을 눌러야겠습니다.

옮긴이 안소현

존재하나 존재하지 않는_소실형

펴낸날	초판 1쇄 2014년 9월 25일

지은이	가지오 신지
옮긴이	안소현
펴낸이	심만수
펴낸곳	(주)살림출판사
출판등록	1989년 11월 1일 제9-210호

주소	경기도 파주시 광인사길 30
전화	031-955-1350 팩스 031-624-1356
홈페이지	http://www.sallimbooks.com
이메일	book@sallimbooks.com

ISBN	978-89-522-2937-3 03830

이 도서의 국립중앙도서관 출판시도서목록(CIP)은 서지정보유통지원시스템 홈페이지
(http://seoji.nl.go.kr)와 국가자료공동목록시스템(http://www.nl.go.kr/kolisnet)에서
이용하실 수 있습니다.(CIP제어번호: CIP2014027015)